广州大学中国语言文学学科
广州大学俗文化研究中心

中国语境下的
影视文本创作

罗　宏　著

中国出版集团

世界图书出版公司

广州·上海·西安·北京

图书在版编目(CIP)数据

中国语境下的影视文本创作 / 罗宏著.—广州：世界图书出版广东有限公司,2014.1

（岭南俗文化研究丛书 / 刘晓明主编）

ISBN 978-7-5100-7278-9

Ⅰ.①中… Ⅱ.①罗… Ⅲ.①电影文学剧本—文学创作—中国②电视文学剧本—文学创作—中国 Ⅳ.①I235.1

中国版本图书馆 CIP 数据核字(2013)第 308982 号

中国语境下的影视文本创作

责任编辑	杨力军
封面设计	天娱艺人
出版发行	世界图书出版广东有限公司
地　　址	广州市新港西路大江冲 25 号
印　　刷	广州市佳盛印刷有限公司
规　　格	880mm×1230mm　1/32
印　　张	7
字　　数	180 千字
版　　次	2014 年 1 月第 1 版　2014 年 1 月第 1 次印刷
ISBN	978-7-5100-7278-9/I · 0296
定　　价	28.00 元

目录 ·······→CONTENTS

代序

◉ 面对实实在在的问题

随着学科建设的拓展，我被安排对戏剧影视专业的研究生讲授一些影视文本创作的课程。其实也可以找一些教程照本宣科。但是我对照本宣科地教授那些教程的效果抱有怀疑。不是这些教程讲述的知识不能成立，也不是这些教程介绍的知识不够系统全面，而是因为这些教程只是一般地考虑到影视创作应该掌握的知识和技巧，从而尽可能全面地将其罗列出来，希望学习者全面掌握，而对学习者尤其初学者如何掌握这些知识并将其运用到实践中去缺乏必要的引导。我们的教程假定学习者只是学知识的人而不是运用知识进行影视创作的人。这就是问题所在。我认为，如果有关影视创作的知识传授的仅仅是知识本身，而不是可以运用到实践中的知识是非常具有讽刺意味的。我主张影视创作的知识是应该在创作中能够生效的知识。这也是我在教学中的着力点。

在传统教材的教授下，往往形成这样的局面，学习者可能了解了不少影视创作的常识，但是一旦运用到实际的影视创作中就发现，这些书本知识和实践之间有很大的落差，然而如何有针对性地运用这些书本知识依然是不得要领。现行影视写作的教程假想了一个理想化的、普世性的影视创作情境，也就是说，教程提供的创作知识或技巧是在一个有利于创作者展示自己创作追求的创作环境下才能充分实现的。但实际上，影视创作情境恰恰是非理想化的。尤其是在中国的现实生活中，非理想化的创作情境是最普遍的现实。如何在受到种种制约的条件下创作恰恰是创作者需要解答的问题，可是教科书却普遍缺乏这方面的阐释。影视创作的方法或规范可谓繁多，涉及创作的方方面面，针对性很强，各种方法之间也涉及一个如何协调的问题。学习者尤其是初学者要将这些创作规范转化为创作能力除了实践，还有必要进行引导，使之知道在实际创作中经常会碰到哪些困惑，如何有的放矢地运用这些规范。而我们的教程只是满足于展列这些创作的常识，在如何运用方面却鲜有提示，就像一个超市，商品琳琅满目，可是面对实际如何选择和运用商品却没有交代，购买者进了商店也往往一头雾水。总之，我们的教程满足于陈列知识只满足于让学习者记住这些知识，然而对于创作中如何运用和掌握这些知识，创作中会出现哪些主要的困惑，以及如何应对却出现了阐释的缺席。所以，按照教科书培养出来的学生，到实践中是很难适应的。

我还有些固执地认为，那些以理想化的创作情境为立论支撑的教程，有一种对理论体系性以及严密性的过度痴情，编写者过分追求一种抽象化、逻辑化的理论形态的完美，却往往脱离现实的实际。按马克思的话说就是以批判武器的建构取代了对武器批判的求索。成全的是学者的所谓学术成果的自身形态完善，至于对影视创作中问题的解决有多少成效有多少就顾不得了。更进一步说，我对学术界脱离实际地过度注重理论形态的所谓完美性建构一直持怀疑态度，甚至认为相当大的一部分人文学科理论著述都是脱离实际的理性想象，都是缺乏实践效能的凭空杜撰，都是一种炫耀理性推理能力和知识积累的学术游戏。我不愿为这种学术风气愈演愈烈。我希望自己的理性阐释能够从实际出发，面对实实在在的问题，提供一些解决问题的应对路径。因此，也就有了本书的写作冲动。我希望本书能有的放矢地讨论一些影视创作中最常见，也比较重要的问题，并且能比较简单明了地把问题说清楚。

我特别主张做学问要针对实在的对象和问题，并且要尽可能简要地解决问题。我将此概括为做学问的简单性原则。我觉得世界是简单的，关于世界的道理也是简单的。世界之所以复杂，很大程度上是我们人类认知的结果。比如，庐山本来只有一座，可是横看、侧看好像就有了许多庐山，再加上更多错觉的认知纠缠不清，世界就越来越复杂。实际上我们不是直接面对简单的世界,而是面对五花八门、令人眼花缭乱的关于世界的说法。我们以为,各种各样关于世界的说法就是知识,世界就是知识构成的,于是我们也就越来越与世界隔膜。我们当然要对世界认知,但认知世界究竟是从世界本身出发,还是从前人关于世界的各种说法或者说知识出发?我觉得,前者更简单也更有效。随着阅历的丰富,我对知识越来越抱有警惕。简言之,我并不认为知识越多越好。论知识,今人比孔子要丰富渊博得多,要是高考,孔子肯定名落孙山。为什么我们还要学《论语》并敬仰孔子呢?我看就在于孔子知道直面人生,将自己的人生感悟化成简单明了的道理。孔子面前没有浩如烟海的知识,没有令人师从遵循的伟人,于是孔子就直接拥抱了世界,成为了伟人。每每读那些近乎格言的句子,最震撼的不是孔子的判断,而是他删繁就简、举重若轻的学理姿态。孔子述而不作,其实平实的叙述中就再现了道理鲜活的实存形态,道理不是抽象存在的,它和世相融为一体并富有生命。孔子的《论语》的主题是做人,也是最基本,最核心的人类课题。他始终把握了生命最关键的问题。相对而言,其他的社会问题都是由这个前提延伸而来才具有意义。诸如政治话题,经济话题,科学话题如果缺乏终极的人格归宿,都是无意义的甚至是邪恶的。总之,孔子在学术姿态上体现了抓根本的简单化取向,令我十分认同。所以我推崇的学术姿态是做减法,就是把复杂化为简单。我们在今天的教育制度下觉得世界是无限复杂的,以为要学会复杂的知识和技术才能生存。所以孔子认为三十岁就应该挺拔地自立于世,可今天的人们三十岁还昏昏然。所以古人说半部《论语》就足以治天下,可我们今天则在知识爆炸的海洋中不知所措。我们时代的焦虑与困惑很大程度与此有关。

　　学者还有一种嗜好就是希望现实生活中的事物符合某种理论规范。比如,我们热衷于讨论影视形态的概念。似乎,只有遵循某种影视形态的界定才能有效地发挥影视的功能。上世纪八九十年代,人们曾经热烈地论争电视纪录片与电视专题片的差异,认为纪录片是正宗的电视形态,而专题片则是"怪胎",并且对解说加画面的电视片表现模式大加指责。等等。我总觉得，这些讨论忽略了一个前提性的问题：是先有影视创作的实践还是先有影视片的形态？是某种现实的需要决定影视片的形态，还是影视片的形态决定现实的需要？我认为，只要能满足某种现实需要，什么样的影视形态包括表现手段都具有合法性。衡量某种影视形态以及表现手段是否得体，要看是否满足了某种现实需要。鲁迅说过，要我们保护文化，首先文化要保护我们。影视是为人服务的，不是人为影视服务的。脱离现实需要去谈影视形态的正宗或影视艺术的完美，这是影视小众化的价值取向，而影视，尤其是电视恰恰是大众化的媒体形态。大众化的现实需要，是决定性的价值取向。马克思有段相当精彩的话："什么东西你们认为是公道和公平的，这与问题毫无关系，问题在于在一定的生产制度下什么东西是必要的和不可避免的。"（《马克思恩格斯全集》第十六卷，人民出版社，1964 年，第 146 页）懂得这个道理，我们就不会在所谓影视形态的正宗性或规范性方面斤斤计较，而会把精力投入到如何应对我们不可回避的现实问题中去。

　　影视创作还有一个创作个性的制约问题。许多教程将影视创作看做是一个创作者可用充分控制的事件，强调创作者要尽可能在创作中张扬自己的创作个性，创造出具有独创性的艺术作品。可是实践中大量的事实表明，要影视创作者充分张扬个性是个具有讽刺性的愿望。尤其在中国的语境下，影视创作者的创作自由是很限制的。这首先涉及意识形态。即我们的影视创作是在国家意识形态的许可范围内的影视创作，我们对社会人生的表现必须保证不和国家权力意志的阐释发生冲突。例如，在当下中国，文革题材一直是一个非常敏感的政治禁区，影视剧表现文革受到了审查制度的严格约束。上世纪 80 年代，中国的文艺理论工作者，为了所谓艺术的独立性，掀起了去意识形态的文艺运动，承诺只要文艺不为政治服务，就能迎来万紫千红的春天。几十年过去了，文艺界却喊出了救亡图存的口号，这不能不说是莫大的反讽。打开艺术史不难发现，所有的经典作品都是有意识形态背景的，纯艺术作品几乎从未出现过。其实，只要在国家，在政治制度下生活，就无法摆脱意识形态的控制。关键不在于摆脱意识形态，而在于选择或服从怎样的意识形态。去意识形态本身就是一种意识形态策略。除了意识形态，影视创作还受到投资者意志，观众意志、合作者意志等等诸多约束。可以说，影视创作是所有艺术形态中最不自由的一种艺术形态。所以，人们说，影视创作是妥协的艺术。其重要的创作要求就是学会妥协，或者说是在妥协中的坚守。这恰恰是一般教科书忽略的内容。

自 1994 年以来，影视创作是我业余生活中很重要的内容。我以策划人、总编导、总撰稿、编剧等身份参与了近百部 400 多集影视片的创作。作品在中央台，诸多省、市电视台播出，也获得过国家、省、市政府奖十余项。在这些创作过程中，积累了较多的经验与心得，由于自己是学理论出身，往往也上升到理论层面进行反思，在与同行的交流中也得到了一些共鸣，不少朋友劝我将这些心得整理出来。我动过心思，但因为惰性，也因为觉得自己没有什么成功的作品，有些惭愧，一直没有行动。便有朋友说，其实成功与失败都有借鉴意义，都不过是解剖的标本而已，关键不是评价作品的价值，而是阐发创作的机窍，令人举一反三。其后我有所心动。后来又有教学的需求，就开始了本书的写作。我决定从个人的经验出发，梳理出我觉得在影视文学创作中颇有感触的一些问题来加以讨论，而且有意识地淡化理论的引证与辨析，力求简单明快的表达我的观点。很显然，由于立足于个人的经验和感悟，体系性、完整性是欠缺的。还值得说明的是，我所谓的影视文本创作，是指诉诸于文字表现出来的影视文本形态，既包括影视片的诉诸于文字的策划方案的创作，也包括通常的专题片的文字文本的创作以及影视剧的文字文本的创作。除此之外，还有许多电视节目形态其实也有文字的文本形态，比如综艺晚会类节目也有文字文本的创作，但是我对这类节目缺乏经验，也就没有涉及。总之，我只想讨论一些自己有相当经验和感触的问题，比较陌生的问题，则不敢自以为是。所以本书更像感悟似的对话，并不期盼所谓学术的建树，只是期盼给读者一些经验性的启发。

入 门 之 道

● 影视创作的雇佣性

影视创作是一种创造性的工作,讲究艺术技巧,也能体现出艺术功力的高下,这都是无疑的。但是,影视创作是不是一个完全的艺术事件这是值得商榷的。我的体会是,在承认影视创作具有艺术性的同时要特别注意这种创作的非艺术性,要注意它和一般艺术创作的区别,否则就会遭遇许多难堪,生出许多烦恼,以至于影响创作的实现。我认为,一个影视创作者首先要明白影视创作的非艺术性才能真正进入创作。

艺术的使命是个性化地表达创作者对生命或者说生活的感悟和可能性想象。如果坚持这种艺术观就会发现,艺术创作强调创作者的主体性,主张创作者要充分忠于自己的艺术感悟和追求,要充分张扬自己的艺术个性,充分表达和实现自己的艺术追求,要使创作具有独创性、超越性、永恒性,反对平庸、雷同和媚俗。依据这种艺术观,一枝独秀是价值评判的重要标准。至于受众的认同和追捧,只是一个在衡量艺术作品生命持久性的维度中加以考量的指标。亦即,我们并不苛求一部高价值的艺术品立即获得当下的社会认同与追捧,而是在久远流传中去考察社会受众的认同效应,尤其是尊重专家的判词。例如诺贝尔文学奖,就是职业化的专家奖,而不是以市场大众流行效应为取舍的群众奖。艺术史也表明,绝大多数的传世作品,其创作者在创作时,只是趋从自己心灵的独特感悟与想象。从《诗经》开始,到李白杜甫以至毛泽东,诗人都是在宣泄自己的激情,哪个会考虑迎合接受者乃至市场的需要?马克思曾说,艺术创作对于艺术家而言,是"春蚕吐丝一样的……天性的能动表现。"(见《剩余价值理论》432页。人民出版社1975年版)。马克思还说:"作家当然必须挣钱才能生活,但是他决不能为了挣钱而生活,写作。……诗一旦成为诗人的手段,诗人也就不成其为诗人了。"(见帕拉威尔《马克思与世界文学》62页,三联书店1980年版)。因此,艺术就其目的而言,既不是为了赢利,也不是为了简单地满足观众需求。赢利和观众认同只是一种艺术在展现自身后产生的结果,而不是艺术产生的原因。真正的艺术是人类精神到底能飞翔多高的一种想象性的确证。所以任何限制艺术想象力的创作因素都是违背艺术精神的。

在中国的语境下,国家意志对文艺创作有一个导控性的要求——文艺为人民服务。对这个要求,我们要辩证地看。如果我们把为人民服务理解为文艺家的思想情感包括立场要和人民大众有着本质性的契合,使自己创作出来的作品在精神走向上能够惠及人民,经得起社会文明进步的考验,对社会的文明进步提供正能量,最终赢得人民的认同,这无疑是不错的。但是如果认为,为人民服务,文艺家的创作就要泯灭个性化的生命感悟和想象,压抑文本的超越性和独创性,作品必须产生立竿见影的社会大众认同效果这就值得商榷了。我认为,文艺家可以自愿地去选择迎合社会大众现实需要的创作路径,也可以选择只是尊重自己艺术灵感,艺术发现,而不必考虑当下社会认同效果,或者把这种认同看作一种自然结果的创作路径。我认为后者更符合艺术精神。艺术创作与人民的贴近应该产生在艺术家自身思想情怀的养成阶段,即如鲁迅所言,由血管里流出的自然是血,由水管流出的自然是水。在具体艺术作品的创作阶段,我们应该充分尊重文艺家的个性想象,不应该用所谓是否贴近人民大众的警示来导控创作者。有一句话说,真理往往在少数人的手里。把这句话再说透一点就是,真理是因为它是真理而是真理的,并不是它被多少人接受而是真理的。其实艺术也一样。艺术精品是因为它是艺术精品而成为艺术精品的,不是因为它被多少人认同而成为艺术精品的。总之,艺术为人民服务,应该是在艺术家不违背自己艺术个性前提下的为人民服务。如果艺术家写出的作品,不是自己想要的只是所谓人民大众想要的,就不是符合艺术精神的艺术作品。

于是我们便看到一般影视创作和艺术精神的区别甚至背离。至少在当下的中国语境中几乎所有的影视作品推出,都同时要考虑立杆见影的接受效应,轰动或说走红是人们从事影视创作的最高期待。这就是所谓社会效应和经济效益的期待。社会效应即得到观众精神取向上的认同,就国家意识形态而言就是所谓正能量的认同,经济效益简单说即赢利,就国家层面而言就是要拉动 GDP。毫无疑问,这种创作诉求要求创作者在创作中必须揣摩接受者的需要以及接受心态并在很大程度上予以迎合。这也就意味,一般大众的价值取向,审美趣味,文化素养、心理习惯在很大程度上制约创作。简单举例,面对文盲,你就不应该创作《红楼梦》。不言而喻,这种制约也就在很大程度上限制着创作者个性的张扬。所谓个性化的独到感悟与想象就大打折扣。申明一下,我并不反对追求接受效应的影视创作,只是说,这种以立竿见影接受效应为最高目标的创作与充分张扬个性的艺术精神是有区别的。正如我并不反对人们生产皮鞋,只是强调,生产皮鞋不是艺术创作。我也并不认为,充分张扬个性就一定会出精品之作,只是说,如果个性自由受到限制就很难保证艺术精品的诞生。我甚至也不认为,迎合大众就必然会压抑创作者的个性,只是说,一味地迎合大众,必然会对个性张扬构成极大的挑战,往往会对个性化艺术精品的诞生构成很大阻碍。换言之,只有极少数的创作者能够做到自我个性和大众取向达成和谐的统一,事实上,当下流行的影视剧,绝大多数因为一味迎合大众或市场而显得平庸粗糙。

影视创作可以分为非虚构创作和虚构性创作两种情况。具体而言,非虚构的影视创作指纪录片、专题片之类。虚构性的创作指故事片电影、电视剧之类。在中国的语境下,这两种影视创作的意志主宰往往不是创作者,而是投资者。投资者往往有着非常功利化的诉求。或是为了某种理念的宣传,或是为了商业利润。创作者只是雇佣的工匠。创作的智慧只是如何去诠释投资者期盼的理念或者取得经济回报。在这个前提下,创作者的主体性是虚构的,创作者的自由是严格受到限定的，这显然也是背离艺术精神的。比如理念宣传的专题片、纪录片基本上是国家话语的影视化表达，创作的思想主题受国家意识形态约束。也许非主流的比较个性化的思想观念可以通过学术的方式或者其他艺术方式表达，但是在影视形态的表达中是严格受到控制的。至于商业影视创作，则必须以老板意志为创作导控，一般来说，老板意志表现在三个方面。第一方面是赢利诉求，即创作者的创作必须保证投资者获得利润回报，其有关创作设计才能获得认可，否则就可能遭到拒绝。第二方面是投资控制。即创作者的创作必须在投资额度的控制下进行，其有关创作设计必须在定量的投资额度下实现才能获得认可，否则就可能遭到拒绝。第三方面是投资者的创作取向。即创作者的创作必须在美学观念、文化观念的价值取向上，有时甚至在非常具体的创作设计上与投资者取得心理认同。否则也可能遭到拒绝。不难想见，在这样的条件下，作者的主导性，创作的自由度，创作的个性，创作的超越性是受到严格限制的，或者说，创作者是在和投资者和观众的博弈中建构自己的创作的。只有经过艰难的博弈取得市场认同度的创作者才能享有较大的创作自由度，而大多数的创作者的创作自由度是非常可怜的。这是每一个影视创作者必须面对和接受的现实。

不妨再说说商业的影视创作原则和观众主导原则的关联。一般说来，商业投资者为了赢利，就要取悦观众，从而要求创作者必须揣摩观众需求，满足观众需求。第一方面是在创作内容和形式上满足观众的需求，创作出能为观众喜闻乐见的影视文本。这包括思想取向，价值取向，题材取向，体裁取向，艺术手法取向等等都能满足观众的需求。否则，就会遭到观众的拒绝。第二方面就是创作要与观众的理解水平相适应。这也就是说要有理解上的通俗性，尤其是过于含蓄、深奥、另类的表现手法可能造成观众理解难度的创作处理特别忌讳。总之，不能造成观众的理解困难。否则，就会导致观众的拒绝。第三方面就是创作必须考虑到观众接受过程中的接受心理规律，保证对观众的注意力导控。通俗地说，影视创作必须在观众接受的过程始终能吸引观众观看。否则，创作也会遭到观众拒绝。值得一提的是,观众的拒绝又必然导致投资赢利诉求的无法实现,于是就会导致投资者对创作的拒绝。由此可见,投资者主导原则和市场需求主导原则是内在一致,相辅相成的。

诸此种种表明,影视创作和纯艺术的创作有着重大区别,尽管影视创作中要借助种种艺术手段,但是在最核心的艺术精神上是非艺术的。我以主创者身份参与数百部(集)影视片的创作,没有任何一部能充分按自己的创作感悟和想象来完成,没有一部不是戴着镣铐跳舞。和圈子里的同行交流也得知,没有任何一个创作者说自己的创作完全是按自己的创作追求去完成,也许极少数创作者能够充分在创作中展现自己的艺术追求,但这在我的经验之外,只能羡慕这些创作者好福气,好本事。说这些意见并没有对影视创作的丝毫敌意,只是强调,影视创作和纯艺术创作有着许多不同的创作要求。不能简单地混同于一般艺术创作。不能简单用一般艺术创作的原则和方法来从事影视创作。要掌握影视创作的特殊要求。归结到一点就是投资期待承诺。也就是说,创作者必须为了满足投资者的投资期待而创作。更具体说,一般影视投资者都有某种非常功利的收视效果预期,因此所有的创作努力要围绕着这个收视预期而取舍。凡是能实现收视预期的艺术处理就是可行的,反之就是要舍弃的。创作者的主体性、个性追求、创作自由只有在满足投资者的投资预期的前提下才是可行的。是投资者的意志决定着影视创作的可能性,而不是非投资者的创作者决定着影视创作的可能性。也许有个别例外,但是一般说来,影视创作者只是影视创作中的雇佣者而非主宰者,这是我们从事影视创作首先要明白的第一原理。

●遗憾与妥协

都说,影视是一门遗憾的艺术。这不是说,用完美的艺术标准来衡量,影视创作总是不够完美,因而遗憾。而是说,影视创作,尤其是电视创作本身的运作机制决定了它的创作效果总是难以达到预期的设想，大多数情况下，能够接近预期构想就很不错了。

这和影视创作具有多元意志整合的创作特点密切相关。在中国的语境下，影视创作涉及审查机构意志、投资者意志、创作者意志、媒体意志、观众意志这些主要方面。就创作者意志而言，又涉及各创作环节意志的平衡。等等。构成了一种很复杂的意志博弈与平衡关系。不是说各种意志之间没有共同点，但是不可否认，各种意志之间的差异性是绝对存在的。这就意味，多种意志在创作中必须达成妥协，而这种妥协往往又是在创作全过程中完成的。不难想见，妥协的结果就必然造成遗憾。创作者面对这样的局面，除了调整自己的心态，处变不惊，似乎没有什么可作为之处。用一句解嘲的话说就是：不要生气。

前面我们已经谈到影视创作的投资者意志主导的问题。这里不妨补充说一说投资者意志和创作者意志的不协调的必然性。我们知道，影视作品的完成需要较大的经济投资，这种投资比起文学作品的出版和发表简直不可同日而语，文学作品的出版即使投资失败也不过数万元的损失，而影视作品的投资失败少则数十万，高则数千万甚至上亿，这种投资风险决定了投资者在影视创作中的意志重心是经济方面的考量，即回收成本并且赢利。于是就必然要考虑迎合市场需求，就必然追求以较少的投入获得最大的经济回报，一般说来，投资方对于艺术的完美只是当作赢利的手段，或者说当作获得理想市场效应的手段。也就是说，艺术的完美、艺术的个性不是投资方奋不顾身去实现的理想，这就和创作者存在矛盾。一般来说，创作者是千方百计追求艺术的完美和超越的，为了追求某种理想的艺术效果是比较忽略经济投入成本的。在创作中经常出现投资者出于成本控制的考虑要求创作者改变剧情的设计，不是因为剧情设计不完美而是摄制成本太高。比如电视连续剧《潜伏》的编剧和导演姜伟就说，拍《潜伏》他因为经费限制，连雨景都不敢出现。而且《潜伏》大量的室内戏也是为了节约成本。还有，投资者考虑赢利，势必要迎合观众的口味，包括迎合观众的庸俗口味，包括牺牲艺术的含蓄性和深刻性以适应观众的文化素质和理解水平，等等。这都会造成创作者和投资商之间的必然冲突。尤其是在当下中国语境，投资商人文素质普遍低下，逐利冲动特别强烈，在艺术完美性影响赢利额度的情况下，一般都会牺牲前者成全后者，创作者和投资者的冲突成为某种必然，区别只是程度而已。最后势必形成艺术的遗憾。

还有必要涉及一下影视作品的审查机制。中国语境下，对影视作品的审查是最为严格的，审查的尺度主要是政治性。比如，有很多敏感的年代和事件是不能写的，写了就要触电。审查还规定了某些剧情只能怎样写，连艺术表现方法都给与限定。比如说，写中共地下工作者的斗争方式，不许写使用美人计，还规定每年某种题材或类型的影视片有多大的播出比例，等等。电视连续剧《解放》的编剧王朝柱在写孟良崮战役时，在剧本里写了一个细节，打下孟良崮时，当地老百姓抬着张灵甫的尸体游街，被陈毅制止，陈毅还要张灵甫的部下去凭吊自己的上司。于是有记者采访王朝柱问，这个细节是你编得么？王朝柱说，这个细节我哪敢编？后来在成片中，这个细节还是被审查者删去了。可见，在创作中作者包括投资者已经自觉而谨慎地按照政治尺度在"规范"剧情的设计，以保证审查通过，但还是不能周全，业内人士都感同身受经历审查后的修改甚至枪毙的尴尬。修改的结果，势必导致遗憾。

仅就创作而言，影视创作也涉及诸多创作环节，以影视剧为例，就涉及编剧、责编、导演、演员、摄像、美术、道具、音乐、剪辑等诸多创作环节和因素，每个创作单位都会有个性化的创作的意志，认知差异是必然的，也决定了影视文学创作必然要遭遇妥协。

还有，影视作品的发表方式也有特殊性。电影作品一般要在电影院播出，这是一个现场性的市场发表方式，需要观众的现场聚合才能产生发表效应。这种发表方式有很大的市场风险性，没有人气就意味投资失败。不像文学作品，投资成本本来就小，况且可以用长时间的分散性的销售来收回投资。于是，电影创作就要受到这种发表方式的制约而进行相应的妥协。也许电视作品的发表方式更具说服力。我们知道，大部分电视片都是在电视栏目中发表的，而电视栏目有严格的时间要求，通常电视片的选题策划也是有时效要求的,总是根据社会形势确定选题,那种十年磨一剑的选题策划极少。这就是说,电视片从策划到播出的时间周期一般很短。在很短的周期要完成一个比较成熟的作品是有难度的。我就经历过在播出前一小时还在修改解说词的事。想想看,在这样的情况下,创作的仓促和粗糙是很难避免的。可以说,大部分的电视片都是仓促创作的产物,留有遗憾也就不奇怪了。

再比较电影与电视,可以说电视作品创作更具有广泛的社会需要。但是电视创作更强调信息性和时效性,观众更具平民性,收视环境又是开放性,免费性的,还有上百个电视媒体的同时竞争,等等。这些因素综合起来就导致电视创作具有"短、平、快"的特点,即人们所说的"快餐文化"性质。说白了,电视创作的精致性是不太讲究的。比如电视剧,强调的是故事性,至于其他方面的艺术要求并不特别严格。诸此种种,也就加强了电视创作的不完美性,从艺术的角度说就是推敲不够,沉淀不够,当然也就构成了遗憾。

我们还要明白,影视最终的作品形态不是诉诸心理想象而感知的语言文字形态而是主要诉诸视觉感知的图画形态,这就意味,影视在文字脚本的基础之上还有二度创作,亦即文字文本要转化为视觉文本。这也就意味一度创作的文字文本要面临"消失"的命运。于是我们经常听到编剧遗憾自己的剧本没有在视觉化的完成形态中得到充分实现。仔细比较不难发现,以文字为表达方式的影视文学创作与文学创作有很大不同。首先,文学创作基本上可以由个人独立完成,而影视创作基本上是集体合作完成;其次,文学创作者基本上可以个人承担创作成本,而影视创作者基本上无法个人承担创作成本。这就意味影视创作一定是在多元意志中找平衡,在限定的条件下实现创作构想。总之,合作是需要妥协的,如果你选择了合作,妥协就是一种必须承当的道义。所以我更愿意把妥协理解为一种生存的常态,一种合作的道德。

明白这些道理,影视创作者就应该有特殊的创作态度。第一,我们要有心理准备,在多元意志的妥协中,创作预期与创作结果的落差是很正常的,我们没有必要为此而懊恼,反而要坦然接受这种现实。第二,由于影视作品的接受特点,某些遗憾是创作形态的生理特征,如同人的肤色一样,我们也不必为此而懊恼。相反,我们应该调整接受观念,将某些遗憾视为一种创作风格。第三,在妥协中显现我们的智慧,在有所作为的方面进行努力,在只能如此的情况下达到相对完美。总之,我觉得影视创作的艺术特点又可称之为妥协的艺术。考验的是创作者在妥协条件下的艺术作为。

妥协是要服从和让步,但绝不意味着没有持守。在我看来,妥协实际是一种持守的代价,是在鱼和熊掌不可兼得后的持守选择,在相当程度上,是一种以退为进的策略。说到底,妥协是一种审时度势的博弈。就影视创作而言,我觉得当事者有三点应该把握。

第一是知道自己是谁。也就是明白自己在合作的诸多意志中自己的地位有多重要,有多大话语权,可替代性有多大。一般说来,自己的可替代性越大,越没有话语权,付出的妥协也就越大。第二是知道自己到底要什么。即在合作中自己的最大诉求和最低诉求是什么。一般说来,最低诉求就是自己妥协的底线,到了最低诉求也难保的时候,妥协也就没有意义了。第三是知道自己的变通能力有多强,所谓变通能力就是本我意志诉求与他者意志诉求的融通能力。一般说来,只要在自己变通能力可控的范围,妥协都是可接受的。

◉戴着镣铐跳舞

影视如果要问影视创作最考人处在哪里,我会毫不犹豫地回答:戴着镣铐跳舞。就是要在多元意志中找平衡,就是要在限定的条件下实现相对优化,就是在妥协中进行变通化的坚守。遗憾的是,这种创作功力,一般在作为结果的作品中是很难显现的。所以,以作品的效果评价创作者水平往往是不准确的,一部很一般的作品可能是经过创作高手介入才有目前的模样,否则这部作品会更加一塌糊涂。

戴着镣铐要想跳好舞关键还是具有变通力。变通力就是当自己的意志诉求和他人的意志诉求发生不一致时能够找到一种方式使彼此的差异统一起来的能力。比如说你被要求给一个瘸腿的将军画一幅全身的肖像。你如果如实地表现出将军是一位瘸腿可能会导致他的不愉快，可是你要是把他画成一个健全的人又违背你自己信守的真实性原则。这时你就处于两种意志诉求的冲突中而左右为难。怎么办？这就在考验你的变通力。结果你把这个瘸腿将军画成那只瘸脚踏在一块石头上掩盖了这位将军瘸腿的缺陷又没有违背真实性的原则。这就叫变通。

一次写电视连续剧脚本，在某集结尾的情节是几位地下党开完会离开大院。文学编辑对这个结尾不满意，说这个结尾没有悬念，不能勾住观众往下追看。他要我在这集的结尾处又起风波。比如说写一帮警察来查户口，双方发生冲突。我觉得按剧情整体设计插进一段冲突有点破坏节奏，而且这个意外的冲突不是剧情的必然发展，纯粹是故弄玄虚要勾住观众往下集看，还要花相当篇幅完成这个意外的冲突。所以我不太乐意接受。但是这位文学编辑又很坚持自己的要求。最后我变通了一下，写这几个地下党正准备出院子，突然传来狗叫，他们警觉地拔出了枪。这就造出了一个悬念，吸引观众往下集看。到了下集，我抖开包袱，原来是院子主人养的狗叼住了一条黄鼠狼——虚惊一场。这个细节很快完成了悬念，没有占多少篇幅，也没有破坏剧情的节奏，而且把顺势把这条狗铺垫了一下，后来的剧情中这条狗为送情报起了大作用。这个处理得到了文学编辑的认同，也丰富了剧情。这是一个皆大欢喜的变通。

2000年，中国官方提出了"以德治国"的口号。我受邀去北京参加10集大型电视系列片《中华道德启示录》的创作，任总撰稿。我拿出了策划方案并获得通过，主办方的某省委宣传部决定在人民大会堂召开新闻发布会。意外的事情却发生了。主办方另外聘任的总编导突然对该片的策划大纲提出了异议。说这是一个很不成熟的方案，要动大手术修改，甚至要推翻重来。这时，离新闻发布会只有三天时间，请帖都已发出，数十名专家和媒体记者都已应允出席。我简直懵了：这大纲是我起草的，却是主办方某省的省委书记亲笔批示认可,怎么可能推翻? 而主办方的某省委宣传部的领导竟然表现出了默许的态度。我只好站起来说,看来我该退出了。就在我收拾文稿的时候,该省委宣传部的领导突然说话了,罗老师你冷静点,难道不能修改了吗? 我没好气地说,你们到北京来是来修改方案的还是开新闻发布会的? 难道你们发请帖前都不看看方案吗? 既然总编导那么明察秋毫,就由他来改吧。接下来的过程就不说了,会议最后的结果是,我答应两天内拿出新的大纲。两天后,我按要求如期地完成了新方案。那位总编导及其他审查者的反应也不便细说。总之,他们接受了我的方案。事后,我的团队成员问我,你怎么能这么快就拐过弯来了? 我们都为你捏把汗。我说,说困难也确实困难,说简单也挺简单。这位总编导听惯了美声唱法,一听民歌就不适应,以为不是歌曲,便叫起来,其实有多大个差别? 我把宋祖英给你换成帕瓦罗蒂不就解决了嘛? 我告诉我的团队,原来的方案走的是比较平民化、注重纪实感的拍摄路子,那位总编导习惯的是那种高屋建瓴的宏大叙事(他不知道,宏大叙事正是我所擅长)。关键是你要看透机关,转换就并不困难。

在我的经历中,单项优秀的影视人不少,但善于变通的影视人不多。变通的智慧不是随波逐流,而是知道本质何在,万变不离其宗。有次我和一位学院派的影视人谈起长镜头。他说,阿巴斯认为,他的长镜头是特写。这位影视人的意思是说,阿巴斯的见解就是另类。我说,阿巴斯真正理解了特写的本质,特写的本质不在于表现局部,而在于表现拍摄者想要强调的东西——无论是局部还是全景性的长镜头。只有理解本质的人才会变通,才可以带着镣铐跳舞。见过走钢丝的人么? 他们就是典型的戴着镣铐跳舞。其实,走钢丝者的过人之处就在于真正吃透了走路的诀窍,而大多数会走路的人并不知道走路的诀窍何在,所以大多数的人都不能走钢丝。孔子说,随心所欲不逾矩,讲的就是这个道理。

当然,戴着镣铐跳舞并不是充满幸福的事,就影视创作而论,它往往只能考验人的智慧,并不能确保创作的成功。妥协和变通主要是为了平衡不同的创作意志,是一种合作的智慧和道德。但是在影视创作中,往往会出现这样的情况,由于创作者处于雇佣创作的地位,主宰创作的是老板意志,老板意志和创作者意志不能合拍,从而形成无边无际的改动,以致于创作者疲于奔命,无所适从,心力交瘁。大约有这么几种情况,老板意志并没确定且稳定的诉求,缺乏定位意识,不知道最后的作品是要萝卜还是白菜,想一出是一出,要求创作者修改,结果修改出来的作品非驴非马,令人哭笑不得。另一种情况是缺乏大局把握,只注重局部调整,殊不知某些局部的设计即使可以成立甚至可谓精彩,可是却牵一发而动全身,会导致剧情走向的大改变,从而产生伤筋动骨的调整,而且这种大调整往往会使原定的合理剧情变得不成立,或者要做很艰难的衔接,可谓顾此失彼。还有一种情况就是老板意志方面缺乏辨别力,坦率地说就是不识货,结果往往会发生这样的局面,创作者给出的是一个美女貂婵,老板却说,我要貂婵的丫头。在当下中国语境,这些尴尬可谓影视创作的常态。还有一种尴尬的情况,就是一些人以专家的身份和你进行交流,却不是从建设性的方面给你提出建议,总是提出颠覆性的意见,好比你生出的是男孩,他们却要你变成女孩,而他们的背后,往往又是老板意志。面对这种局面,创作者的变通或妥协很难取得效果,合作往往是不欢而散。我的建议是,创作者在创作启动前最好能对老板意志有一个评估,如果估计到可能会遇到这样的老板,最好是不要进行合作,如果进入了创作,最好的选择是及时解除合作关系。这也是一种大家都及时止损的妥协方式。

◉ 方法的依循

不少谈影视创作的书名之为"教程"或"创作法"之类,也经常碰到学习影视写作者问影视创作的诀窍。这表明,人们普遍认为影视创作要遵循一定的方法。毫无疑问,影视创作是有规律可循的,经典的影视作品也总是体现了某些基本规律。但是从实际操作的层面看,有一个问题值得讨论,我们怎么依循方法来创作?是公式化的依循还是能动的依循？是从方法出发还是从真正感动自己的创作冲动出发,哪些方法是前提性的原则,哪些方法其实是事后的检测标准,这其中是大有讲究的。

比如,几乎所有的影视剧教程都说,影视剧要有冲突,但是创作实践表明,无冲突的剧情肯定缺乏吸引力,而仅仅有冲突的剧情也未必具有吸引力,尤其是一味地以表象化的冲突去结构剧情往往是一场非常肤浅的闹剧。我们也常听说,好的影视剧应该用一句话就可以概括,比如一个男人和三个女人的故事之类。但是创作实践表明,一句话就可以概括的影视剧其实是创作完成后的总结,而不是创作前的构思起点。试想,我们可以从一个概括出发,例如一个男人和三个女人的故事概括去开始我们的剧情想象么？我们还听说,影视剧要首先捕捉到一个戏剧性的人物关系,一个好故事框架等等。但是,如何去捕捉到一个有戏剧性的人物关系或者故事框架呢？似乎没有任何可以立杆见影的方法可以依循。事实上,许多创作原则或标准,只是当我们的创作构思形成后作为评判标准才出场,以检测我们的构思是否吻合我们经验中的好作品要求,如果吻合,可以坚定我们继续往前走,如果违背则提示我们要做调整。在我们的基本构思出现之前,我们很难说是依循某种方法而产生了某种构思。所以,一般说来,方法不可能成为一个具体创作的前提,我们不可能依据某些方法启动我们的创作想象。

当然不是说,方法只是事后诸葛亮,方法只是评论家的品头论足的评论原则。而是说,我们不可迷信方法,不可指望知晓了某些方法就可以保证创作的顺利展开,就可以诞生创作的精品。而是说,方法的依循也有依循的规律,我们要按照方法的使用规律使用方法。比如说,当我们的初步构想形成后,我们可以借助某些创作原则来检测我们的构想,从而调整我们的创作,这就是方法使用的一种方式。例如影视剧创作讲究悬念,当我们的初步构想提出后,我们就可以检测,按照这样的初步构想,是否有足够的悬念效果,要是不够,就要加强,要是毫无悬念可言,就要舍弃这种构想,等等。

方法的依循还有个融汇贯通,领会实质的问题。作为成功的创作经验而总结出来的创作方法或者原则都有其针对性,只有在特定情况下,某种创作要求才可能是有效的,换了另一种情况,某种方法就未必奏效,或者说,换了一种情况,另外的方法也同样奏效,甚至更好。比如我们塑造人物命运时,常有一个说法,就是把人逼到绝境,或者说要让人物面临两难的选择。一般说来,这种人物处理的方式确实能吸引观众关注,但是,这种情况只有在表现逆境人生的命运才比较合符情理,如战火人生、谍战人生、磨难人生之类,而且,这种生存情况具有非常态性、传奇性、巧合性,在表现常态生活的剧情中就未必协调,尤其在现实主义风格定位的剧情中,一味地追求这种极端化绝路突围的生存状况反而觉得虚假。同时,所谓生存的危机和绝境也有个怎样理解的问题,许多生存的危机或两难抉择不是外在的生命危机,而是内在的价值选择,并没有剑拔弩张的外在紧张感,而是要靠心会去理解的生存焦虑。而我们对绝境的理解往往是外在的生存危机。再比如,在依循冲突化的原则时,我们往往讲究设置仇敌性的对立冲突人物关系,以加强冲突的激烈程度。但是,许多家庭生活的影视剧,矛盾冲突往往不是仇敌关系,而是日常生活中人物之间的阴差阳错,仇敌关系反而不真实,等等。总之,方法是有边界的,不是万金油。要有的放矢地依循方法。否则就会出现刻舟求剑的尴尬。

其实,所有的影视创作方法有一个共同的目的,就是提高观众的收视兴趣,通俗地说,好看是硬道理。这是我们依循方法时必须明白的,也是方法的本质所在。可是,创作中我们往往忽略一切方法的这个根本目的,而拘泥于方法规范,被方法规范所挟持。我们常听到这样的责难,你要明白自己是在创作什么类型的影视剧,创作必须符合某种类型化的创作规范,等等。从而使创作效果的考量成为是否符合某种创作方法或模式的考量。在我的创作实践中就经常和责编身份的人发生此类纠缠,结果往往导致创作迟迟无法推进。这些自认为掌握编剧诀窍的责编很自信某些模式的效应,并且认为这也是观众的需要,他们不明白任何方法都产生于此前的经验总结,如果遇到某些新的创作境遇就未必适应,而且观众的兴趣也是不断增长的。比如穿越剧的写法,在穿越剧诞生之前,就没有方法可以依循,就是在穿越剧的不断积累中才形成一个崭新的影视剧类型。事实证明这种新的无前法可依循的创作形态,符合了观众的新的收视兴趣。所以,最简单也最权威的创作效果考量就是观看。不妨找人阅读剧本,只要阅读者有兴趣追看下去,就是最好的检测,至于是否符合某种创作规范是不重要的。还是我们说的那句话,好看是硬道理。

实践表明,成熟的创作者在创作中是很少考虑到创作规范的,构思仿佛是本能地从心中流出,一个好的故事,一个好的人物关系,一个令人眼前一亮的主题仿佛是灵感的产物。听到一个故事,听到一种人物关系,本能地就能捕捉,然后就能浮想联翩地想象下去。一切似乎神助。这并不是说,创作者无需方法的依循,而是说,他把方法融会到自己的素质中了,从而形成了一种职业性的创作能力,这就是我们所说随心所欲不逾矩的境界。我们对方法的依循,应该努力达到这样一个境界。

当然,作为影视创作,作为常识,还是有一些在创作之前就要依循的原则。比如说,影视是视觉艺术,我们的文学文本表达,一定要考虑有视觉的表现力,应该与视觉表现相协调,议论化的表达要十分慎重的运用。就影视剧而言,视觉的表现要有动作性,要注重人物的表现,要有事件性,等等。我们还要看到,影视创作的雇佣性,创作的发起者——往往是投资者,首先提出一个创作方向和定位,邀请执笔创作者沿着某种命题加以扩充完善,提出一个基本构想,然后不断丰富调整,进入实施。我参与过许多主旋律电视专题片的创作,就是这种情况,也有相当一部份影视剧,尤其是主旋律影视剧也是这么诞生的。在这种情况下,投资者意志一直是主导性的,创作者要说依循某种创作方法,不如说是揣摸老板意图,即使依循某些方法也是为实现老板意图而来,也就是说,方法的依循是事先有指向的,在相当程度上是被动的。比如说,你被邀请创作一部谍战剧,谍战剧的模式就先在地被设定了。这也是我们依循方法的一种情况。

策 划 之 道

◉关于策划

　　随着时代的发展,人类行为的计划性大大加强,策划就成为人们实施重大行动前的必行环节。其功能大概有两点,其一是对即将启动的行为进行可行性论证,其二是对决定启动的行为进行宏观导控。影视创作也不例外。如今,策划已经制度化地成为影视创作的第一程序。由于策划的最终形态是要诉诸于文字表现而且也包含着创造性,我们可以视之为影视文学创作的一个环节。而且我们要说明,我们这里说的影视策划不仅是指影视作品的策划还包括影视项目的策划。对于影视项目策划而言,策划者可能不是影视作品的创作者,例如不是编剧或撰稿人,而是项目的运营者。但是,这种策划在很大程度上决定着具体作品的创作,所以也可以视为影视创作的一个不可或缺的环节。

　　策划的产生首先是现代社会发展日益科学化,技术化,模式化的时代趋势造成的。我们都说随着社会进步,人类越来越有主动性和自由意识。比如倡导以人为本,更多自由选择,更加张扬个性等等。但是,我们也会发现,人类的社会行为也更加组织化,制度化,模式化。传统社会中人类行为的那种随心所欲的个性化色彩越来越稀薄,非理性、非程序化的行为越来越少。人们越来越要求将自己的行为纳入到一种周密的设计中。策划恰恰就是这种时代特征的产物。从内涵上说,它强调对人类行为进行设计,从形式上说,它符合时代的行为方式。

　　其次,这是商品经济发展到相当阶段的必然产物。在我看来,策划本质上是一种经济行为,它的目的是追求效益最大化。当下中国的策划业本身就是一种商业部类,策划案在文体学上也属于商务文本。各种策划文本越来越讲究形式方面的视觉设计和装潢包装,都更加凸显了策划的商业色彩。策划随着社会的市场化进程越来越显现其敲门砖的形象。

在这种社会背景下,影视创作的商业性日益突出。影视产业属于文化产业的重要部类,这都是没有异议的事实。那么顺理成章,影视创作以策划为先行也就毫不奇怪。这除了是游戏规则使然,也反映了影视创作内在的需要。毕竟,这是一种有着高投入风险的行为。没有精心的论证和设计是不可想象的。可以说,策划成了影视创作的一个有机的组成部分。不会以策划的形态阐释影视创作的影视创作者,是不合格的,至少也是有所欠缺的。

策划的目的何在? 在我看来就是效益的最大化。何谓效益最大化? 就是在给定的条件下,实现投入最小,回报最大。

我在业余生活中介入过一些商业策划,也因此和不少策划人有过交流。我发现对策划的认识方面并不是每个策划人都有清醒的理解。

有个非常流行的说法,认为策划就是出点子,于是就有所谓"点子大王"一类的人物问世。一些商家也迷信所谓点石成金的策划功效。其实点子的功效就在于出奇制胜,在点子指导下的行为有很大的反常性,因而也有很大的投机性。就像诸葛亮的"空城计",偶尔为之很有效,常态为之就不行了。因为生活的主体是常态性的,总是用反常态的行为应付常态生活是行不通的。况且,点子的诞生更多出于灵感,而灵感是可遇而不可求的。常态的策划是基于成熟的理性思维得出的正确分析与判断,它是对客观规律的准确把握,具有必然性和稳定性,是大智慧,而不是投机性的小聪明。

还有人认为,策划水平取决于策划者有过人的构想力,换句话说,就是有创新力,能够提出一般人难以提出的神奇创意,就像奥运开幕式的创意那样。我觉得这个说法似是而非。因为构想的完美、新颖包括其效应都必须在特定的条件下才能判定,孤立地谈构想没有任何意义。曾经有位作者和我谈过一部儿童题材的电影构思,就构想而言的确有许多新颖过人之处,理论上也是可实现的。但是我对他说,你这个作品写成小说可以,但要拍成电影找儿童演员是个很困难的问题,说老实话,我对中国儿童演员没有信心,要实现的话成本可能很高,还不见得有人愿意投资。我认为策划中更关键的不是构想本身的完美或创新,而是整体思路的集约化。构想好比产品,产品的完美和新颖固然重要,但它不是唯一的策划着力点,况且,总是要求构想完美或出新也不现实。我觉得,构想即使不出新,但只要有社会需求,我们能把实现构想的成本降低,并且以恰当地方式推出,同样会产生策划效应,而且对一般策划人而言,这是更现实可行的。

构想本体结构策划——构想实现成本策划——构想推出方式策划,这是策划的基本思维链条。策划就是要达到这三个环节的高度集约化。就是要讲究投入和产出之比,从而实现效益的最大化。策划就是找到一条实现目标最近的路。所以常态的策划不一定出奇制胜,也不一定推陈出新,而是通过周全的分析和计算,选择一个能达到效益最大的行动方案。常态的策划人不是点子大师,也不是具有过人想象力的创意家,而是有着严格科学理性的思维者。

以上讲的虽是对策划的一般认识,但对影视创作的策划同样适用。影视创作不仅仅是作品的策划,还有实现作品和推出作品的环节,同样要综合考虑。

●策划的几种类型

影视创作的策划有各种启动情况。从创作动因而言,大致可以分为"我要写"和"要我写"两种类型。所谓"我要写"是指创作者主动想进行某影视作品的创作,从而去寻找创作支持或合作所进行的策划。"要我写"是指非直接创作者,如投资方、主办方等邀请创作者合作,进入某项创作而进行的相关策划。前者是创作者为自己的创作诉求实现而进行的策划,后者是为他者创作诉求而进行的策划。这两种策划的共同核心都是围绕某个影视作品的实现而进行可行性论证,区别是,前者涉及的作品与作者的内在关联尤其是情感关联更紧密,后者涉及的作品与他者的意志诉求关联更紧密,即所谓委托创作。

2005 年,我的朋友,北京电影学院教师邹亚林约我参与创作电影剧本《红棉袄》。这是他酝酿多年的一个题材,写的是湘西苗乡一位小女孩过年时渴望得到一件红棉袄的故事。亚林一直想拍这部作品,为此四处奔走,做了不少策划方案,以各种方式谋求合作。包括把剧情设计的十分简单,人物采用非职业演员表演,场景基本上集中在一个小山寨等等,除了艺术方面的追求,也是出于降低投资成本的考虑。由于该片的策划不能满足投资商方面的市场取向,最后他只得采取自筹资金的方式拍出了这部片子,整个片子的投资不到一百万,所有的主创人员都是友情加盟,没有报酬。这部在艰难中诞生的片子后来被国家送去嘎纳电影节参赛,还获得中国电影金鸡奖(提名)等奖项,在圈内反应也很不错。从策划的角度看,则是一个典型的"我要写"的案例。

其一,"我要写"的情况往往是出于艺术的追求,策划的中心诉求是实现创作者的艺术理想,这是策划者最终要维护的。但是这种维护由于个性意志太强,往往很难平衡他者意志,合作的前景比较严峻。特别是缺乏名气的创作者,更难获得合作支持。如何使创作的个性化意志与他者意志取得共鸣,是策划者要认真考虑的问题。最理想的情况是创作者有投资能力,但这对大多数作者而言是梦想。我有时看到创作者很激动地为自己的追求辩护,大有替天行道的感觉,好像不认同他就是犯罪,这实在好笑。凭什么人家要成全你,而你不能成全人家呢?互惠互利,是影视创作的第一原则。

其次,在"我要写"的情况下,策划者要特别考虑降低成本。比如《红棉袄》的拍摄,要是没有低成本的考虑,最终连自筹资金拍摄的可能性都不存在。我给亚林的支持也只是参与讨论剧本,其他主创也基本上是出力性质的支持。可见,只有投资风险小的策划,才更有实现的可能。即使是合作者都有艺术情结,也可能因为艺术追求的分歧而导致合作力度的限制。比如,我便对亚林说,我对你的片子有所保留,也只能这样出力了。

其三,在"我要写"的情况下,创作者的艺术创意如何符合现实实现条件是指导性的原则。《红棉袄》艺术上追求原生态的表现,这既是作者的艺术追求又具有现实实现的可能性,两者取得了某种一致,所以就拍出来了,并且取得了比较好的效果。试想,要是亚林想拍梅兰芳,想拍赤壁之战,他的难度就要大得多。《红棉袄》在创作构思方面的策划,也是值得我们回味的。

当然,"我要写"的情况还和"我"是谁有关,如果是张艺谋提出"我要写",困难肯定小得多,恐怕他任何策划案都不给合作者提供,也会有人给他送钱来。这就不是我们要讨论的内容了。

比起"我要写",似乎"要我写"的情况更常见。如今,北京、上海、广州等大城市已经形成了规模可观的职业影视写手群体,并且涌现出了一批高价位的金牌作家,表明了影视创作商业化的时代趋向。进行商业创作的首要环节就是进行创作策划。尽管这种策划往往表现为创作者自报选题的方式,但显然已经不属于《红棉袄》那种"我要写"的情况,只不过是出于商业动机主动揣摩投资方诉求的一种表现。实际上仍属于被动创作。当然,还有一种比较普遍的情况,就是影视投拍机构主动选择创作者,为其进行整体性的创作策划,包括作品创作。

如果从策划的利益诉求来看,还可以把策划分为商用策划与非商用策划两类。所谓商用策划,就是以获取经济利益为主要诉求的策划,策划的委托人一般都是企业。

首先,我们要明白,一旦影视作品是为了一种商业诉求而创作,就与一般的艺术创作有了重大的差异。因为艺术精神是张扬自由的,强调的是创作者的自主个性,创作的独创性和超越性,真正的艺术创作是对生命存在的求索和想象。而商业影视的创作诉求的是经济利益,艺术元素不过是获取利润的手段。当下有些学者将文化产业和艺术商品看作是艺术发展的一个历史新阶段,甚至是艺术获得时代新生机的表现。他们只看到作为艺术商品和非商品的艺术作品在形态上的一致性，而忽略了二者本质上的差别。就像和妻子发生性关系与和妓女发生性关系，表象上无区别，可是谁都知道这两者的性关系是有本质区别的。

不言而喻，从事商业性质的影视创作策划，经济效益的考量是第一位的准则，具体言之，就是投入和回报之比要尽可能达到最大化。而且，艺术的考量必须服从经济的考量，必须为经济的考量服务。说白了，艺术是为赚钱服务的。怎样使创作盈利，这其中有许多环节和诀窍，不可能都涉及，我只谈谈在作品设计中要注意的问题。

就作品设计而言，商业影视创作一定要以市场需求为导向，通俗的说，就是要揣摩观众的口味，观众喜欢什么就创作什么。因为只有观众喜欢才会观看，才有票房和收视率，就为广告投入，作品购买，宣传效果奠定基础。赚钱就有了根本保证。这也就意味，在选题上，选材上，表现手段上，作品的设计要以目标观众的价值观，文化素质，趣味爱好以及心理特点为准绳。创作者的创作才智要全力为迎合观众服务，而且作者要尽力避免与观众相冲突，相隔膜的艺术表现发生。毫无疑问，如此一来，会在很大程度上压抑创作者个性化的追求，对于有个性独特艺术追求的作者而言是很纠结的事，但这是无论如何的事。

迎合观众是商业影视创作的第一法则，这是在策划时就必须遵循的原则。但是，我们也要明白，迎合观众并不一定是艺术品质低下，并不一定就是平庸之作，如果我们的观众文化素质高，艺术趣味高，迎合观众也可能产生较高艺术水准的作品，如好莱坞大片普遍比中国的电影艺术水平要高，很重要的原因就在于好莱坞大片的目标观众比中国的影视观众文化素养高。此外，我们还要看到，有时候观众的兴趣点是潜伏的，是要发现和唤醒的，这个时候，我们就不能表象化地去迎合观众，而要用唤醒和引导的方式去迎合观众，因此有作为的作者善于用突破之作去迎接观众，这也可以赢得观众的，只是这种创作要冒些风险罢了。还有，实践中也会有这样的情况，某些有能力有抱负的作者善于在迎合观众的同时也顽强地表现自己，从而使创作在既满足观众的同时也实现了自己的一些艺术追求，这才是高手的作为。总之，平庸的创作者是一味满足观众，高明的作者会在满足观众的同时也巧妙地实现自己的艺术追求。

除了迎合观众，商业性的影视策划还要讲究创作成本的控制，这是减低投资风险，提高作品销售竞争力的重要保证。再次，创作的时机要和销售或推出时机相配合，比如贺岁片在创作时机上就要保证在贺岁档期推出。这也是保证投资者获利的重要考量。总之，商业影视创作的策划是以经济效益的最大化为价值标准的，艺术性只是手段。

不妨以电视连续剧《潜伏》为例做些分析。

我们不难发现《潜伏》的创意，首先瞄准的是一个传奇性的故事。从小说原作的选择，到人物关系的设计和基本事件框架都高度重视故事效果。至于人物的塑造，主题思想的开掘都是次要的。应该承认，《潜伏》的人物塑造和主题开掘也是有突破的，但绝不是创作的重点，也以不影响故事性为边界。创作者也是策划者的姜伟说，潜伏的故事只要和当时的现实相类似，只要观众能接受就行了。可见他并没有在人物的性格、命运，主题的深刻，怎样更具有历史的真实感上下很多功夫。余则成投入革命，他和左蓝的关系，和晚秋的关系，还有情报贩子谢若林的设计，包括许多剧情细节都只是似是而非的真实，只是在观众不计较的真实性层面才是可信的。整个剧情突出的是情节的曲折，冲突的激烈，危机的不断，智商的高明，还有一些有新鲜感的历史背景知识，这些都是为了一个效果——可视性。观众在《潜伏》中收获的主要是一个赏心悦目的故事，就像看了一场惊讶不已的魔术一样，而不是对人生对历史的深刻反思。

再看《潜伏》的投入，我们不难发现，这部戏的大部分场景都是室内拍摄，而且室内的布景也很简单。这部戏只有少量外景，而外景戏也没有大场面。姜伟说，他连雨中戏都没敢上。再细看，这部戏的季节感是模糊的，没有春夏秋冬之分。这都表明，这部戏是有着投入控制的。于是，也就对剧本和表演提出了很高的要求。《潜伏》的成功，一是剧本，二是演员。在拍摄方面，投入是很低的。姜伟也承认,他为了赶周期,为了降低成本,这个剧有不少遗憾之处。

至于《潜伏》选择的创作时机。虽说这不是策划者的精心安排,但是,在《潜伏》创作的前后,正是中国影视市场谍战剧比较流行的时候。在这个时候,《潜伏》就有了赶潮流的商机。它能够出类拔萃,自然会有可观的商业回报。

从《潜伏》的案例我们可以看到,一旦创作具有商业目的,就必须按商业的诉求,按商业运作的规律进行策划和创作。艺术应该服从商业。但是,这绝不等于说,一旦商业化就必然会出艺术的次品。《潜伏》的剧本创作表明,其艺术方面也是达到了一定品质的。在谍战题材的电视剧中是比较优秀的。在国外,更有好莱坞的例子,许多好莱坞大片都是既有商业回报又有艺术价值的作品。如何使艺术与商业统一起来,这是考验策划人功力的课题。

与商用性策划相对应的就是非商用性策划。所谓非商用性的影视策划就是不以经济回报为第一目的的影视创作策划。这种创作的形态以专题片居多。策划的委托人主要是政府机构。近年来,越来越多的企业出于企业文化建设或者形象宣传的需要,也是这类策划的重要委托人,特别是大型企业。作这类影视策划与商用性的策划有许多不同。

首先,概括力要强。因为此类影视大都是总结历史,表现成就,塑造形象。无论是写人还是写事,都要求有思想判断,有经验总结,有事迹展示,这都需要有概括能力才能实现。概括能力既是指思想的概括力,也是指展示事实的条理性,周全性,更重要的是考验策划人的选择能力——你能否将最亮点的东西把握并表现出来。

其次,要有颂歌心态。这类影视片有个共同点就是正面表现为主,对负面因素的表现比较克制。实践中不少创作者很不习惯,不是说他们热衷表现负面的东西,而是说他们对正面的表现缺乏内在的热情,总觉得这是浮夸虚假。要么就用华而不实的辞藻和画面来堆砌,要么就写得枯燥平淡,总之有种隔膜感。这其中既有认识偏见问题,又有职业道德问题。就认识而言,一些作者总是以挑剔的眼光看待社会的正面生活,总是对英雄、奉献抱怀疑态度,总是对政府或企业取得的业绩缺乏认同。我们要知道,那种无中生有的浮夸业绩情况毕竟极少,大多数业绩是有真实性和进步性的。因此,我们正面表现这些业绩没有什么值得羞愧的。而且我们还要带着理解的心情去表现。从职业道德而言,如果你真的无法认同某种创作表现的话,那么你可以退出创作。你既然接受创作,就应该为他人做嫁衣裳。既要保持清高又要收他人的报酬,我认为这是人品有问题。我在实践中的做法是,一旦接受创作,就尽可能地挖掘表现的亮点,满足委托人的需要。如果实在触犯了自己的价值底线,就退出创作。

其三、要有和投资相对应的宣传效果。这种非商业性的影视创作,由于不考虑盈利,其投资往往没有严格控制,可大可小,偶然性很大。同时委托人的意志干预也比较具体,我参加的创作中,投资方主官亲自写主题曲,写解说词,甚至亲自剪片的情况并不鲜见。所以创作者意志发挥的空间是相当受限制的。在这种条件下,我们只能要求创作达到与投资相对应的宣传效果。这意味,投资大,片子在摄制水平上则相应要高,在传播影响力上也相应要大。我这里不提可视性而提宣传效果,就在于宣传效果不一定是可视性造成的。比如评奖,比如报道宣传,比如研讨会,比如电视台反复播出等都可以达到宣传效果。当然,如果同时具有可视性宣传效果是最理想的。

● 影视策划的基本点

随着当代中国市场化的进程,策划越来越成为影视创作的第一环节。这个环节是指使影视创作获得现实实现保证的运作活动。一般来说,影视创作一定要获得多方面的支持与合作才有可能现实实现。例如,没有资金支持就无法投拍,为了取得资金支持就必须通过策划来阐释影视作品创作的意义,从而获得投资商的认同和支持。此外还有其他合作方的协调或游说工作,这都属于策划要解决的问题。策划涉及对特定影视创作社会价值及运作方式的多方面

思考,体现了对特定影视创作的宏观与系统地把握。大致说来,有以下基本点:

一、创作的背景和意义

1、与创作密切相关的信息资料

2、创作的意义(经济意义、社会意义、艺术意义等)

二、创作的总体构想

1、创作的名称和创作的形态

2、创作的主要诉求定位

三、创作的具体构想

1、框架结构及内容梗概

2、重要创意亮点阐释

四、创作的合作关系

1、创作中各环节的一般组织关系

2、与投资方或创作批准方的关系

3、与其他创作者的合作关系

五、创作的运作要点

1、成本投入和控制

2、创作管理和运营

3、回报方式和预期

六、创作的具体方式与实施周期

1、创作的具体方式

2、创作的基本周期

七、创作的投资效益分析

1、经济效益

2、社会效益

3、艺术效益

4、风险评估

八、创作的可行性分析

1、有利因素分析

2、不利因素分析

九、创作投资预算

以上策划基本点的概括，是从影视创作实现的全过程来考虑的，不仅仅是剧本的创作或摄制创作。这是因为，没有这样策划考量，影视创作是无法实现的，或者说是建立在很大的盲目性之上的。当然，作为策划的文本表述，不一定是一个模式，但这些基本点都应该纳入策划的思考中。在这些基本点中，我特别强调对投资方利益的关注，这是从实践中深切地体会到，忽略投资方的利益，最终还是要损害艺术创作本身。

进一步分析我们可以发现，影视作品的创作策划，是和策划系统中其他基本点的策划相辅相成的，比如投资的策划，创作周期的策划在很大程度上制约着文本创作的策划。也就是说，一定的资金和周期，决定着创作的形态和效果设计。当然，也可以反过来说，特定的创作策划，决定着相应的资金和创作周期。因此，策划者应该综合考虑各种策划点的平衡。

归结起来，策划的基本任务就是完成创作的宏观定位。给创作的具体实施提供遵循的依据。一般说来，策划一旦通过，就不能轻易更改。尤其是在影视剧文本创作中，所有的创作建议都应该维护定位，而不是颠覆定位。我们在创作的一定阶段，会邀请一些行家对创作进行"会诊"，提供创作建议。此时就对如何提供创作建议提出了要求，一般说来，所有的建议应该围绕定位的实现而展开。但是实践中经常会出现颠覆定位的创作建议，打个比方来说，我们的定位是要突出萝卜，可是创作建议却按照白菜的要求来展开，从而使创作的讨论陷入尴尬的境地。在我的影视创作实践中，尤其是在影视剧的创作讨论中，经常遭遇到这种局面，那些提出创作建议的专业人士仿佛是以颠覆定位为乐事。这种情况下，讨论往往陷入无边无际，离题万里的漫谈，结果是破坏性的，只能使创作崩溃。也许是我的实践有限,没有遇到能够充分相互理解的合作者,因而这种情况并不普遍,但是这依然有警示意义,警示我们,一旦定位形成,所有的创作构思就应该围绕定位展开,除非确实发现定位有问题,不要脱离定位去思考问题。也就是说,策划一旦形成,就不要轻易去颠覆。真的出问题时,应该补台而不是拆台。

◉策划中的建构能力

策划要求有一种宏观视野,对影视文本进行大框架的定位,就像建筑师的设计图。毫无疑问,这就要求策划者具有搭框架的能力。或者说建构能力。我认为,建构能力一是要有整体把握事物的能力,对所要表现的对象的形态、风貌、特色有地图般清晰的认知或设计,而不是面目模糊,边界含混。这种整体把握能力不仅要求外貌性的把握对象,还要对构成对象的肌理有清晰的把握,知道构成对象的主要元素有哪些。就像建房子,既要对房子的大框架有清晰的把握也要懂得支撑房子的基本支柱的分布及其功能。此外,策划的建构能力除了具备整体把握事物的能力还要求对所表现对象有独到的发现与表现能力。通俗地说,你设计出来的房子不是简单的模仿现实对象,而是要有自己独到的发现与表现,使之与他人设计的房子有区别。

我曾给广西百色地区策划过一部地区形象宣传片。在策划时,我们去百色地区去进行调研,对百色地区的历史沿革,现实发展概貌进行了了解,包括对此前他人如何表现百色地区的影视片进行观摩,基本上形成了对百色地区的整体把握,做到了胸有成竹。在此基础上,我们又考虑,如何在我们的影视片表现中给百色地区一种新解读,新印象,使我们所表现的百色地区形象既符合百色的实际又具有独特性。后来我们抓住百色地区的地名"百色"作文章,用色彩的印象来解读概括百色。我们舍弃了百色地区现实生活中的政治、经济建设方面的元素,因为这些方面百色地区和其他地区比较同质化,特色不够鲜明突出。如果实况照录,从全面性上似乎满足了要求,但是特色反而不够突出,不够鲜明。于是我们抓住百色地区比较有地方特色的几个点,即红色革命根据地、秀美的山川风貌、丰富的民族生活。我们认为强调这几个点会形成一个特色鲜明的百色形象。我们最后完成的策划叫《人间百色》,整个片没有解说词,完全靠画面和音乐来诠释百色的面貌。全片结构分为:红色(革命老区遗迹)——绿色(绿色生态景观)——百色(民族生活风情)。这就体现了一种对百色地区特色人文地理面貌的概括和浓缩。该片完成后,获得同行的好评,百色地区也很满意。

1994年,我参加了一部总结广州改革开放15周年的政论专题片创作,任执笔撰稿。在创作开始也涉及到宏观策划的问题。我们认识到,这部表现广州的专题片是从改革开放广州的新气象、新经验的角度来表现广州。换言之,我们要在整体上表现广州十五年来的新变化。这就是该片的大框架以及特色所在。这是一个基本定位。就整个片子的支撑元素而言,我们要做的工作,就是把广州作为中国改革开放的先行地这15年的生活素材加以整理,使主要的亮点凸显,并根据这些亮点编织出广东改革开放15年来的社会图景。此外,从这些社会图景中概括出若干条理性的结论。再次,才涉及到艺术表现的问题。于是,就形成了这部后来叫做《南方的河》的专题片的框架:

第一集《珠江谣》(广东改革开放的文化和历史背景)

第二集《海鲜生猛》(广东怎样杀开一条血路,市场经济的改革)

第三集《南风窗》(广东的对外开放,历史与现实)

第四集《揾工跳槽》(广东打破铁饭碗之路,人事体制革命)

第五集《咸淡水》(广东新经济成分崛起,多种经济成分并存格局)

第六集《海纳百川》(广东的兼容性,新型的人际关系)

第七集《大水系》(广东的民主建设,政府机制的改革)

第八集《江风浩荡》(广东的精神文明建设,两手都要硬)

可见,《南方的河》的框架体现了策划中整体把握对象和独到发现能力的结合,这就是所谓建构能力。尤其专题片的表现,往往有现实对象依据,我们不能脱离对象进行天马行空的想象符合对象的真实性,是一个不可忽略的要求。但是符合对象的真实不是照本宣科,策划者要善于发现对象的亮点,善于进行整合,使之出现新感觉。所以,策划不是简单的复制,而是在真实依据的基础上的创新。我们将这种策划要求谓之为建构。

很显然,建构能力既要讲究创作完成的作品要有完整性,是一个各个基本的细节性的元素构成的有机整体,因而策划者要有整体性的结构能力。同时,策划者还要有独到的表现角度和表现亮点,这种能力更依赖于独到的发现能力和表现能力,即建设创造的能力,或者说创新力。后一种能力,似乎更考验我们的策划者。下文,我们着重谈一谈。

● 策划中的创新问题

所有的策划者都期盼自己的策划具有新意。问题是新意何来?顺理成章就要求策划者有创新力。于是又可提问,何为创新力? 对这个问题的回答往往就会出现神秘主义的解释,比如说归结为一种天赋的能力,即有些策划者天生脑子好,一想问题就会出新意。可是这种解释没有意义,因为天赋是不可学的。所以我们讨论创新,不能归结为天赋。

还有一种对创新的偏颇认知,即认为创新就是出奇想,出奇招。亦即通过非常态的思维或想象,创造出令人惊奇震撼的景观状态或轰动效应。如"哈里波特"文化现象,以及许多好莱坞大片策划的轰动效应等。事实上,许多策划人也痴迷地追求这种奇思妙想带来的震撼效果。什么万人大合唱了,什么海底选美了,什么喜马拉雅山的集体婚礼了,什么建在海上的超豪华大酒店了,什么与克林顿、老布什之类要人的见面会了,当然还有张艺谋创意的《印象刘三姐》。

奥运会开幕式等等。总之,都是惊世骇俗,震撼轰动的大策划。这种推崇中流露一种认知,只有出新、出奇、出规模,出轰动的策划才是高质量的策划。我很不以为然。

首先,这种轰动性的所谓大策划在策划行为中比例是极少的,不具有普遍性,况且其轰动效应正是通过大量的策划并不张扬而反衬出来的。其次,这种策划是高成本的,无论是实现的成本还是能够享用此类策划的收益者,都不具有普遍性,而且投资风险很大,这也决定了其非常态性。更重要的是,在效益核算上,除了轰动效应,我们很难统计量化的效益。比如奥运会开幕式,投入和产出之比是多少,是否达到了效益最大化,是很模糊的。坦率地说,在中国,许多政府推出的轰动策划,实际是面子工程,讲的是政绩效益。这种策划是缺乏科学精神的。许多所谓策划大腕也是钻政府的空子才获得了一些名气。说白了,无非是些善于察言观色,投人所好的江湖策士,离科学理智还差得远。

话再说远点,许多所谓震撼的策划,强调的是强烈的感官刺激,并没有扎实的科学内涵和人文内涵。例如张艺谋的许多策划,玩的就是强感官刺激,用非常夸张、华丽、铺陈的视听场面去刺激人的感官,说得难听点就是感官恐怖主义,这正是我们这个时代精神空虚的表现。我们已经无法被朴实的、平静的细节感动了,我们的情感神经已经萎缩,必须用强烈的电击才能有所兴奋。张艺谋的影视手段也越来越商业化,这似乎表明,脱离商业化的感知方式,他已经很难感悟生命的震撼处了,也很难用平凡的形态让观众感动了。而我认为,一个策划人不能用常态的方式诠释自己的智慧,他就不是一个真正的策划人。

我们当然不能否认许多轰动的策划确实产生了实实在在的效益。我们也应该承认,这些策划是有智慧含量的。我们甚至应该钦佩,这些策划需要过人的胆识,过人的想象力,尤其是对复杂的社会关系有着敏锐的把握。但是我们同样要看到,导致这些策划成功的重要因素中,往往还有特定的社会背景。例如,超女的策划成功,就与当下社会流行炒作,追求时尚,崇拜明星,憧憬一夜成名,并且形成了一大批追星族的现实有关。试想，在文革时代，超女的策划是可能的吗？某种意义上可以说，许多策划是利用我们社会的病态才获得成功的。换言之，建立在反常的社会条件下的策划即使成功，也不具有普遍性。

我们都知道诸葛亮的空城计是一个非常成功的策划案例。但是，空城计的风险极高，而且是在特定条件下的产物。正常条件下，空城计是根本不可能成功的。因此，常态的策划就是追求不管在什么条件下都能确保成功的策划，或者说，我们应该把主要的精力集中于最普遍的规律，最常态的必然性，例如要打败司马懿，根本性的出路不是出奇制胜，不是空手套白狼，而是在实力上压倒司马懿，这才是在任何条件下都可以战胜司马懿的关键所在。就影视创作而言，最根本的思路是了解市场最必然的，最普遍的需求，努力提高创作的质量，以优化的有竞争力的作品去占有观众。我们的策划就要立足这个最根本的思路，这就是所谓常态思维。

常态思维是常态条件下的思维，它为人所普遍具有，并不出奇。但也正因为如此，它更考验策划人。其考验就在于，你是否更深刻地把握了众所周知的事物规律，更灵活地运用规律，从而具有竞争力。策划人不仅要有见风使舵，投机取巧，兴风作浪的本事，更要有不管风吹浪打，以不变应万变，以实力而永立于不败之地的本事。尽管我们必须承认这些策划带来的奇迹般的轰动效应和效益，但我还是认为，这不是策划的常态工作现象，如果趋之若鹜地追求这种策划效应，是非常不现实的，只能扼杀策划的常态生命。

我认为策划中的常态创新就是运用常态元素的整合产生新意从而达到理想化的效应。这有点像作曲，所有的作曲家都是在整合七个音符，这七个音符就是组成歌曲的常态元素。就七个音符而言，是没有任何新意可言的，但是高明的作曲家却通过七个音符不同整合，形成优美而富有新感受的旋律，令人心灵震撼。这才是创新的正道。

2008年，我和央视《走遍中国》栏目合作，策划了一组关于广州文化的拍摄选题，号称揭秘广州六大文化密码，即羊城文化密码、中轴线文化密码、水城文化密码、黄花岗文化密码、南越王墓文化密码、百年名校文化密码。从这些选题策划的表述词看，给人的感觉都是很有吸引力或者说都是有新意的，一些熟悉广州的人士都说，广州还有这么多秘密么？我们怎么没听说？难道广州还有不知道的景观和故事么？其实我们拍摄的景点都是人们熟悉的，甚至被反复拍摄过的。但我们将这些景观进行了我们的整合，赋予了我们的联想和解读，从而化熟悉为陌生，化平淡为神奇，从而产生了新意。不妨举两个例子来看看。

这个系列片有一集叫《羊图腾》。涉及的是所有的广州人都耳熟能详的话题，即广州为什么叫羊城。但是，对于这个问题的解读，一般的广州人只能知晓一个久远的仙人骑着五只衔着谷穗的羊降临广州，将谷穗播扬在广州的传说。而该片则抓住这个古老传说，进行一系列的追问，关于广州的古老传说数以百计，广州人为何选择了这个有关羊的传说而将广州城的别名命为羊城？广州并不产羊，市民生活中和羊的关系并不密切，为何对羊的形象情有独钟？为何那些与羊的关系非常密切的其他城市例如内蒙的呼和浩特、新疆的乌鲁木齐不叫羊城？经过一系列寻访过程，最后追寻到当年秦始皇派大军统一岭南，给岭南带来农耕文明的重大历史事件。从而建立了一个假说，广州之所以叫羊城，和秦始皇统一岭南的重大社会跨越有关，是广东人的一次刻骨铭心的文化记忆。值得一提的是，该片在寻访的过程中涉及诸多广州的文化景观，这些景观都曾经被反复拍摄过，并无新意可言，可是由于重新被组合到了羊图腾的话题里，旧景观就有了新意蕴，给人耳目一新的感觉。

还有一集是关于广州的北京路，北京路是相当北京王府井大街那样的一条商业街。以往都是从其商业历史悠久来解读的。可是我们在调研中却发现她是中国延续时间最长的城市中轴线，在城市规划学上有重大的文化价值；这条街上还串联着五个千年古迹，是中国古街之最；而且，这条街在千年历史上是广州政治、经济、文化的中心，亦属罕见。如此一来，北京路的价值就大大提升，北京路的形象也就焕然一新，令人刮目相看。造成这种全新感受的并不是新知识的出现,就所有的知识点而言,除了城市中轴线,都是人们熟知的,只是人们从未将这些知识点联系起来考察。就说城市中轴线这一文化亮点,也是被忽略了。其实你只要联想北京路是古广州的市中心街道,其北端两千年前是南越王的王宫,其南端的天子码头当年耸立着正南门,就知道它是王宫御道,再联想中国城建布局的中轴线原则,以及目前中国最知名的北京城中轴线只有800年历史,而西安、洛阳等古城的中轴线没有延续下来,北京路作为城市中轴线则一直延续到民国,就可以判断,这是中国最古老的城市中轴线。

这些案例给我们启示,创新不能总是期盼出现一个从未有过的对象,在许多情况下,给旧有的事物以崭新的解读也是一种创新。所以,创新的本质不是对象本身的新奇性,而是对照对象时要有独到的发现,而这种发现借助一种整合能力,就像作曲家将七个音符整合成感人的旋律一样。

说到这种整合能力,不妨再说开一点。2003年,我作为总编导和总撰稿,拍摄了一部总结广东民营经济二十年历程的系列专题片,有14集。期间采访了上百家民营企业,其中有数十位亿万富翁级的企业主。对广东民营经济的发展有了比较系统的了解,许多商战智慧令我印象深刻。

还记得去广东顺德以生产微波炉著名的格兰仕企业采访时,我约他们老总面谈一下,看怎样做好格兰仕这个品牌。他们的接待人员抱歉地告诉我,他们的老总正在和一帮北京专家商议举办一个有关"格兰仕模式"的研讨会,不能接待我。我立即问,"格兰仕模式"总结出来了吗?接待者说,正在研讨中,有说是"世界工厂格兰仕",有说是"价格屠夫格兰仕"、有说是"寡头格兰仕",等等。于是我说,你把有关资料给我一份,一星期后我来采访老总,就谈"格兰仕模式"。我消化了几天资料,觉得格兰仕的发展奇迹是建立在一系列运营整合基础之上的。

首先,格兰仕死死抓住中国市场土地价格、劳动力价格便宜,即生产成本低的特点,选择了技术含量并不高的微波炉生产。这样产品质量能够保证,成本又较低。但是,如果这种产品瞄准国内市场销售并没有竞争优势,因为国内厂家的起点是一样的。换言之,竞争优势是在国际市场。

其次,于是格兰仕走向了西方市场。由于西方厂家的土地价格和劳动力价格大大高于中国,在成本上竞争不过格兰仕产品,产品质量上由于技术含量低,也没有优势。这样就必然会接受格兰仕的世界工厂策略,具体说来,就是与格兰仕签订贴牌生产的合作契约。比如西方厂家需要100美元才能生产出的微波炉,格兰仕的生产成本要75美元,它可以用80美元的价格卖给对方。对方直接就赚了20美元的利润,何乐不为?

其三,如此一来,西方厂家就不需要直接生产,只要把所有订单转给格兰仕生产就能盈利。同时西方厂家的生产线也就闲置下来——因为生产越多利润越少。于是格兰仕又抓住机遇,几乎零成本地将西方厂家的生产线引入中国,因为西方厂家将生产线转给格兰仕可以进一步降低场地成本、生产线维护成本。

其四、格兰仕引入了生产线,生产效率就进一步提高。此时,格兰仕就有了和国内厂家进行价格叫板的资本了。格兰仕以价格屠夫的面目出现在中国市场,中国同行在价格大战中纷纷落马。格兰仕便建立了国内的霸主地位。

其五,此时,格兰仕已经是微波炉的生产寡头了。如果格兰仕停止生产,世界的微波炉市场就将出现商品断档的局面——西方厂家要重新生产将付出巨大的代价。想想看,这个时候价格是多少,还不是格兰仕说了算?只要格兰仕稍微改进一下微波炉的造型或色彩,就可以堂而皇之地以换代产品的名义把价格提上来,赚得瓢满钵满。

不难想见,格兰仕模式是一种组合关系:世界工厂+价格屠夫+生产寡头=格兰仕。介绍这个案例,是想说明,策划中最核心的能力就是整合能力,就是通过各种元素的有机搭配形成一种合力而产生效应。

我们现在提倡创新,还说要将中国制造变为中国创造。于是就产生了一种误区,以为创新必须是产品设计意义上的发明创造,就策划而言,似乎一定要推出前人没有的物化形态才叫创新。格兰仕模式就产品形态而言是没有创新的,它没有自己知识产权和核心技术,它只是在运作模式上有独到之处,这叫不叫创新?这种行为模式显然是不受版权保护的,但是它创造了格兰仕高速发展的奇迹。我认为,策划人的核心能力不在于他做出了多少有版权意义的构想,而在于他能发现各种力量因素的衔接点,并进行最有效的整合,从而梳理出实现目标的最有效的道路。

当然,具有这种整合能力依赖于策划者的见识能力。即能够在别人习以为常,没有特别感觉的现象中发现问题。再举一个例子,我曾为某电视台做收视调查。调查的数据显示,每天 19 时至 20 时是观众选择收看电视剧的最低谷时段,这个时段有收视电视剧需求的观众比例最低。再看当时电视台播出电视剧的时段,此时段播出电视剧的电视台为零。如果仅凭这些知识信息,可以非常合情合理地解释,由于观众不习惯在这个时段收看电视剧,因此电视台也回避在此时段投放电视剧。但我突然发现,尽管此时段想收看电视剧的观众比例最低,可毕竟不是零,那究竟绝对数是多少呢?于是我要合作者做了一个计算,一算竟有数百万人口之多!这个绝对人口比电视剧黄金时段观众分流后的平均数还多。这就好比说,此时不是开饭时间,所有的饭馆都关门,大多数人也不在此时上饭馆,但是有一小部分人却想吃饭找不到饭馆。显然,要是此时有一家饭馆开门,就可以一网打尽所有的食客。我将这个发现和电视台的决策者谈了。他们立即试验性地在这个时段投放了一档低成本的短剧,果然收视效果特好,当年栏目广告就达 6 千多万。该栏目还成为了该电视台的品牌。

●策划文本的表述策略

策划的结果要形成策划文案,也可以叫做文本。一般说来,策划是对所要进行的活动或项目进行宏观定位,就文本而言,应该用最简明的语言将所要进行的项目要点和亮点表述出来,以达成决策意向,进行实施性的运作。经常看到一些策划案的文本,从装帧到文字表述都十分漂亮,而且洋洋大观,十分周全。其实,策划案的文字表述应该是练达为上,注重概括性,使接受者在尽可能短的时间内了解策划的要点,作出相应的判断,过多的修辞反而会干扰判断。

以下是一个策划文本的案例。

系列情景喜剧策划案

《Hello,向前看》(暂定名)

一、策划背景和意义

1、在当下激烈的电视媒体竞争中,电视剧被证明是最有收视效应的电视形态。因此,全国各电视媒体纷纷推出各种类型的电视剧形态,以发挥电视剧的收视效应,并取得预期效果。其中系列情景喜剧的电视剧形态尤其显示了特殊的竞争力。如《武林外传》、《丑女无敌》、《爱情公寓》等均是典型案例。

2、目前广东卫视正值节目改版,进行重大的战略调整时期。推出富有新意并具有竞争力的栏目势在必行。考虑到降低投资风险等因素,我们认为,低成本、短篇幅的系列情景喜剧应作为考虑的重点。长期以来广东卫视也缺乏这种类型的电视短剧栏目,因此,我们的策划具有填补空白的意义。

3、从当下的社会背景看,老百姓追求轻松、时尚、日常化的生活已成为一种时代心情,这就为系列情景短剧的推出铺垫了观众心理的接受期待。本策划也正是基于这种观众心态背景。

4、广东卫视是普语频道,具有面向全国的属性,同时广东卫视又是向全国观众展示南方生活的窗口。南国生活至今仍对全国观众有着吸引力。因此,我们的策划应该在面向全国并具有南方特色方面下功夫,从而形成自己的特色竞争力。

5、基于以上考虑,我们特策划系列情景喜剧的电视短剧形态《Hello,向前看》,在广东卫视推出。内容上突出时尚性、轻松性、平民性、南方性以迎合观众心态。在制作上低成本、短篇幅,以降低投资风险,力争打造广东卫视的节目品牌。

二、节目主要创意

1、栏目命名为《Hello,向前看》。既点明本剧主要表现人生百态,又有时尚感和喜剧感。并表明本剧的积极人生指向。

2、本剧取材要有时尚性,即反映新潮的社会生活。包括:(1)具有时代气息和地域特色的南方社会生活故事。(2)具有新人格的社会群体,尤其是时尚青年的生活故事。(3)在新的价值观念、新的生活方式冲击下的普通百姓的生活故事。

3、本剧风格要有喜剧性,主要是轻喜剧性。轻松、夸张、风趣、幽默是我们的追求。但思想情绪上要乐观向上,不宜成为低俗的闹剧。这是我们要把握好的一个尺度。

4、本剧要突出平民性。主要是指:(1)以普通人为主角,以日常生活为聚焦点。(2)杜绝空动生硬的思想说教和道德说教,用故事说话。(3)台词对话等要通俗化,富有生活气息。

5、本剧的南方特色主要是:(1)故事环境和事件的南方特色。(2)人物观念和行为方式的南方特色。(3)表现形式如音乐元素的南方特色。

三、栏目设置

栏目名称:《Hello,向前看》(暂定名)

栏目长度:25分钟/每集(包括片头片尾)

栏目语言:国语

栏目形式:故事性。一集一个故事。

播出频道:广东卫视

播出时间:拟在晚间8:00～10:00区间

播出周期:一年期(104/集/周六日、260集/周一至周五)

观众定位:各个年龄层及上班族为主。

四、栏目组织架构

主办单位:广东卫视频道

承制单位:广东○○影业有限公司

五、可行性分析

1、《Hello,向前看》将是一档填补相关节目空白的节目,通过精心培植成为品牌,对于广东卫视提升市场竞争力具有积极意义。会得到广东卫视的重视与支持。

2、由于本剧具有较好的成长潜力,将得到广东卫视的支持,包括对本剧在成长期的收视,会抱有扶植培育的宽容态度,对于本剧的成长也是有利的。

3、广东是中国最具时代新风采的地区,新生活的故事层出不穷,加上本剧亦可全国取材,因此,本剧具有丰富多彩,源源不断的素材资源。

4、《Hello,向前看》将由广东○○影业有限公司承制,该公司现在已为广东卫视制作过 500 多集栏目剧,拥有经验丰富、富有实力的创作团队、摄制团队和后期团队,对此剧的制作、推广提供了有力的保证。

以上的文案的创意性如何且不论,至少在表述上比较简明扼要,使策划接受者可以迅速地把握策划要点。

在实践中还有一个针对某个非常具体的作品进行的策划,必须阐述该作品的基本构思。例如专题片、形象宣传片、广告片、影视剧的基本构思等等。这是策划案必须提交的内容,而且具有敲门砖的作用,如果我们的基本构思不被知晓,策划就不可能被接受。这种策划文本主要是围绕具体作品的基本构思展开的。以下是一个电视剧的基本构思策划文案。

电视剧《胡蝶行动》基本构思

1941 年秋,以出版商身份为掩护的中共特工谷雨和军统高级女特工马燕各自获取了日本将发动太平洋战争偷袭珍珠港的情报。谷雨利用马燕喜欢逛书店的机会,接近马燕进一步确证了情报。马燕一直怀疑谷雨,但谷雨的博学和风度又吸引马燕。戴笠得知情报后估计香港可能也会沦陷,不禁想起了身在香港的一批社会名流,尤其是自己梦寐以求的胡蝶。于是令马燕去广东和国民党军联系,组织香港社会名流转移,特别叮嘱一定要把胡蝶转移到重庆。中共南方局周恩来分析态势,也命谷雨去广东与东江纵队联系,组织香港进步文化人转移。日本文化间谍头目河野亦制定了占领香港后控制香港文化精英的计划,河野计划中要利用胡蝶拍一部《胡蝶游东京》的电影。汪精卫特工头目李士群也派得力干将夏伟去南方,要协调日方将文化人转移到南京,胡蝶也是重点——李士群要用胡蝶来控制戴笠。于是,四路人马都死死地盯上香港的文化人和社会名流。影星胡蝶则是焦点。马燕掌握着比较详细的香港文化名流的联络名单和比较顺畅的交通站点,对转移很有利。谷雨只掌握很少的进步文化人士名单,联络方式和交通站点都很不健全。于是又想到马燕,经过一番接触,谷雨判断马燕也将赴香港转移文化人,决心利用马燕完成任务。马燕和谷雨似乎偶然同乘一架飞机去香港。马燕感到怀疑,一路上不断试探,谷雨巧妙应对。随着故事的进展,谷雨更深地陷入四方政治势力错综复杂的纠缠中。他斗智斗勇,经历了险象环生的种种生死危机,和马燕既斗争又合作,包括在情感上产生了火花。终于在东江纵队的有力配合下,不仅成功地转移了上千进步文化人,还将一些中间立场的文化名流成功转移,其中最突出的就是营救胡蝶。谷雨为代表的共产党人粉碎了日本人和汪精卫特工的文化阴谋,为中华民族以及新中国抢救了一大批文化精英。

本剧以香港大营救史实为题材。较之一般的抗日题材具有更多文化意味,而且对香港大营救的艺术表现并不多见,成功者几乎没有。尤其是一般史料只强调中共方面对文化人的营救,忽略了当时国民党方面对文化人的营救,因此是有片面性的。本剧展现了国共双方对香港文化人的营救行动以及在营救中的斗争与合作,不仅在剧情上更加具有戏剧性,而且在史实上也更具完整性,从而使本剧题材具有新颖性。

本剧采取谍战剧创作类型。但与一般谍战剧强调间谍战术性剧情不同——如暗杀、打斗、窃听等。本剧更强调谷雨转移文化人的斗争中的大智慧，如巧妙地利用胡蝶这张牌，巧妙地利用四方势力的矛盾纠葛，巧妙地拿捏国共双方的合作分寸，用谷雨的话，就是把人心吃透，把政治利害关系吃透，就知道怎么出牌，所有的力量就可为我所用。谷雨还说，我的枪在敌人手里。总之，本剧写的是一个有着政治家智慧又有执行力的特工。这也是当下谍战剧鲜见的人物形象。

这个文案对剧作的剧情梗概进行了阐释，凸现了剧情的基本矛盾冲突点、基本人物关系和主要事件，同时也对剧情的特点作了简要的陈述。认真琢磨我们可以发现，该策划对冲突各方如何展开各自的行动缺乏必要的陈述。显然，这个策划是有所保留的。这涉及一个剧情梗概陈述比较纠结的问题。如果我们的剧情梗概表述含混不清，亮点不突出，就可能导致决策意向的犹豫不决，从而使项目难以被接纳。反之，如果我们的表述非常清晰，亮点突出而明确，就可能将所有的策划构想完全暴露，在没有知识产权保护的条件下，尤其是商业策划，这对策划者是不利的。坦率地说，当下中国无良商家剽窃策划成果的现象并不鲜见。如何使策划案既能被采用者接受又能保护策划者的知识产权安全是要有关部门认真应对的。

一般说来，非商业性的策划中，策划者的知识产权基本上可以受到尊重，因此可以不考虑在表述中的保留问题，策划者可以无保留地展示自己的策划构想。但是在商业性的策划中，就要有自我保护的意识。一个先决地考虑就是了解策划的接受方的道德品质以及对策划方的依靠程度，如果对策划接受方有相当的信赖或者策划接受方在项目执行中对策划方有很强的依赖性，策划案也可以无保留地陈述。还有，策划活动如果不存在竞争对手一般说来也可以无保留的陈述。否则就要在策划中采取一些适当的保护性策略。

认真分析可以发现，影视剧的剧情取得较好的收视效果有两种情况。一种是以生动的细节化的剧情打动观众，剧情的人物关系设计、矛盾冲突设计、事件设计等方面则是很平实无奇的，整个剧情不是依赖某个独到的核心剧情设计而展开的。一种是以比较奇特极致化的核心剧情构思支撑起全剧从而打动观众，即独特的人物关系，独特的矛盾冲突关系，独特的事件关系之类。其实文学创作也一样，比如《红楼梦》就是靠生动的生活细节去打动读者，而欧.亨利的小说就是靠一个出人意表的核心情节打动读者。影视剧中，靠生动的细节去打动观众的作品要求编剧有很厚实的生活功底和艺术功底，善于捕捉丰富而又生动的细节去充实展开剧情，例如那些写家长里短的生活剧，要打动观众，往往靠的就是这种功夫。这类剧情，仅仅在剧情梗概的表述上，很难有令人为之一震的亮点创意，创作效果要看全部剧本才能感受到。如根据老舍的小说改编的电影《骆驼祥子》，根据鲁迅小说改编的电影《祝福》，根据《红楼梦》改编的影视剧等便是较为典型的案例。显然，此类剧情梗概是不必顾忌被剽窃的。因为此类剧的魅力取决于编剧的功力，没有功力的编剧是无法剽窃的。老舍的《茶馆》如果不是具有老舍那样的功力，根本不可能拿老舍的基本构思创作出杰作，而且会写得一踏糊涂。

真正要考虑保护性阐释的是全剧的剧情或亮点建立在某个核心剧情构思之上的影视剧作品。例如电视剧《潜伏》，整个剧情的独特性建立在一个独到的人物关系之上，即一个成熟的男特工和一个很不成熟的女特工结为假夫妻进行非常危险的地下潜伏。该剧所有矛盾冲突都因此而来，这种反常态的不谐和的拍档关系构成了全剧的亮点，观众就是要看这对假夫妻是如何生存的。不难想见，只要这个核心人物关系的设计被他人把握就可以复制出细节不同却同样引人关注的另一个剧本。还有冯小刚的电影，基本上也是以核心剧情构思来支撑全剧的，比如《手机》。核心创意就在于一个中心道具手机的设计，从而巧妙地切入了人的隐私世界，揭示了人的两面性，既深刻又有猎奇感。可以说，此类影视剧正是因为这些独到的核心构思而展开了一个全新的生存状态，赢得了观众的关注。此类核心构思的难度在于很难被一般人想到，而一旦被他人知晓就豁然开朗，即使一般的编剧也可以轻而易举地结构出一部完整的剧情。

可见，涉及剧情梗概的陈述，我们应该根据剧情展开的不同情况谨慎措词，对于那些整个剧情建立在核心创意的作品，要有保护意识。

撰稿之道

◉ 撰稿人的功能与理性思维

一般说来,在影视创作中,编剧以外的写作都叫撰稿。包括策划案的写作也属于撰稿。但是比较狭义地说,撰稿就是指解说词的写作,或者带着镜头提示的解说词文本写作。影视专题片或纪录片的撰稿就是非常典型的狭义撰稿。下面说的撰稿也主要是指专题片或纪录片的撰稿。

在专题片或纪录片的创作中,撰稿的地位十分重要。在某种程度上说,比影视剧的编剧的地位更重要。影视剧中导演和演员的再创造作用可以提升或降低一部剧的质量。而且就影视剧的终端效果而言,编剧的剧情设计是由导演、演员、摄像共同来实现的,剧本只是一个设计图的作用,其剧情设计在语言形态上是消失化的。观众直接看到的主要是导演、演员、摄像的创作结果,观众能直接感受到编剧的创作成果就是台词。而在专题片中,撰稿的解说词是全部直接地呈现在观众的感知中的,而且专题片没有解说词的阐释往往是根本不可理解的。尤其是政论性的专题片。不妨关掉音频看一部影视片,观众即使不知道人物在说什么,依然可以大致看懂剧情,但是专题片关掉音频,基本上就无法理喻。

许多专题片,尤其是大型政论性专题片往往是撰稿先行。摄制组是按照已经完成解说词初稿的撰稿拍摄本进行指向的拍摄。而且,许多由撰稿完成的拍摄本已经有简单的镜头场景提示。在这个意义上说,撰稿已经具有编导的身份。相对于影视剧的创作,拍摄受撰稿的制约更大。不妨看一个拍摄稿片断。

（1900 年的北京、八国联军进京的影象资料）

1900 年是中国农历的庚子年。

大多数中国人并不知道一个新世纪到来了。

这年 6 月，剿灭义和团的八国联军攻陷了北京城，人们才意识到：此年又是一个国难年。

（八国联军屠城的史料镜头）

八国联军在北京屠城达半年之久。

北京城血流成河，一片废墟。逃至西安的慈禧太后闻报也老泪纵横。

这些历史照片，就是新世纪给中国人留下的最初记忆。

（西安、慈禧太后的行宫、相关字幕）

慈禧太后在西安的这所行宫里住了 10 个月。

很难确知，这段日子她做了怎样的反省，但是我们知道，夭折的变法在她授意下又死灰复燃，从而带来回光返照的新政十年。

（科举改革的有关文献、新学堂的场景）

新政诸多举措中，科举制度改革力度最大。从 1901 年开始至 1905 年，传统的科举制完全被废止。

这意味中国的知识分子面临着生存方式的全新抉择。有趣的是，中国的读书人并没有多大的失落与骚动。

（专家采访，谈中国知识分子的转型）

大意：启蒙的时代大任使他们保持着尊严，并且也不再愿意依附清政权取得仕途，此外报刊业的兴起使知识分子有了新的出路。还有新学堂也吸纳了知识分子。对于文学而言，则意味大批职业作家出现了。

（旧上海的租界、《苏报》社旧址、章士钊像）

这一带是当年上海的租界区。著名的《苏报》社就设在这里。

1903 年，章士钊担任了该报的主编。不管后来其命运如何，此时他却是一位出生入死的革命党人。尽管那时科举制还没有彻底废除,知识分子告别旧制度的姿态就尖锐而激烈地表现出来了。租界享有的特权,也就正好被这些王朝的叛逆们所利用。

(《苏报》、章太炎等人像、有关文章)

这年初夏,章太炎在《苏报》上发表了两篇激烈的反清文章:一篇是为邹容的反清名著《革命军》所写的序言,一篇是《驳康有为论革命书》。

(专家采访,谈《苏报》案)

大意:清政府十分痛恨,但又不能直接处理。于是买通租界,提出诉讼,通过所谓法律程序来报复。结果,章太炎被判三年监禁,邹容被迫害致死,《苏报》被查封。

(专题片《百年文学潮》拍摄稿本)

这个撰稿拍摄本可以印证两点,第一,没有解说词,仅有画面,观众面前就是一些镜头的碎片组合,根本无法理解片子的含义。第二,撰稿本已经承担了相当程度的编辑导演功能。足见撰稿在专题片创作中的重要地位。

还必须看到,在专题片的创作中,也有撰稿后行的作法,但是这种情况下往往是编导、撰稿的任务集一身。1997年,为了迎接澳门回归,我参与了三十集专题片《今日澳门人》的拍摄。在澳门实地拍摄一年,我们的片子都是先拍摄剪辑完成后再撰稿,但拍摄和剪辑的过程中已经形成了撰稿的思路。我的是身份就是编导兼撰稿。事实上,许多专题片都是编导撰稿一体的。从这个意义上说,撰稿的创作地位就更加重要。对撰稿的素质要求也更高。不仅要求撰稿具有编导意识,还要求撰稿具有编导的能力,确实能承担编导的工作。也正因为如此,决定了撰稿能力要求和影视剧创作的编剧有很大不同。相比之下,撰稿的文学性要弱很多。具体说来,编剧工作的文学性强主要体现在虚构想象能力上,而专题片的撰稿则一般不需要虚构想象能力非常强,但这并不等于撰稿者可以滥竽充数,其实,撰稿有其特殊的创作能力。我认为,撰稿应该具有很强的理性思维能力。

一般说来,撰稿处理的题材或者素材往往都是有相当思想深度的。《毛泽东》、《邓小平》这样的人物专题片就不用说了,还有《话说长江》、《望长城》这类看似是风光专题片,其实人文理性内涵也是极强的。1998 年,我在澳门回归的背景下参与 30 集外宣电视片《今日澳门人》的拍摄,由于创作有外宣性质,更加要求有理性把握的能力——思想的尺度、政策的尺度都比文学性较强的剧本有着更严格也更思想化的要求。如今,影视剧低俗、搞笑、无聊的现象比比皆是,可是你见过此类格调的专题片吗?即使是民间色彩很浓的专题片,也是以严肃的思想主题为创作追求。专题片对思想性主题的追求决定了撰稿必须有较高的思想素质,有较强的理性思维能力。在专题片创作中,撰稿处理的题材或素材以及大主题往往都是给定的,而且这些题材或素材都是真实的现实生活现象,没有多大的虚构想象可能。撰稿者要做的主要工作,一是将给定的素材加以梳理,使之成为有着内在理性指向的生活事实,二是根据素材提炼出富有启迪性的理性判断,即所谓思想主题。可见,无论是梳理素材还是提炼主题,都要借助理性能力。

专题片的呈现当然是视觉化的,但是专题片的视觉化世界和影视剧的视觉世界有不同,影视剧的视觉世界是模拟生活的流程,表现一个仿真的生活世界,是靠剧情本身在说话。而专题片的视觉世界是需要解读的。其视觉化的场景一个需要解释才能理解。专题片的视觉世界是按照一种理性的逻辑架构组织起来的,其视觉世界具有符号的意义。比如影视剧里出现天安门广场,只是故事发生的一个空间环境,而专题片里的天安门广场往往就是祖国的象征,一个国家的符号。以理性思想的架构构成一个具有符号化的视觉世界就是专题片的表现要求。不妨以专题片《南方的河》的结构来加以说明。

《南方的河》展现的是中国改革开放的先行之地广东的社会新风貌。南方的河就是指珠江,而珠江则是改革开放先行地的一个符号。从该片的各集设计来看,全片是八个小主题。

第一集《珠江谣》(广东改革开放的文化和历史背景)——第二集《海鲜生猛》(广东怎样杀开一条血路,市场经济的改革)——第三集《南风窗》(广东的对外开放,历史与现实)——第四集《搵工跳槽》(广东打破铁饭碗之路,人事体制革命)——第五集《咸淡水》(广东新经济成分崛起,多种经济成分并存格局)——第六集《海纳百川》(广东的兼容性,新型的人际关系)——第七集《大水系》(广东的民主建设,政府机制的改革)——第八集《江风浩荡》(广东的精神文明建设,两手都要硬)。

不难发现,该片是一个横向展开的理性化的思想逻辑结构,这是经过了很大的理性提炼概括后的产物,不是按照人们实际生活的纵向时间形象形态来展开的,该片出现的所有视觉场景都是按照这个逻辑架构展开的,构成了论点与论据的关系,具有很强的抽象性。这也意味,撰稿要有很高的理性思维能力才能胜任专题片的表现。

◉解说词不是全部

撰稿除了理性能力,还要有文学能力。文学能力主要体现在解说词的撰写上。但是,撰写解说词与一般的文学散文写作又很不一样。

我执笔撰稿的第一部政论片《南方的河》在中央台一频道的黄金时段首播,对于一个地方台的作品,这是不多见的。这主要是因为当时的广东是中国改革开放的前沿地,许多社会现象对全国都具有示范意义。我们这部片子是沾了题材的光。现在看来,这部片子有很多不成熟之处,当然也包括撰稿。

还记得该片在中央台通过审片时,我们摄制组所有成员站在那些有话语权的审片人面前,都怀抱着在法庭听宣判的那种心情——至少我是如此。也许因为我是第一次撰稿,格外关注对解说词的评价。终于有位审片者谈到解说词了。我记得这是一位女士,她说,"我看片子内容没有什么问题,广东的确有许多新气象,看了挺有启发的。不过我对解说词有点想法,也不知道这是表扬还是批评。总之我看片子时更多被解说词吸引，好像是听电台播音，可是电视片毕竟不是电台广播呀。"时至今日，我仍然感谢这位审片人给我上的这一课。尽管这是一个常识，但我认为，这是每个影视撰稿人必须首先明白的道理：解说词不是专题片创作的全部。可以说，十几年来，我在撰稿中一直在体会践行着这个道理。

我们要明白，影视属于综合艺术，文学成分只是其中的要素之一，除了文学元素，还有镜头元素，音效元素等。而且，影视形态之所以继文学之后而崛起，并挤占了许多文学市场，就在于其非常直观的视觉形象表现力，以至于有人认为影视是视觉的艺术，或者说是镜头组接即所谓蒙太奇的艺术，我觉得过分强调影视仅是视觉艺术有点偏颇，但不可否认，影视创作一定要给镜头充分的表现机会，不要去和镜头争风吃醋。有不少影视片的解说词讲究华丽铺陈的文采，散文化色彩很浓，甚至在解说中进行具体的描写，我认为这都是不可取的。请看下面一段解说词：

（秋天故乡的景象）

秋天，是山里最美的季节。

满山的枫叶红了，像火一样，也像山民们收获的心情。

山间的小路上也点缀着飘落的枫叶，落红片片。

清澈的山溪蜿蜒流过，甘甜的溪水沁人心脾。

还有温柔的山风，一丝丝地拂面而来……

啊，这就是我魂牵梦萦的故乡呀！

这段解说词的问题就在于，它表现的景象镜头完全可以更直观更完美地呈现。所以这段解说词就是冗余的。我们不妨再看一段解说文本：

（空地、谭家湾遗址）

如果高山流水是神圣的文化期待，那脚下的这块平地又怎么能不藏古涵今？20世纪的80年代，一群有慧眼的人终于发现了这平常之地并不平常。

（同期声采访，谈谭家湾的发现和保护）

（空地、摇《镇志》）

现实似乎就这样一下子潜入茫茫沧海，替浙江乌镇人找回本色的远年血脉。据此印证，乌镇，当属新石器时代马家浜的文化类型。其先民也该是 6000 多年前，就在这儿繁衍生息了。

（电视片《乌镇春秋》）

这段撰稿文本可以给我们启示：第一，解说词重在揭示镜头无法直观表达的意涵。第二、解说词简明凝练，富有内在的张力。第三，解说词是叙述化的，重在交代事实，情感态度很内敛。第四，解说词和画面以及同期声结合在一起，表意才完整，光看解说词是不能完全达意的。我认为这就是解说词的文学特点和美学魅力所在。即有所为有所不为。

美国学者，也是资深电视人的罗伯特.赫利尔德说过，影视解说词是为耳朵和眼睛而写的。这就是说，解说词的撰写要符合听觉接受的规律，还要考虑与镜头的互补性。换言之，解说词不是供阅读去接受的。这是解说词的第一文字要求，解说词的文学性就在这样的前提限定下体现。我们都知道，影视解说词是以播出的方式诉诸于听觉被接受的，具有时间性。话说出来随之就会消失，接下来又是新的句子。我们必须保证解说词一出口就为观众明白，没有时间让观众琢磨这句话是什么意思。这就要求简明扼要，便于理解，包括不能使用比较生僻的词汇，不能用复杂的长句，尽量口语化等等。如果观众不能同步理解，再有文学性也是无效的。

此外，影视片的浓缩性很强。由于影视使用了镜头表达，信息容量很大，一秒钟的画面可达 24 帧，一般 4 帧就可以交代一个视觉信息，一秒钟就可以交代 6 个视觉信息，而语言在一秒钟只能播 3 个字左右。想想看，三个字能交代多少直观信息？可见电视镜头节奏推进很快，语言必须跟上这种节奏。所以解说词要非常精炼概括才能和镜头表达相协调，同等时长的解说词要对同等时长的镜头所囊括的丰富信息进行画龙点睛的概括，而不是越俎代庖地进行具体交代。我的体会是，写一部 20 分钟影视片的解说词，尽管只有三、四千字，却相当于写两、三万字的报告文学作品。这也就决定了解说词有着内在的张力。解说词的文学性和美学魅力也就在这种画龙点睛般的文字概括中。这种解说词的精炼之美和文字功力并不是所有的人都能感受到，甚至不少专业人士也说，解说词就是要求直白，似乎直白中没有文字的功力，没有美学的追求。这是肯定是肤浅之见。

我在前期撰稿时脑海里始终走着画面，我总在想，我这段解说可能用什么镜头来对接？能拍出来吗？是否发挥了镜头的表现力？这就是在合作的意识下撰稿。一般说来，与我合作的编导和摄像都比较愉快。因为我懂得：解说词不是全部，影视创作是合唱，而不是独唱。

◉镜头感与蒙太奇

尽管我们强调专题片撰稿要有较高的理性思维能力，但不能简单地推理说，解说词的表达也要抽象化地议论。创作实践中，常常会发现撰稿的解说词偏重理性化、抽象化的表述，尤其是在政论片创作中特别突出。这种撰稿的形象化程度较差，很难用镜头与解说词有机的衔接。结果就会出现这样的局面：影视片的镜头剪辑不变，换上另外的解说词，同样可以成立。有次我给一部环保主题的专题片提意见，我对该片撰稿说，所有的画面镜头不动，我只换解说词，可以把这部片子变成一部旅游风光片。这就是我们常说的解说词贴画面现象。也就是影视的文学元素和镜头元素之间不协调。特别是学者型的撰稿人最容易犯这个毛病。

还有一种情况，撰稿的解说词倒是很感性，很文学，很有形象感，但同样不理想。请看下一段解说词：

太阳从村头外的地平线冉冉升起，她就出门了。

沐浴着温和的阳光，她一直走到集市。

琳琅满目的商品吸引着她的目光。挑来挑去,她终于选中了一个福娃。

这段解说的毛病在于:撰稿一个字不写,镜头也完全可以表现。镜头完全可以表现的情景还用解说词,就叫饶舌。不信你抹去解说再看镜头,效果更好。撰稿用解说取代了镜头,哪怕十分形象,也叫缺乏镜头感。

2000年,我参加了大型政论专题片《中华道德道德启示录》的创作,担任总撰稿。在做拍摄本时,第一集的撰稿曾写下这样一段解说词:

华夏中国,礼仪之邦。

在全人类走向新世纪的时刻,中华传统美德是否能与时俱进,发扬光大?

炎黄子孙将以怎样的人格形象自立于世界民族之林?

中国的领导人在严肃思考,每一个中华儿女也在殷切期盼。

于是,新世纪初年,一个"以德治国"宏伟国策便应运而生,走进了我们的视野!

这段解说词从概括力而言,没有什么毛病,文字也还大气。但就是太议论化,镜头感不理想。试想,用怎样的镜头与之对接?只能用一些象征性的气氛镜头,如华表、故宫、古人塑像、红日升起、轮船破浪前进、中华世纪坛撞钟、中央文件、群众欢呼之类的镜头组接起来表现。

我否定了这段解说,并要撰稿给我查阅1999年12月底至2000年1月15日期间的新华社电讯。结果根据电讯资料重新写下了这样一段解说:

1999年最后一天,黄河从老龙头缓缓入海。这年黄河没有断流,久违的刀鱼又出现在黄河入海口。

2000年第一个凌晨,在浙江温岭村农民张宇虎家的阳台上,人们迎来了新世纪的第一缕阳光。

10 天之后，中共中央宣传部长会议在北京中南海召开。会议出现了一个响亮的关键词：以德治国。

可以发现，这段解说词交代了三个事件，镜头的对位性很强。抽象的寓意就隐含在镜头和事件的关系中。而且，解说词和镜头是互补的，光有解说词，具体感、形象感就不强；光有镜头，观众也不能确切地了解场景镜头的意义。两者结合才能有完整且具有内在意义的解读。

尽管后来由于种种原因，这段修改后的解说词也没用上，但摄制组的合作者都一致承认，修改后的解说词镜头感很强，并更有内在的思想张力。尤其是摄像说，这样解说词才有拍头，即使是用资料，也有完整的镜头感，按前一段解说词，镜头就会成为资料的碎片。

撰稿要有镜头感，这是撰稿人的基本素质之一。十几年的撰稿实践，我经常考虑解说词如何更具有镜头感的问题。语言和镜头的最佳结合点在哪里？有没有一些比较规律性的东西？

我们知道，语言是一种符号，它具有表现的间接性，尤其是对视觉化的对象，它的表现力远不如镜头那么直接，那么具体，那么有共时空间性。比如，对一片山河景观，镜头一瞬间就可以一览无余地逼真地表现出来，有形、有色、有声，有空间结构关系，还可以有时间运动关系。语言就必须通过历时性的描写才能展现出来——先说山，再说水，再说山与水的关系……镜头一瞬间表现出来的东西，语言往往用很长的时间表述还不如镜头明确、细致、逼真。所以，在镜头面前，用语言去描绘外形化的视觉对象是愚蠢的。只有在文学作品中，没有镜头作参照，语言才能从事描绘视觉对象的工作。

不过，镜头只能表达视觉对象的外形面貌，对于视觉对象的内在精神气质，尤其是在外形中很难看出的内在因素，镜头就不如语言了。语言可以把人们对视觉形象的情感理解表述出来，而这种情感理解往往是我们拍摄视觉对象的目的所在。比如拍黄河，无轮拍得怎样气势磅礴，也拍不出母亲的感觉来，母亲的感觉是人们对黄河的情感理解，只能通过语言的点拨才能呈现出来。于是语言和镜头的结合点就出现了。语言更着力于揭示镜头的精神内涵。比如，我们面对太阳升起的镜头说,太阳升起来了,这就没有意思。如果说,太阳就是我们的希望。这就有意思了。因为揭示了镜头的内涵。解说词就和镜头构成了呼应关系。

简单地说,镜头比较擅长表现外在化的视觉对象,语言擅长表现内在化的思想情韵。但是这种内外的结合也有个度的把握。我的体会是,太抽象、太理性的解说词要特别谨慎地使用,像许多政论片,解说简直就是中央文件或者就是学术论文,镜头很难表现那么抽象的思想意向,效果就很不理想。比如,我们面对太阳升起的镜头可以说,我们的队伍向太阳,也可以说,我们的事业如日中天,但是你要说,我们一定要坚持四项基本原则,早日实现社会主义的现代化,就有点勉强了。

语言短于描写却长于叙述。这个道理,莱辛在《拉奥孔》中有过深入的论述,主要是因为语言表达是在时间的先后延续中完成的,所以语言更适合于表现动作性的事件,亦即叙述。但是我们知道,镜头也可以延续,因而也可以表现行动或事件过程,亦即镜头也可以叙述。问题在于,镜头的叙述是外在化的。例如镜头可以真实地记录一场争斗的全过程,但是对为什么争斗的内在原因,以及当事人内在化的心理活动就很难表现。这时语言的叙述就显现出优势。语言叙述可以将事件发生的内在原因或内在心理活动叙述出来,而且更具概括性。

于是,我们又找到语言和镜头的结合点。解说词要是突出叙述性并将事件的内在意义显现出来就和镜头形成了密切的呼应。例如,纪录片《动物世界》的解说和镜头的结合就是典型的案例。还有纪录片《百年中国》也是一样,在《动物世界》里镜头里出现的是动物的生存状态,而且是运动化的生存状态,解说就跟随着运动化的动物生存状态进行点评性的叙述。《百年中国》的主题是介绍百年来中国发生的变迁。解说词也特别注意通过一个个的小故事的叙述去勾勒百年中国的沧桑变迁。

影视片是由镜头构成,镜头的有机组接就构成了一个个的场镜,一个个场镜的组合就构成了全片,这就是所谓"蒙太奇"。影视

表述就是一种蒙太奇表述。于是,撰稿人的构思也要蒙太奇化。请看下面一段拍摄稿:

(湘粤交界处、五岭逶迤、山道、车轮、相关字幕)

1895 年 3 月,梁启超和他的老师康有为越过五岭山脉,去万里之外的京城赶考。这年,梁启超 22 岁,康有为 38 岁。

(天津港、李鸿章当年登船处、相关字幕)

康梁赶往京城的时候,年过古稀的李鸿章从这里登上了开往日本的商轮。

他要代表清王朝去接受甲午战争惨败的后果。

(天津、北洋水师学堂旧址、严复像、《天演论》、相关字幕)

无法确知,这所由李鸿章创办的北洋水师学堂,当年是怎样送别李鸿章远去的,但我们知道,此时担任水师学堂校长的严复,开始了《天演论》的翻译。

这年初夏,梁启超就读了《天演论》的译稿。

(刘公岛海域、相关字幕)

严复的眼前,一定会出现这片海域。

一个月前,号称亚洲第一、世界第六的北洋水师就在这片海域全军覆灭。

蒙难者中就有严复的同学与弟子。

(谢葆璋像)

严复的弟子中,也有大难不死的生还者。

谢葆璋就是其中之一。

(谢冰心的镜头)

谢葆璋的女儿叫谢冰心,她终身都在构思一部甲午海战的长篇小说,却始终未能如愿。

(采访冰心后人,谈冰心为何不能如愿)

大意:谢冰心曾被父亲带到刘公岛凭吊死难烈士,便立志要写这样一部小说,但一提笔就痛哭不已,始终写不下去。

(《马关条约》文本、有关历史照片、资料)

4 月 18 日,李鸿章带着这份《马关条约》启程回国。

该条约使清政府赔款达 2 亿 3 千万两白银,相当于大清国三年、日本国四年的财政收入。此外,还割去了中国的辽东半岛和台湾。

史料记载,消息传到台湾,全岛哭声一片。

(电视片《百年文学潮》之《暮鼓潮声》)

我们可以发现,撰稿人的思路是跳跃化的。从 1895 年康梁进京赶考一下子跳到李鸿章去签马关条约,又跳到严复写《天演论》,再又跳到甲午海战,又跳到谢葆璋和谢冰心,又跳到马关条约签订后赔款割让台湾⋯⋯但是这些跳跃的场镜之间又有严密的逻辑联系,即甲午海战以来中国的国耻和救亡的主题。这就是蒙太奇的魅力,通过典型场镜的组接,既有面的开阔视野,又有内在主题的聚焦,从而形成极大的艺术张力。

我们还可以发现,这些解说词都是围绕着场镜展开的,每一个场镜都可以用比较对位的镜头来表现,并且它是叙述性的,可是叙述中又包含镜头不可能表现的情感意蕴。显然,撰稿人是有着主观立场和情感倾向的,但这种情感倾向又隐含在不动声色地叙述中。场镜的选择应该典型化,即挑选最有代表性的场镜为支点,构成一个过程或者空间。所谓以点带面。上例就是攫取几个典型的历史场镜为支点勾画出晚清时代的大格局。我觉得,这种撰稿风貌是比较符合影视创作规律的。这就启迪影视创作者,要以镜头为单位来组织自己的表达。

◉撰稿的结构能力

专题片创作常常会遇到这样的情况,创作委托方将一大推总结材料推给你,然后便说,出一个创作方案吧。还有的更笼统,委托方有时会说某某纪念日到了,我们想拍一部片子,你拿个方案吧。困难还不在于你要在很短的时间里拿出个形式上的创作框架来,还要在内容上到位。所谓到位,一是切入角度要独特,要出彩,出高度;二是作品表现内容的各个部分要有内在的逻辑关系,要形成一个有机的整体,不能是简单生硬的罗列。这就考验我们的结构能力。

说到底,结构能力是一种逻辑思维能力,要求我们在构思时一定要有一个中心聚焦点,根据这个中心聚焦点捕捉向中心聚焦的各要素并且了解各要素之间的逻辑关系。这种大关系把握了,构思时就能胸有成竹,知道取什么,舍什么。实践中不难发现,许多电视人这种结构能力是不够理想的。尤其是在撰稿和编导集于一身的时候,又遇到后期撰稿的创作方式。拍摄在前,撰稿在后,可是结构能力不行,于是在创作中就出现心中无数,盲目拍摄,素材拍了一大堆,又给后期剪辑带来麻烦,面对大量素材不知如何取舍,不知如何串联,结果就成片面貌不清,十分累赘,甚至不知所云。

所以,除非具有相当好的结构能力,可以做到所谓"盲拍",在拍摄前,作出一个要点性的拍摄大纲是必要的,这也就是一种结构的设计。不妨看以下一个拍摄思路的文案:

《走遍中国》越秀选题方案之一

选题名称:黄花岗背后的故事

价值取向:更深刻地认识黄花岗墓园的史学价值和越秀区的革命文化底蕴。

叙述方式:以揭密黄花岗墓园鲜为人知的史实为主线,穿插知情人和史料的佐证。

重要看点:

一、破冰之旅与黄花岗——2005 年 3 月 28 日,中国国民党副主席江丙坤率中国国民党大陆参访团 56 年来首次组团正式来大陆参观访问,被称为破冰之旅。第一站到广州,拜谒黄花岗七十二烈士墓。5 月,连战之行也拜谒了黄花岗。再后来还有吴伯雄等的拜谒。黄花岗为什么如此受到关注?它在中国民主革命史上究竟有何重要地位？带出 3.29 起义的史实。

二、黄花岗到底有多少烈士——黄花岗因起义死难 72 烈士而得名，经后人核实，该次起义实际死难烈士 86 人，这 14 人是怎么发现的？当时政府公告此墓园为 3.29 起义烈士专墓，禁止附葬。但此后又先后有五十多座烈士附葬墓进入墓园。这是怎么回事？尤其是其中一位潘达微并非烈士，为何也葬此墓园？

三、潘达微与黄花岗——潘达微是冒死收葬了七十二烈士的收尸人。黄花岗七十二烈士墓园建造时，曾邀请潘达微主持修建，但他拒绝了。为什么？有两种说法。一种是"不忍说"；另一钟是"消沉说"。1929 年，潘达微病故，留下希望葬在黄花岗墓园的遗愿，经过多年的曲折终于如愿。

四、墓园设计之谜——墓园叠石上耸立着自由女神像，为什么设计者要设计具有西方文化特色的自由女神像？从一张拍摄于民国的老照片中发现，在墓园的围栏上还雕塑着铁骷髅头。这是为什么？如今的墓园围栏上并没有铁骷髅头，这些铁骷髅头去了哪里？同时消失的还有自由女神像两旁的自由鸟和女神手中的铁锤，这是为什么？从史实看，铁骷髅头的设计应该与潘达微无关，但是据亲友回忆，他晚年的书桌上就摆放着两个同样造型的瓷骷髅头。其画作中也反复出现铁骷髅头。这反映出潘达微对 3.29 起义怎样的心境？

五、传奇的先烈路——越秀区先烈路是全世界唯一以先烈命名的街道，这条街上至今仍埋葬着数万先烈的遗骨。先烈路从南往北依次有广州起义烈士陵园、兴中会坟场、黄花岗七十二烈士墓、十九陆军坟场、新一军公墓等。其中，黄花岗墓园规模最大、知名度最高。

有了这个拍摄思路的文案，即使解说词文稿没有，摄制组也可以启动了。特别是电视栏目，按照此类文案启动拍摄，然后再进行解说词的撰写，是很普遍的。其实，无论先期撰稿和后期撰稿，撰稿人都要充分占有材料，了解对象，并形成结构框架。即所谓成竹在胸。

在实践中，还有一种情况，拍摄的主办方要求尽可能多地表现他们的所谓亮点,这就要求我们把许多似乎是缺乏关联的对象统一在一部片子里,怎么办? 这是很考创作者的结构能力的,也就是说,我们要做一个筐,把丰富的对象往里装,又不能显得芜杂,反而要感到是一个有机的整体。我参与中央台《走遍中国》栏目拍摄广州越秀区的时候就遇到这种情况。

在策划《走近越秀》选题时,我们面对的是丰富的文化资源,光是省级文物级别的景点就有数十个之多,还有许多越秀区特别要表现的对象。怎样将它们安排到不同的片集中去,并且不能是拼凑而必须是一个顺理成章的有机整体? 更重要的是,《走遍中国》栏目在选题上还有些硬要求,例如,切入点要小,事件要单纯,要有今日平台,还要有悬念性等等。这些原则都要满足。如果没有央视这些要求,结构还不太难,我们可以根据景点的性质,比如宗教类、教育类,将有关景点打包在一起,构成某一集的框架,就像百货公司的商品专柜一样。但是有了央视的那些要求,我们就必须用一个有悬念的事情来串联这些景点了。也就是说,这些各自独立的景点必须卷入到同一个悬念中才能被纳入到同一片集框架中。

我们不妨看看最后完成片的《羊图腾》(见附录)。创作者以探索广州人羊图腾的形成之谜为线索,串联起了大量的越秀区文化亮点,粗粗统计有:越秀山、五羊城雕、中山纪念堂、圣心大教堂、镇海楼、怀圣寺、清真先贤古墓、三元宫、六榕寺、光孝寺、五仙观、岭南第一楼、南越王墓、还有 16 届亚运会达 14 个之多。随着采访人上下求索的悬念,这些景点就有机地联系起来,成为这个求索羊图腾事件过程中的各个小环节,从而得到了巧妙的展现。好的创作者能够通过结构组织起材料,既实现了自己的创作意图,又满足了委托者的诉求。这就是我说的结构考人的含义。

在创作实践中,不少创作者书生气十足。他们只会公式化地理解创作的框架,只会一个角度考虑问题,不善于在创作框架中巧妙地融入多方面的诉求,还美其名曰要维护艺术的纯粹性,要按创作规律办事,似乎艺术框架只能是他们所设想的那样。其实,艺术框架是千变万化的。例如《潜伏》的场景框架基本上是室内戏,这是考虑到投资者的成本,难道就没有艺术性了?

可以说,客观素材就是水,我们的结构能力就是各种形态的容器。水是无形的,只有进入杯子或茶壶之类的容器才会有形状,这个形状就是结构。这就意味,是结构决定水的形状,而结构是充满着创造力的,因此水也就千姿百态。我们的作者比较注重文字的能力,想象的能力,思想的能力,知识的能力,往往忽视结构的能力,他们不明白,结构同样充满着玄机奥妙。有了好的结构能力,你对事物的认识就会有宏观系统的视野,你就会对事物中各组合因素的关系有着准确地把握,你就会在纷繁的世相素材中迅速而敏锐提炼出创作思路和框架,就能应对各种条件限制找到变通之路。

我们常常看到,在创作中,尤其是策划阶段,许多作者不能迅速地消化创作委托方的材料,拿出结构性的意见;或者拿出的意见与委托方的材料实际有很大距离,甚至根本不得要领;或者,他们只能拿出一般化创作的框架,要么拿出一个主观意志很强的创作框架,不能按照委托方的要求能动地变通修改(即使修改也是拼凑性的)。诸此种种,都反映出结构能力的缺位。

◉怎样形成结构能力

结构能力本质上是一种逻辑思维能力。它考验着我们对纷繁丰富的事物或资料的认知组织能力。要形成扎实的结构能力,不能仅靠灵活应变的小聪明,而是要对构成事物的最基本组织元素有着理性的把握。许多影视教程在谈结构时,罗列各种结构模式,诸如时间线索式,空间线索式,主题聚焦式等等。可就是说不出在什么情况下该选择什么结构模式,这有什么用呢?教程只不过是个百货公司而已,陈列了各种商品,怎么购买?还是得顾客自己拿主意,怎么拿主意?编写者就像个只会收款的营业员,什么建议也提供不了。

创作是千变万化的,不能僵硬地画地为牢。但是,只要你对构成事物的最基本组织元素有着理性的把握,就能以不变应万变,在选择结构时，不说得心应手，也会八九不离十。具体言之，主题视角、功能要素、要素关系这是决定一个事物构成的三大方面。只有牢牢把握这三大方面，我们才能够以不变应万变，铸就扎实的结构选择能力。

任何事物都是围绕着主题（本质）展开的。因此，我们首先要认识到所要表现的对象的主题，或者说本质何在？主题或说本质是分别针对我们的表现和表现对象说的。对我们的表现聚焦而言就是主题，对被表现的对象而言就是本质。如《南方的河》的表现主题就是改革开放的广东新气象。对被表现的对象广州而言，广州就成了改革开放新气象的载体。可见，任何对象是什么，具有怎样的主题或本质，又和我们的表现视角有关。从改革开放的视角看广州，广州就成为改革开放的一个载体，广州其他方面的属性就被忽略掉了。总之，一个事物是什么，取决于特定的属性角度或说特定的认识角度。我们说的主题或本质，都是从特定角度去表现对象时形成的。对于结构而言，我们在一个特定视角把握了事物的主题或本质，就形成了一个中心坐标，就可以依据这个中心坐标去加以取舍，从而构成事物的肌体，比如有了改革开放新气象的广州这个主题或本质，我们表现的对象广州就和改革开放有关，与此无关的因素就可以舍去。一个特定主题视角的广州肌体框架就潜在地形成了。

主题或本质一旦明确，构成事物整体的组成部分就不难确定，因为这些部分都是构成主题或本质的必要因素，其功能就是完成和凸现主题或本质的。例如，在《羊图腾》一片中，我们的认识角度是羊图腾之谜或说探寻羊图腾之谜。也就是说，我们用羊图腾的视角构成了一个动态事物——一次探寻羊图腾之谜的活动。于是在这个活动中的所有景点都有了一种共同功能属性——它们都是可能烙印着羊图腾密码的历史遗迹。细心的人会发现，一个事物的结构也就悄然形成了。所有涉及的景点就成了这个结构的有机组成部分。这就启示我们，主题视角是构成创作结构的关键元素，有什么样的视角就会有什么样的组织成分。换言之，你需要什么样的组织成分就要选择什么样的视角。只有视角和组织成分属性相统一，才能形成有机的有逻辑必然性的整体结构。明白这个道理,结构也就不难形成,它是所有能够实现特定功能的要素组合体。上文提到,我们给百色地区拍的形象片《人间百色》,其功能定位就是要展示百色地区最具特色的文化风采,于是就出现了"革命老区文化"——"绿色生态文化"——"民族风情文化"这样三大板块组合的结构。因为调研表明,只有这三方面的内容最能显示百色地区的文化特色。可见,影视创作无疑是有着功能诉求的,即影视作品的艺术效果定位。于是,一部作品结构中的各组成部分,就是保证作品功能实现的承担者,我们为什么要写某些内容,为什么不写某些内容? 道理只有一个:为了使创作的功能定位最大化地实现。所谓结构能力,就是知道为了实现特定的创作效果,应该要什么不要什么的能力。

再进一步,就是对各个功能要素的关系把握。我们要认识到,一个有机体,其内在各部分尽管在实现该有机体总体功能上是一致的,但是它们具体的功能又是有差异的。例如,锄头把和锄头的功能是不一样的,正因为这种功能差异形成的合力才实现了锄地的整体功能。于是,这就涉及对一事物内在组合元素之间关系的把握。只有把握了这种关系,你才更具体,更深刻地了解特定功能实现的组织机理,才能更坚实地把握结构。

比如,《人间百色》的结构中各要素之间的关系是一种横向的聚焦关系,即各部分是分别从不同角度显示百色的文化特色。再比如《羊图腾》的结构中各部分之间的关系是一种纵向的递进关系,即每一个环节都对探寻羊图腾之谜起着进一步推进作用。当然还有更复杂的结构关系。但只要我们有关系的意识,再复杂的关系我们也能把握。怕就怕自己一头雾水。

●话说纵向结构

也许是偏见,我认为结构在要素构成关系上本质上是纵向的。因而纵向结构是最基本的结构,包括横向结构也是纵向结构的变化形态。因为从哲学或者逻辑上说,原因和结果关系,本质和现象的关系,内容和形式的关系,论点和论据的关系等事物的基本关系都在逻辑时间上构成先后顺序的纵向关系。比如,先有原因,后有结果,在逻辑上也是本质决定现象。从人们对事物的认知来看,也总是在探寻一个逻辑时间上在先的东西,即使是各种横向关系的事物,人们也总是要最终归结为一个逻辑时间上在先的终极原因,比如将万事万物的起源归结为物质,说到底还是一个有时间先后的纵向关系。

回到影视结构,我认为纵向结构是最基本的结构。并且我认为影视结构能有纵向性收视效果更理想。因为人们更习惯于按照时间的逻辑去把握事物,纵向结构就吻合了人们的思维习惯。况且影视艺术有强烈的时间运动感——影视艺术的空间形象是随着时间而展开和消逝的,不像绘画,可以在时间中静止不变。所以我在自己的撰稿实践中,非常注重纵向结构的运用。具体而言,就是追求创作的叙事效果。

2008 年,我和央视《走遍中国》栏目合作,做越秀区的选题,更加感受到,将横向结构转换成纵向结构是一种提高收视的路子。比如《羊图腾》,一般说来应该是个横向的结构,即通过方方面面的论证,最后得出广州人为什么有羊崇拜的结论。所谓方方面面的论证所涉及的景点和事例之间是横向关系,这样一来,片子的结构就是横向性的。可是,我们把寻觅这根线索一贯穿进来,这些景点和事例就具有了纵向关系,就成为采访人在采访过程先后接触到的景点和事例,整个片子的结构就成为纵向的寻访过程了。不妨做两种结构框架比较一下:

横向结构

广州人为什么把广州叫羊城?

传统回答:因为有五羊神话传说

传统回答有种种不能令人信服之处(举例反驳)

各种补充说法也不能令人信服(一一举例)

史料发现秦始皇统一岭南时,军队带着羊进入岭南

其他与羊有关的历史遗迹发现

结论：广州人的羊崇拜是农耕文明植入岭南的文化结果。

纵向结构

来广州发现广州人有羊崇拜，亚运会也打羊牌，询问亚组委——去越秀山上寻访五羊雕塑，寻访雕塑家——去中山纪念堂，寻访解说员——去圣心教堂等宗教场所寻访主持——去图书馆查资料，得知有五仙观——去五仙观寻访，馆长讲羊的故事——继续找文字家寻访，了解羊图腾内涵——去南越王墓寻访，又有新发现——找文化学者寻访，得出结论。

比较这两种结构，不难看出，纵向结构有很强的叙事性。哪种结构更有可视性呢？我想是不言而喻的。所以我主张在可能的情况下，专题片的结构要纵向化。即使是横向结构也要考虑纵向化的转换。《羊图腾》就是一个比较好的例子。当然横向结构也不是一无是处。横向结构比较注重空间的拓展，视野比较开阔，比较大气。选择横向结构还是选择纵向结构还是要考虑你追求的效果。一般来说，栏目化的专题片，还是要收视率为坐标。纵向结构就是比较好的结构选择。

◉开头和结尾

撰稿要对开头和结尾格外留意。因为这两个部分比较受关注。经验表明，审片时提意见最多的就是这两个部分。从观众的角度看，开头能吸引人，就能吸引人看下去，中间内容就是差一些，观众也能坚持一段时间，要是开头不吸引人，观众马上就会转台。如果结尾也能给人留下好印象，这个片子在形式上就比较完整。

开头怎么开，并无定法。就撰稿者而言就是要格外用心，就效果而言，就是要有吸引力。就内容而言，最好是对全片的走向能有某种暗示性。下面举两个例子比较一下。

例一

(海天茫茫、虎门炮台、相关字幕)

公元 1840 年,英军炮舰从这片南中国的海域轰开了清帝国的大门。

龙的传人仿佛突然发现:中国原来并非世界的中心之国。

(刘公岛海域、北洋水师府、相关字幕)

公元 1894 年,中日甲午战争爆发。号称亚洲第一、世界第六的北洋水师又在这片北中国的海域全军覆灭。

(香港、环士丹顿街十三号、革命四大寇照片等、相关字幕)

北洋水师全军覆灭的第二天,香港环士丹顿街十三号的门口挂出了一块乾亨商号的招牌。在商号的掩护下,一位叫孙文的广东人和他的同志们开始了广州起义的密谋。有学者认为,这一天是辛亥革命行动的起点。

(《马关条约》文本、有关历史照片、资料)

《马关条约》是战败的清王朝必须接受的结果。该条约使清政府赔款达 2 亿 3 千万两白银,相当于大清国三年、日本国四年的财政收入。此外,还割去了中国的辽东半岛和台湾。

史料记载,消息传到台湾,全岛哭声一片。

例二

(湘粤交界处、五岭逶迤、山道、车轮、相关字幕)

1895 年 3 月,梁启超和他的老师康有为越过五岭山脉,去万里之外的京城赶考。这年,梁启超 22 岁,康有为 38 岁。

(天津港、李鸿章当年登船处、相关字幕)

康梁赶往京城之时,年过古稀的李鸿章从这里登上了开往日本的商轮。

他要代表清王朝去接受甲午战争惨败的后果。

（天津、北洋水师学堂旧址、严复像、《天演论》、相关字幕）

无法确知，这所由李鸿章创办的北洋水师学堂，当年是怎样送别李鸿章远去的，但我们知道，此时担任水师学堂校长的严复，开始了《天演论》的翻译。

这年初夏，梁启超便读了《天演论》的译稿。

（刘公岛海域、相关字幕）

严复的眼前，一定会出现这片海域。

一个月前，号称亚洲第一、世界第六的北洋水师就在这片海域全军覆灭。

蒙难者中就有严复的同学与弟子。

（谢葆璋像）

严复的弟子中，也有大难不死的生还者。

谢葆璋就是其中之一。

（谢冰心的镜头）

谢葆璋的女儿叫谢冰心，她终身都在构思一部甲午海战的长篇小说，却始终未能如愿。

（采访冰心后人，谈冰心为何不能如愿）

大意：谢冰心曾被父亲带到刘公岛凭吊死难烈士，便立志要写这样一部小说，但一提笔就痛哭不已，始终写不下去。

（《马关条约》文本、有关历史照片、资料）

4月18日，李鸿章带着这份《马关条约》启程回国。

该条约使清政府赔款达2亿3千万两白银，相当于大清国三年、日本国四年的财政收入。此外，还割去了中国的辽东半岛和台湾。

史料记载，消息传到台湾，全岛哭声一片。

这是我给一部百集电视系列片《百年文学潮》做的样稿。分集片名叫《暮鼓潮声》。这集是要交代中国百年文学尤其是现代文学形成的大时代背景。例一选择了1840年鸦片战争的虎门海域做切入点。这个点比较常识化,与文学的关系也不够紧密。修改后选了1895年康梁进京赶考的切入点。这个点鲜为人知,有具体的人物,不像虎门的点比较笼统。这个点与中国历史大转型的背景也扣得紧——康梁赶考发动了公车上书,就是戊戌变法先声。更重要的是梁启超是新文学的开山人物之一。这就和文学潮扣紧了。修改稿不断出现梁启超,实际上形成了一个人物线索。

再看这一集结尾修改前后的比较:

例一

(老北大的镜头、相关字幕)

这里,是京师大学堂的旧址。它是中国第一所国立最高学府,首任校长是孙家鼎,后改名为北京大学。京师大学堂开办于1898年,本是戊戌变法的产物,却并没有随着变法的失败而关闭。

这一切对新文学又意味着什么呢?大概要20年后,人们才悠然心会。

(历史备忘,字幕出此历史阶段大事记)

例二

(老北大的镜头、相关字幕)

这里,是京师大学堂的旧址。它是中国第一所国立最高学府,后改名为北京大学。京师大学堂开办于1898年,本是戊戌变法的产物,却并没有随着变法的失败而关闭。提议创办京师大学堂的奏折,正是由梁启超起草。

这一切对新文学又意味着什么呢?大概要20年后,人们才悠然心会。

(历史备忘,字幕出此历史阶段大事记)

这一集结尾落在北大是有深意的。因为北大是新文学的发祥地和大本营。它是改良主义戊戌变法的产物,却超越了改良主义,孕育了革命的五四新文学运动。甲午海战带来的中国社会种种变化，最终都凝聚到北大，产生新文学的大爆发。写北大就是总结和升华全篇，解说词却以疑问的暗示收笔，更加耐人寻味。修改稿突出了梁启超，这样首尾就呼应了，也和文学潮的主题紧扣。

我的体会是，好的结尾一是要总结升华全篇，二是要言尽意续。

◉同期声的处理

同期声是电视片的艺术元素之一，是指在拍摄时同步录制到的现场声音形态。包括物理型的环境声以及人物的话语声等等。就同期声本身而言，不属于撰稿人的语言表达。但是撰稿时却要考虑有些信息内容要有同期声去承担，所以安排同期声的表达往往也是撰稿工作的一部分。请看下面这个案例：

（解说词）

……潮州人被称为中国的犹太人，全球各个角落都有他们的足迹，有人说，有水的地方就有潮州人，在曼谷附近的丹嫩沙多水上市场，就居住着一批很早以前移民到泰国的潮州人。

（同期声）

你在这住了多少年了？

在这已经住了 70 多年了。

您是出身在这的？

是，是在这边出生。

父母是不是也住在这边？

父母啊？

我父亲是从中国来的。

……

（电视片《曼谷：天使之城里的唐人》）

这段同期声是一段现场采访性质的对话。它可以增强电视片的现场感,记录感,贴切感。拉近观众和电视片的距离。这种同期声的当事人话语是对着拍摄者说的,所以有拍摄者的主观视角在内。还有一种当事人话语是不对拍摄者说的,即拍摄者客观地记录当事者之间的话语。这种情况客观性更强。如:

(解说词)

下午 3 点半,学校放学。大概在 4 点半,汉娜和姐姐回到家,放学和上学一样,都是坐校车。

(画面 注意,这组画面也是带同期声的)

妈妈驾车回到车库前

姐妹俩走向妈妈的车

一家人往家走

汉娜向妈妈讲一天的课程安排

妈妈签字

汉娜给妈妈讲做中国数学题的情况

汉娜弹钢琴

(同期声)

妈妈:嗨,孩子们!

孩子:嗨,妈妈。

妈妈:今天过得怎么样?

姐姐:挺好的。

汉娜:我今天得抓紧时间做作业。

(电视片《汉娜的一天》)

可以看到,在电视片《汉娜的一天》中,解说词的篇幅已经很少了。要是仅靠解说词,我们是看不懂的。这是所谓纪实片常有的现象。这也考验这撰稿的选择能力,哪些部分该用解说词表现,哪些部分解说词要保持沉默。撰稿的修养也就在表达与沉默的取舍中显现出来。画家黄宾虹说,取难,舍更难。讲的就是这个道理。

同期声还有一种常见的用途，就是专家（官员）采访。其实也就是权威发言者的访谈摘录。尤其是政论片等理性色彩很浓的电视片，专家访谈的同期声占有很重要的地位。我参加许多政论大片的撰稿，其中专家访谈往往要专门设计，甚至还要报批，这是不是中国特色我不知道，反正这种同期声是很重要的。

2008年央视推出总结改革开放的大型电视文献片《伟大的历程》，一开篇就是邓小平、江泽民、胡锦涛的三段同期声。在全片中，重量级的专家和历史当事人频频出镜接受采访。这种同期声镜头构成了政论、文献电视片的重要表现手段。撰稿者如何处理这类同期声就更有讲究。我的体会是，这类同期声是提高特定阐释内容权威性的重要手段。换言之，当撰稿需要在特定的阐释段落中加强权威感，就要使用这类同期声。某种意义上，这是另一种解说词方式。

在实践中，我还发现，当解说词涉及的内容比较抽象，不适合镜头表现，或者用镜头表现很难和解说融洽，使用专家访谈的同期声也是一种很好的策略。因为专家访谈本身就是一种真实的场景镜头，即使话语比较抽象，观众也能认可，比解说贴画面要自然得多。如下例：

（解说词）

第二次鸦片战争之后，清政府内忧外患，为了摆脱困境，清廷听从了"洋务派"的主张，开始了学习西方先进技术的"洋务运动"，既然是"洋务"，就需要通晓外语的人才，于是清政府设立了"同文馆"，这是中国最早的外语学校。

（同期声）

广州大学赵春晨教授：它的目的是要培养一些翻译官，来适应官府、朝廷同外国之间交往的这种需要而建立的，而这项外交上的工作，在清廷看来是一种机要性的工作，那他只有找最信得过的，最可靠的人，他认为才可以去担任这项工作，广州同文馆的学生，早期的时候，以八旗子弟为主。

〔解说词〕

中国的第一所同文馆于 1862 年在北京开办,第二年,上海也设立了同文馆。第三年即 1864 年,广州同文馆在现今广州越秀区朝天小学的校址上落成。

〔同期声〕

广州大学赵春晨教授:一八六三年开始筹办,第二年,一八六四年建立的,是应当是洋务运动的需要,是在当时的北京建立京师同文馆,上海建立上海广方言馆之后,第三所在中国国内所建立的官办的新式学堂。

（电视片《百年名校传奇》）

如何处理好同期声,是撰稿的一个重要手段,不光可以使撰稿省去不少气力,更重要的是,可以使片子的效果更理想,更有电视感。

◉人物采访

上文讨论同期声已经涉及到人物采访的问题。专题片或纪录片的同期声中,很重要的部分就是人物采访的同期声。当然,人物采访不仅仅是为了同期声的需要而进行。专题片或纪录片的创作中,人物采访收集素材性质的人物采访,拍摄对象性的人物采访,评述性言论的人物采访。不同的人物对象,有不同的要求。

首先,是收集素材性质的人物采访。这种采访的目的是对所拍摄的作品的内容,拍摄点进行摸底了解。采访的人物非常广泛。采访的方式主要是非拍摄的方式。比如开座谈会,当面访谈记录等。在个别情况下才需要拍摄采访。在实践中,有些创作者在这种收集素材的采访中也开机拍摄。往往在后期剪辑中制造很多麻烦。面对大量的影像资料,花费大量人力物力去筛选。十分狼狈。我们要记住,如果影像拍摄的素材,不具有史料价值,就应该越精炼越好,见谁拍谁,是心中无底的一种表现。

经过这种摸底性的人物采访,我们第一是对所拍的内容有了进一步的了解,做到心中有数;第二则是可以确定,哪些是我们要进行拍摄采访的人物。这也就意味,拍摄采访的人物是有精确定位的。在实践中,我们也经常发现有些创作者,对那些人物该拍摄采访,哪些人物不必拍摄采访,心里没有底,于是也就从保险起见,扩大拍摄对象。最后的结果往往造成后期编辑时的麻烦。而且由于不愿放弃某些对象,导致成片内容的芜杂。

有一次我作为主持者参与某赴国外拍摄的专题片。发现某编导兼撰稿大量进行拍摄性的人物采访,就问他,你拍这么多人物访谈,后期怎么办?你用的上吗?何况还有大量翻译,光是整理采访就能整死你。他回答说,不是都用成同期声,而是作为写解说词的素材。比如,我写某个对象的家庭背景,就可以从对方的访谈中得到素材。我就说,那你非得拍摄采访么?你和对象交谈不就明白了么?你做笔记不行吗?他说,我也不知道用不用得上,反正多拍总比少拍好。我怕刺激他的积极性,就没再说。后来进入后期,果然出现了大麻烦。找翻译,找速记员,折腾得很狼狈。这种情况就是心里没底,把搜集素材性的人物采访和对位性的人物采访一锅煮,最后是自找苦吃。

还有一种情况是,在人物采访中,碍于某些要求或情面,觉得出镜是一种殊遇,是我们的一种成全或承诺。也不控制人物的拍摄采访,而且在后期编辑时也要想方设法要人物出镜,结果损害的还是片子的质量。有些片子,一个完整语句意思,切成若干个人物的采访说出来,一个人物说一句,就像在说三句半,十分的滑稽。片子的质量可想而知。我上面说的那个事例就是如此,初编的片子里面大量蹦人头,说一句就走人,简直叫人哭笑不得,而该编导还很委屈地说,我采访了那么多人,对我们接待也不错,又拍了人家,总不能不露脸吧。

这就涉及一个问题,为什么要进行人物拍摄采访?

对人物拍摄采访,是因为被采访的人物是我们的拍摄对象。我们就是为展现对方而来，我们必须对其拍摄采访。这同时也就意味，如果不是我们要拍摄的对象，我们就不必进行拍摄，或者只进行陪衬性的拍摄。如果就拍摄意图而言，人物不过是实现我们拍摄意图的手段或者道具。这也就意味着，拍什么，不拍什么，要以拍摄意图为指导。不能一味地跟着人物走。相反，要使人物跟着拍摄意图走。这就要求，在拍摄人物采访前，创作者要心中有底。哪怕是在随机性的场合，也要心中有底。在实际采访中经常出现采访者被对象牵着鼻子走的现象，被采访对象非常积极地介绍各种情况，许多已经超出了我们的采访内容，可是我们还跟着傻拍。说来说去，还是采访者心里没有底。

在拍摄性的人物采访中，还有一类人物采访是评述性的人物采访。这些人物或者作为见证人介绍某些事情，或者作为评述人对某些事情进行评价。最常见的就是所谓专家访谈，这就更具有设计性。说得直接点，见证人或者专家就是我们的嘴，我们只是把某些解说词转换成专家的话语。以求有权威性，客观性，也改变解说词表述的形态，使片子有变化。而在实际采访中，见证人比较简单，只要如实陈述某事即可。而专家是有主见，有个性的，不见得完全按我们的意志去说。这就要做功课了。第一是我们要预测在某个问题上，专家可能怎么说，这么说符不符合我们的创作预设。要有的放矢地请专家。第二是在采访中进行必要的引导，使专家进入我们预设的话题。在实践中，有些访问者任由专家自由发挥，表面看是民主，实际上会给自己的创作带来很多不必要的周折。

在对人物进行对话性的采访时，还要注意一个问题，就是话题的设计。第一，话题要有针对性。不能笼统，大而化之。大而化之的话题的回答容易含混，抽象，虚焦，用起来都是人人皆知的大道理。领导人的采访往往如此。除了被采访者的身份有些价值，其他方面价值不大。即所谓表态性的采访。第二，话题要个性化。也就是要针对采访对象设计最适合对方表达的话题。比如专家访谈就要设计专业化比较对口的话题。第三，话题量要适度。所谓适度就是要考虑后期编辑到底可能会采用多少。上面说到的那次国外拍摄，该编导采访某位外国市长，设计了五六个话题，每个话题要回答到位都要一两分钟的剪辑量，于是这么一来就有 10 分钟以上的剪辑量。可是该市长的采访只能用于一条片子中，而全片不过 14 分钟，还有七八个其他的采访对象，还不算解说词部分。你采访那么多问题，怎么用？我对该编导说，在片中该市长顶多出镜两次，你要那么多采访干嘛？说白了，还是心里没底。心中没底的拍摄浪费时间和精力不说，更关键的是，在心中没底的心态下拍摄，素材再多也是无用的多，有用的少。

在人物采访的问题上，我的经验有这么几条，第一，要把素材收集性的人物采访和拍摄对象的人物采访区别开来，要有的放矢地进行拍摄对象的人物采访。第二，要根据拍摄意图展开人物采访，要让人物跟着意图走。第三，采访要心中有底，要有针对性，而且要精炼。

●淡化体裁意识

1980～1990 年代，人们曾经很热烈地争论专题片和纪录片到底谁更正宗的问题，至今还有余波。这种争论的背后隐含着一种意识：影视创作必须符合体裁要求，必须按某种影视模式进行。打开有关影视字典，各种影视体裁的概念令人眼花缭乱。中国影视研究的学者们把大量的精力投入到影视形态的规范化工作中去，并且自信有了确切的影视体裁概念，就能指导创作者创作出影视精品。

但是，我们看到时至今日，被人们讥讽为"怪胎"的专题片不仅依然鲜活地存在，解说词加画面的现象更成为主旋律专题大片的特色表现方式。就我所知，原创性的削弱已不再是影视创作的羞耻，靠剪资料为主完成的专题大片越来越成为普遍的现实。

黑格尔认为，存在的就是合理的。从发生学的意义看，体裁的出现一定是建立在相当的影视创作实践基础之上的。再从中国电视的历史看，不过几十年时间。诸此种种使我觉得，现在谈体裁意义上的电视形态规范,并要求电视创作依据某种体裁概念去创作,是否有些仓促呢?

就拿被人们视为"怪胎"的专题片来说。何以因为受到中国意识形态影响出现的专题片就是怪胎呢?难道只有西方的所谓纪录片模式才是标准胎吗?学理依据何在?就在于人家是西方人么?其实,无论是西方意义上的纪录片还是中国意义的专题片,都是为了满足某种社会需要而诞生的。我们不能说,西方社会的需要就是需要,中国社会的需要就不是需要。就特定的功能诉求而言,专题片至少是比较好地实现了创作者的设想效果,否则它就不会大行其道了。按照黑格尔的观点,它的存在就证明它的合理。

我们要看到,体裁是因为影视创作的积累才存在的,而影视创作是为了某种社会需要而存在,并不是为了某些体裁而存在。所以,只要能满足特定的社会需求,并为社会所认可,符不符合某种体裁规范是不重要的。

还要看到,我们今天许多所谓影视体裁的概念,实际并没有多少创作规律的内涵。比如年代剧、谍战剧、家庭伦理剧之类的体裁概念,只是表明题材特点,并没有写作规范意义。即使给定一些写作要求,也很不成熟。如果我们的创作过分关注这些概念,只能以牺牲创作为代价。

我觉得当下中国的影视创作还在起步阶段,是大胆实践,积累经验,探索规律的时候,要特别鼓励创作者根据实践的需要进行各种试验。在这种时候恰恰要淡化体裁意识,因为体裁是一种对创作有着很具体要求的规范,并且要经历很长的实践才能形成。我们现在没有可能把体裁摆在重要的地位。

细心者还不难发现,以上讨论的一些撰稿之道很大程度上涉及到编导的职能。也就是说,这种撰稿在很大程度上是编导和撰稿合一性质的。这可能和我的经验有关,在我的实践中经常是编导和撰稿身份合一的。例如拍30集专题片《今日澳门人》我是总撰稿兼分集编导,其中10集我是带着拍摄组去完成,前后期一条龙跟下来,包括后期剪辑都是自己上机完成。所以在讨论撰稿之道时实际讨论的是对全片的把握。但是这种撰稿和编导合一的创作模式也不是个别的,据我了解,许多电视专题片都是编导自己担任撰稿的。既如此,撰稿具有编导意识就毫不奇怪了。

还必须指出,在当下中国语境,绝大多数大型专题片,尤其是政论性专题片都是撰稿先行,编导和拍摄人员都是根据已经审定好的撰稿文案去实地拍摄。说是照图纸施工也不为过。在这种创作模式中,撰稿就更加要有编导意识和相应的素质。可以肯定,缺乏编导意识的撰稿不是好撰稿。

随着时代的发展,中国官方运用专题片来进行国家话语表达成为一种常态。由于国家话语影视表达的理论要求高,知识视野开阔,导致一批社科学者进入专题片的创作,担任撰稿人。这些撰稿人的优势是理论学养,但缺乏的是影视片拍摄的实践经验和专业要求。往往把解说词当作论文来写,造成所谓解说词贴画面的现象,究其原因也是编导意识缺乏所致。事实证明,当这些撰稿人了解了影视艺术的特点,站在编导的立场上思考问题,这种现象就会有很大改观。

编 剧 之 道

◉影视剧本与小说

毫无疑问,影视创作中影视剧创作是最具有文学性的。影视剧创作和文学作品创作一样,具有虚构性和想象性。但是,影视剧创作和文学创作也有不一样。在前文中,我们分析了影视创作的雇佣性,已经涉及到影视创作和一般文学创作的差异。这里,我们再讨论一下影视剧和小说的差异。

之所以要将影视剧本和小说比较是因为二者都属于叙事艺术,叙事性是小说和影视剧本的共同特征。实践中我们可以发现,大量的剧作是从小说改编而来,而且许多剧作家也同时是小说家。这说明小说与影视剧本有着非常密切的关联。但是,我们更应该看到,二者是因为叙事方法的差异而区别开来,从而显示出不同的美学魅力。因此,将影视剧本和小说比较有利于我们把握影视剧本的一些最基本的创作特点。还值得说明的是,我们说的影视剧在某种程度上也包括舞台剧本。不过舞台剧本受到舞台表演的局限,在剧本创作上受到了很大的限制,和小说的时空表现力难以相比。而影视剧则摆脱了舞台表演的时空局限在叙事的时空表现力上更接近小说。

影视剧和小说最大的不同在于:小说的叙事是语言叙事,影视编剧的叙事是视觉叙事。也就是说,小说叙事所有呈现形态都由语言来完成,包括小说最后的完成形态也是语言形态。所以读者要通过语言的解码才能感知到相应的叙事内容,语言和叙述内容之间有转换性、间接性。如果面对文字语言,你又是文盲的话,就根本无法进入作品世界。而影视叙事是直观的场景形态叙事,包括人物对话也是场景的一部分,尤其影视最后的完成形态是视听化的场景形态,观众无需语言解码就可以直接进入作品世界。这种区别决定了编剧写作和小说写作在选材、构思、结构、语言方式等等方面一系列的不同。

在语言叙事的情况下,语言是唯一的呈现手段。小说家要用语言完成场景的描写,事件背景的交代,事件过程的叙述,人物的肖像描写,人物的动作描写,人物的心理描写,人物的对话描写以及叙述人视角的评述等等。特别要强调的是,在这些表现中作者还要展示语言的魅力。不妨看一个小说片段:

故事发生在 1941 年春夏之交,日伪时期,地点是素有天堂之誉的杭州,西子湖畔。

水光潋滟晴方好,山色空濛雨亦奇,
欲把西湖比西子,浓妆淡抹总相宜。

西湖够美的吧,沉鱼落雁之容,闭月羞花之貌,谁敢和她比美?西湖!苏东坡以诗告诉我们,西湖怎么着都是和西施一样美丽动人的。

这是不是有点儿浪漫主义了?不,是真的,有山作证,有水为鉴。山是青山,灵秀扑面,烟雨凄迷,春来如兰,秋去如画。水是软水,风起微澜,月来满地,日来不醒。山山水水,细风软语,花情柳意,催产了多少诗词文章。举不胜举。汗牛充栋。若堆叠起来,又是一座孤山,墨香阵阵,锦色浓浓;赏析起来,都是脉脉含情的吟咏,恋恋不舍的相思,用完了雅词,唱尽了风月……

(小说《风声》)

这是麦家的小说《风声》中的片段。下面还有大段描写文字,不再引录。这部小说被改编为同名电影,取得了很高的票房和知名度。但是任何编剧都知道,上文所引的段落是非影视的,只能在小说中被接纳。要是转化为剧本,其实只有一个词组:1941 年春夏之交的西湖。这就是影视剧本和小说的不同。小说允许语言包揽一切,也只能由语言包揽一切。而且,小说允许叙述者出场——这段文字其实便是叙述者的感慨,是叙述者对西湖个性化的评介和描述,是叙述者的心理感受,很难视觉化的展现。比如这段文辞"山山水水,细风软语,花情柳意,催产了多少诗词文章。举不胜举。汗牛充栋。若堆叠起来,又是一座孤山,墨香阵阵,锦色浓浓;赏析起来,都是脉脉含情的吟咏,恋恋不舍的相思,用完了雅词,唱尽了风月……"影视剧如何表现? 我们还可以发现,从语言的审美追求而言,麦家描写西湖的同时也在展示语言文辞的优美,颇有汉赋意味。

不妨再看严歌苓的小说《金陵十三钗》的开头:

我姨妈书娟是被自己的初潮惊醒的,而不是被一九三七年十二月十二日南京城外的炮火声。她沿着昏暗的走廊往厕所跑去,以为那段浓浑的血腥气都来自她十四岁的身体。

这段文字从叙事看,交代了人物书娟、故事发生的时间和地点是一九三七年十二月十二日黎明时分的南京,故事情境是南京被日本军队武力攻占。这些都可以转换成剧本的视听话语形态:十四岁的女孩书娟在一个冬日的黎明行进在昏暗的走廊去上厕所,屋外响着隆隆的炮声。但是,如果你不用语言旁白,"我姨妈书娟"这个身份无法表达,书娟被自己的初潮惊醒而不是被炮火惊醒的解释无法表达,尤其是书娟以为血腥气是来自自己的月经其实是日本军队的屠杀的意蕴无法表达。而这些无法表达的东西恰恰是这段文字的魅力所在:这是一个有些遥远的记忆,叙述人在悠悠地回忆着自己姨妈的故事。那天是姨妈进入少女时代的仪式般的日子,也就是这天,人类历史一个刻骨铭心的血腥事件也翻开了扉页。一个青涩的少女悄然走进了庄严的历史隧道,血腥味的象征格外令人回味……这都是语言表达传达给我们的独特感受。作者不动声色地简练述说更显示其驾驭语言的功力。这也是小说家之间高下之分的试金石。可以说,读语言作品就是要品味语言表达的魅力。甚至可以说,语言叙事的最终目的不是讲述故事的来龙去脉,而是讲述叙述者对所叙之事的独到感受。语言叙事的魅力也在于叙述者怎样独到地感受着所叙之事,具体说来,就是叙述者怎样遣词造句在讲述故事。就像老师上课,讲的都是同样的课文内容,有的老师讲得引人入胜,有的老师讲得索然无味,关键在于怎么样讲述。再回到上文麦家小说的开头文字,不得不遗憾地说,麦家的那段文辞虽然花俏,语言功力实在一般。严歌苓的《金陵十三钗》后来被张艺谋改编成为电影,语言叙述的魅力消失在视觉画面的魅力之中了。这就是语言表达和影视剧表达的宿命。

于是,我们就可以进一步感受到影视剧对语言的使用主要是在达意地功能方面。小说作为语言艺术,对语言的使用还要求修辞的匠心独运,使读者感受作者的语言驾驭力,感受到语言表达的美感。说得白一点,一个编剧哪怕是个结巴,只要你能够结结巴巴地把剧情说清楚,剧本拍出来仍然可能是一部杰作。可是小说就不行,你要是语言结结巴巴,罗嗦拖沓,肯定是无法卒读的劣质品。因为小说是用来阅读的,而剧本则不同,它是用来拍摄的,是给导演和演员合作者看的。观众看到的不是剧本而是剧本拍出来的影视作品。这有点像建筑示意图和建筑物的关系:建筑示意图的线条哪怕画得歪歪扭扭,只要你的能让施工者看明白,建出来的建筑物照样是成立的。所以,编剧的语言功力差一点没有关系。

我说这些话也许编剧很不爱听,但这是事实。不信你要编剧去写长篇小说,相信大多数编剧都会在语言功力上露怯。当然,我们不排除一些编剧者有很高语言功力,比如说老舍的剧本。但这是另一回事。我想说的是,由于剧本是非阅读的工作台本,它的语言要求主要是达意,所以无需语言上的精雕细琢,也就对创作者推卸了许多语言表达的压力。事实上,剧本文字过分讲究不仅等于锦衣夜行,还可能干扰合作者的理解。其中道理很简单,在此就不多说了。

此外影视剧的叙述必须是能诉诸于视听形象来完成的。也就是说,剧本是用语言建构视听形象,凡是不能诉诸视听形象化的表现,剧本就要回避。例如,上文引用的严歌苓小说的那个开头,要是写成剧本,就是应该是这样:

教堂走廊　黎明　内

约十四岁的女孩书娟披着棉衣在昏暗的走廊小跑,走廊前方是厕所。窗外隐隐传来隆隆炮声。书娟并不在意。

这就是影视剧的场景化叙述，后文我们还要专门讨论。在此只是强调影视剧的语言表达除了达意的要求外，还要围绕视听形象展开。明白这个道理，语言表达也并不难做到。

当然，我们说编剧对语言的要求不像以文字作品示人的文学家那么高，并不意味编剧没有显示语言功力的表现空间，比如说台词就是显示编剧语言水平的一个试金石。因为台词是要最终在影视作品中直接呈现给观众的。所以，一个编剧的语言功力如何，我们是可以通过台词感受到的。不过话说回来，台词只是影视作品的一部份。总之，编剧要记住，语言不是唯一的，并不是什么东西都要靠语言来实现。语言魅力只是影视魅力的一部分。不过也恰恰在语言有所为有所不为的选择中，体现出编剧的创作功力。

◉看法决定写法

影视剧脱胎于戏剧艺术。时至今日，戏剧性仍是影视剧不可缺少的创作要求。而戏剧性的要求在很大程度上又取决于戏剧的接受方式。我们知道，戏剧是演员在剧场环境下现场表演，观众则同在剧场环境下，在一个相对固定的时间里，同步接受戏剧演出的。这个接受特点，决定了戏剧的表演要有动作性，动作要有冲突性，冲突性的剧情要有清晰性（剧情不能过于复杂，必须以观众同步理解为限度），而且剧情的展开要考虑到观众的心理接受规律等等。总之，戏剧一定要满足观众的接受需求和接受条件，否则就会失去观众而失败。观众的同步接受认同，是戏剧效果的重要尺度。这就是我们所说的，看法决定写法。

影视剧较之戏剧的超越主要有两点。第一，戏剧表演和接受的同步性改变了。戏剧必须依赖一次又一次的反复表演才能完成和延续自身，观众是在与表演同步的观看中完成戏剧的接受的。而一部影视剧可以通过摄制技术，在一次性表演后固定化地完成自身。

观众观看影视剧和表演是不同步的，这是作品传播方式的大超越。影视作品通过无数的拷贝大大扩张了自己的传播面，也不会因为演员的改变而影响作品质量。第二，由于影像技术的发展，戏剧的场景表现跳出了剧场时空的局限，影视剧几乎可以表现出所有人类视觉可以感知的物象。从而使影视剧的视觉表现力大大超出了舞台戏剧。但是，观众必须在影视剧播出的同时，同步接受作品的方式基本没有改变。影视剧像戏剧一样，依赖观众的同步接受认同没有改变。我们依然可以感受到，影视作品的接受方式在很大程度上决定着影视作品的写法。而且还发现，电影的接受方式和电视剧的接受方式是不同的，这也决定着电影（故事片）和电视剧创作要求的差异。可是我们往往忽略了接受方式对创作方式的影响。

我们常说，电影是导演的艺术，电视剧是编剧的艺术；电影是精致的艺术，电视剧是粗糙的艺术；电影是小众的艺术，电视剧是大众的艺术。等等。这些说法不能说全无道理，可是却是比较表象的结论。我们不妨追问，为什么如此？我认为，电影和电视的差异很大程度上是二者的接受方式所致。因此必须对二者的接受方式进行分析。

电影是在封闭的放映环境里承诺观看，电视剧是在开放的播放环境里非承诺观看，这是电影和电视剧接受的第一个特点和彼此差异。具体言之，电影观众一旦走进电影院就等于承诺了自己一定会认真观看到放映结束。而电视剧观众大都在家庭环境里收视，这个环境是开放的，是充满着各种干扰的，如在看电视的同时一边闲谈，一边接待来客，一边做家务，收视是三心二意的，随时可以中断的，也就是说，观众是一种非承诺观看。这就导致了电影观众观看态度的专注，电视剧观众收视态度的不专注。这还和电影是付费观看，电视剧是免费观看有很大关系，付费观看电影的观众远比免费观看电视剧的观众要挑剔作品的艺术质量。不难想见，电影对待专注挑剔的观众，就必须非常讲究作品的精致，作品不精致则就会遭遇观众的指责和唾弃，最后损失的是上座率，这也是电影的失败。反之，电视剧是非承诺观看，观众的专注度远低于电影，电视剧的制作可以粗糙一点而不会被观众发现，也不会计较，观众对电视剧的艺术质量的要求远比电影宽容。

由于电影是承诺观看，观众对电影的期待也比较高，也会耐心认真地体味电影的剧情的种种运作匠心，这就导致了电影创作的方方面面都要认真经营，电影的精致性也就成为必然要求。而且，由于观众在用心观看，创作者就不必玩噱头，以虚张声势的剧情冲突去招徕观众，也就可以在剧情的深度和细节方面下功夫。同样的道理，演员的表演也要到位，不能敷衍。各个创作环节都全力以赴，认真对待，其结果就造成了电影艺术比较精致的效果。反之，电视剧是非承诺观看，观众对电视剧的期待远低于电影，加之观看环境充满干扰，这就导致了电视剧创作精心制作并不讨好，因此也没有必要像电影那么苦心经营。相反，由于电视观赏充满干扰，招徕观众就成为必要的手段，所以，电视剧往往加强剧情的冲突，不断制造悬念以吸引观众，玩噱头就成为电视剧的创作要求之一。

电影的承诺观看还是一种无选择的垄断观看，即观众在特定时间只观看特定的电影作品。而电视剧的观看则是一种多选择的竞争观看，即观众在观看的同时可以转换频道，选择其他电视节目。这种观赏差异，也必然会导致创作上的不同选择。例如电影就会精心完善作品的每一个细节处，回报专心致志的观众，而电视剧为了竞争就会出奇招，以表象上吸引注意力的手段去招徕观众，包括研究观众的注意力保持的规律，使剧情满足观众的心态起伏曲线。

再从电影的观众身份看，电影观看一般是在电影院收费观看。当下中国城市院线的票价都在数十元至上百元，这个票价相当于低保市民半个月的生活费。也就意味，能看电影的观众经济条件都要达到相当程度。如果我们再把经济条件和文化素质挂钩，就不难得出结论，走进电影院的观众，平均文化素质要明显高于一般电视观众。这就好比高档餐馆和大排档的关系，进高档餐馆的人就有高消费的要求，进大排档的人只有低消费的要求。电影就成为高端文化消费的产品，电视剧就是低端文化消费的产品。

再从电影和电视剧播出的平台分析，电影主要放映平台的电影院是商业性较强的娱乐机构,而电视剧播出平台的电视台则是一个具有公益性的大众传媒实体——电视节目是免费收视的。尽管免费收视中也包含着特殊的商业策略——聚集广告受众,但是电视媒体的公益宣传性质是不可否认的。为什么电影就不敢采取免费观看的运营模式呢?其实不难理解,作为大众传媒的电视台,在其免费播出的限定下,其电视剧的投入是不可能和电影相比的。众所周知,电影时长不过两个小时左右,投资动辄数千万乃至上亿,而电视剧同样时长的篇幅,两百万就是天文数字的投资了。

诸此种种都表明,电视剧和电影之间的艺术品质差异与二者的接受方式有着密切关联,而且也由于收视方式的差异决定着创作方式的差异。作为一个创作者,一定要设想:是谁在看我的作品;他们是在怎样的观看环境下看我的作品;在这种观看环境下,观众是怎样一种心态。

一些影视创作的教程或论著注重从电影和电视剧技术层面去辨析二者艺术表现力方面的差异。例如从电影和电视剧的播出屏幕的大小,画面的画质,视听设施的优劣等等去分析。于是得出了"电影更讲究画面造型,更擅长表现宏大场面,宏大主题;电视剧更擅长讲述故事,尤其是家庭生活的故事"等等的结论。我认为这些分析尽管有一定道理,却只看到现象没有抓住本质。

诚然,就当下的技术水平而言,电影在大场面的表现力或者造型美感包括画质音效等方面确实比电视剧要有某些技术优势,但这种优势是电影技术发展一百多年形成的,而电视诞生的历史要晚近得多(1936年)。况且随着电视技术的发展突飞猛进,我们可以相信,在将来电视技术是可以达到电影的表现效果的。但是电影和电视剧的接受方式在相当长的时间里却难以改善。所以,二者的差异还是要从接受方式上考察,才能引申出比较有价值的结论。

电影的承诺观看决定了电影是给一批专心致志欣赏电影作品的观众群创作的,这些观众是用比较高昂的经济代价来购买电影消费的,而且这些观众的文化素质和欣赏水平包括欣赏期待都比一般观众高。可以说电影观赏代表着影视观赏的高端消费状态。在这种消费状态下,观众要求影视创作者拿出浑身的解数来创作,并在理论上承诺用票房回报来交换创作者的劳动。这就决定了电影创作必须给其观众等值的回报。于是,调动各种影视元素包括技术元素,更包括所有创作者的全力投入,来完成作品就顺理成章了。在职业要求上就应该显示影视创作的最高美学水平。电影的艺术优势正是在这样一个内在趋求下发挥出来的。

电视剧的非承诺观看决定了观众在收看电视时的心理游离状态、多干扰和多选择状态,而且电视剧对观众没有消费经济代价的门槛,因此免费观看的观众也就没有挑剔的消费期待。这就导致电视剧观众普遍文化素质与欣赏期待相对较低,再加上电视台的公益性导致对电视剧的投资有限,创作者的创作冲动受到压抑,甚至对电视剧产生歧视心态(一些电影导演和演员认为拍电视剧掉价)。诸此种种,就导致电视创作的粗糙性和媚俗性。而且,面对相对低端的观众和充满干扰的收视环境,创作者必然会采用一些大力度吸引观众注意力的创作策略。比如加强电视剧的故事性,在故事展开中加强悬念性、危机性、冲突性来勾引观众,玩噱头和注重表象的热闹就难以避免。为了节约成本,就回避大场面,多用室内景,多用对话展开剧情。等等。于是,电视剧成为影视创作中的大众低端消费品。其平庸似乎是一种宿命。说到底,这都是电视剧的收视局面造成的。

还要解释一下,我说电视剧的观众群体文化素质以及对电视剧的美学期待相对较低是就电视剧收视的主体观众而言,并不是说收看电视剧的观众中没有高素质高欣赏趣味的收视者(收视调查表明,电视剧的主体观众是低收入,低学历,高年龄,有较多闲暇时间的人群,尤其是家庭妇女居多)。此外,在电视剧大开放、多干扰、多选择、家庭化的收视条件下,观众的收视心态也会产生变化。观众不会像看电影一样怀抱着较为严肃的态度来对待电视剧,放松、消闲、娱乐的心态成为主要的诉求,即使是高素质的观众也不会对电视剧有高期待,也不会斤斤计较电视剧的平庸。

所以,我坚持认为,电影和电视剧的主要差异不在于技术所决定的表现力的差异而在于收视局面所导致的收视和创作态度的差异。例如看电视剧就像在街头看卖艺，围观的观众既心不在焉，也不指望卖艺人推出千古绝唱，卖艺人也不会在街头全力以赴推出千古绝唱。反之，看电影时无论观众和创作者的态度都起了变化，观众因为付出了门票，而且抽出时间全神贯注地进行观看，自然对观看抱着较高的期待，同时调动自己的文化素质投入评判，就像买一个高档商品要精挑细选一样。创作者自然也不敢怠慢，也就会拿出看家本事来应对。总之，特定的接受环境决定了一切。

●影视编剧的任务

影视创作中的剧本创作是文学性最强的一类，其创作者就是编剧。编剧较之撰稿，在创作的虚构性和想象力发挥方面，有着不可比拟的自由。但是我们要明白，影视剧编剧在其作品的实现形态方面，比撰稿受到更多的限制——以语言文字构成的剧本形态将消失在音画形态之中。这就意味着，剧本创作并非影视剧创作的全部。第一，剧本不是写给观众看的，而是写给影视创作的合作者看的。第二，剧本创作不可能囊括所有影视创作设计。于是我们就可得出一个结论，剧本创作应该有所为有所不为。这也就决定了剧本创作有着独特的要求。

不过，我们还要看到，剧本创作有所不为的方面主要是作品的表现形式，例如场景和场面的造型设计，演员造型和表演设计等等，在决定一部剧的思想主题，人物性格和命运，基本的人物关系，情节故事及故事环境等等最基本的剧情元素方面，则是由编剧进行设计。这也就意味着，剧本是影视剧的基础。于是我们就听到这种说法："剧本剧本，一剧之本"。

概而言之，剧本主要完成以下设计任务：

1、主题的设计

按照传统的艺术理论，主题即全部剧情的思想主旨，也是一部剧给人以启迪感悟的主要精神指向。在教化论的传统思维中,影视剧的剧情最终要落实到一个有意义的思想结论,给观众以灵魂的洗礼和启迪。例如,电影《白毛女》的主题就是告诉观众,旧社会把人变成鬼,新社会把鬼变成人。电影《祝福》的主题就是告诉观众,是封建礼教毁灭了祥林嫂。或者说,祥林嫂是封建礼教社会劳动妇女的命运缩影。即使是反对教化论的艺术本位主义者也认为,艺术是对生命意义的追问,因此,对人生意义的追问是一切艺术品的灵魂内蕴。于是,包括影视作品在内的艺术创作是否能给观众心灵的精神震撼是考量一部作品是否杰作的最高尺度。

但是,无论是在商业化的语境还是在当下中国走向世俗化的社会语境中,我们可以发现,这种将主题看作一种高端价值的观点未免有些书生气。大量的影视作品在思想主题方面谈不上什么建树却不能说没有主题。所以,我们应该对主题有更宽泛的理解。其实,主题就是编剧想通过剧情呈现出的基本创作意图。它可以是编剧想述说某种思想性的判断,也可以是编剧想追求的一种剧情效果或特质,比如复仇、逃亡,机缘巧合等等。

说到底,主题的存在是剧情结构的需要。影视剧作为一个有机的整体,其剧情的各个组成部分之间必须围绕着一个内在的中心展开,这样才能构成一个符合逻辑的合情合理的故事系统。否则,剧情就会散乱无章,难以理解。例如电影《豺狼的日子》讲述的是一个刺客的故事。英国职业刺客被反戴高乐的政治势力收买,精心策划了对戴高乐的刺杀,结果在即将得手之时被法国警察灭杀。这个故事的精彩处就在于刺客如何巧妙突破重重围剿的惊险过程。就启迪人的主题思想而言,并没有什么令人回味之处。编剧也显然不想在思想上给人以什么启迪。其全部兴趣在于讲述刺杀过程的曲折。因此可说,一位刺客高手的毁灭,就是编剧的创作意图,即主题。整个剧情也就是围绕这个主题取舍展开的。商业影视剧很多只是满足观众的猎奇性,提供娱乐享受而已,并没有多少深度的思想诉求。

我认为,只有把主题看作剧情结构完整性的需要才把握了主题的基本功能。也就是说,再平庸肤浅的影视剧也要有主题,否则就是一盘散沙。在这个前提下,我们才能追求主题的启迪性。深刻性和创造性。

2、人物的设计

任何剧情都离不开人物。为什么？一些教科书的解释是,因为人物是艺术表现的核心,也是剧作表现的核心;还有的说,人物性格和人物关系决定了剧情的走向等等。其实,这些说法只能适用一部分影视剧——那些着力于塑造人物形象以感动观众的影视剧。其实并不是所有的电视剧都把人物塑造作为核心追求。在许多影视剧中,人物不过是叙事不可缺的元素。事必须由人来做,就这么简单。

我们一般都说影视剧是叙事艺术,没有说影视剧是叙人的艺术。因此,从影视剧的普遍要求看,编剧进行人物设计,是基于叙事的需要。人是事情的承担者,事情就是由人物的活动来完成的。比如表现暗杀的事件,至少必须有被暗杀的人物和执行暗杀的人物,否则暗杀的事就根本不可能发生。我们把影视剧人物的设计看作是叙事的需要,不等于否定某些影视剧是以写人物为中心追求的。顺理成章,在那些写人的影视剧中,人物所作之事也就应该是为塑造人物服务的。但是,第一,这些以写人的影视剧属于影视创作中的高端追求,就影视剧中的大多数作品而言,都是以写故事为主要追求,即以事情发展的曲折跌宕吸引观众。第二,即使是写人为主要追求的影视剧,同样要求叙事设计的到位。以至于有时我们很难说是以人写事,还是以事写人。也就是说,写人也好,写事也好,都离不开事。叙事是影视剧的底线要求。我们应该从影视剧的底线要求来考虑人物设计的意义。

既然影视剧的人物设计是叙事的需要,那么,人物关系的设计就至关重要。许多编剧教程强调人物设计中性格设计是第一位的,有所谓"性格决定命运"之说。可是我认为人物关系的设计才是最重要的。性格设计的说法孤立地强调了个体人物的作用,使人产生误解,以为一个人物只要具有某些性格,就必然会发生特定的行为,就必然会做出特定的事,就必然走向特定的命运,这是片面的。人物之所以作特定的事,除了性格使然之外,更重要的是取决于特定的人物关系。例如,《三国演义》中,诸葛亮做空城计,是违背诸葛亮性格的。诸葛一生唯谨慎,一般情况下不会做出空城计的行动。但是在司马懿围住了空城的态势下,在面对同样谨慎的司马懿这个对手的情况下,诸葛亮做出了反性格的举动。同样,周瑜只有碰见诸葛亮,才会显得心胸狭隘,被诸葛亮三气而亡,换了另一个对手,周瑜的性格和命运就不一样。可见,人物的性格和命运是在人物关系中显现和决定的。离开特定的人物关系孤立地谈性格决定命运是片面的。

所谓人物关系设计,就是设计能够惹是生非的人物关系。在特定的人物关系下很容易发生人物的冲突纠葛。比如,小偷和警察就是天生的冲突关系。诸葛亮和周瑜,也是天生的冲突关系。日常生活中婆媳关系也是容易发生冲突的。在这种人物关系下,很容易激发编剧的想象,设计出相应的故事。在这种前提下,我们再考虑人物性格的设计,从而使人物关系更加具有发生故事的可能性。我认为,性格的设计要和人物关系的设计相辅相成。不能脱离人物关系去进行人物性格的设计。例如电视剧《潜伏》中主角余则成和翠平是一对假扮夫妻的地下工作者,余则成非常职业,翠平非常不专业,这就是基本的人物关系,这种人物关系就决定了他们合作的不协调,必然会生出许多具有危险的事件。在这个关系中,我们再设计翠平不仅不专业,还性格火爆,和余则成构成了很大反差。这也就更加推波助澜,加强了人物的纠葛和冲突,使剧情更加曲折跌宕。

3、剧情的设计

明确了主题和人物关系就可以展开剧情设计了。剧情就是剧中人全部行为和活动的总和,是通过一个个场景呈现给观众直接观赏到的影视剧的外观形态,我们上面说的主题设计和人物设计都隐含在剧情之中。

笼统地说,剧情就是一个个场景组合起来的剧中人物的生活过程。这就要求编剧能够根据主题的指向和预设的人物关系虚构想象出具体的生活场景和过程。要完成剧情设计的任务,很重要的原则就是剧情的设计要符合主题的指向。例如《潜伏》中所有的场景和人物活动都是围绕着余则成和翠平成功实现潜伏任务展开的,与此无关的场景和人物活动都要舍去。此外,剧情的设计要符合预定的人物关系设计。例如,《潜伏》中,余则成和翠平怎样完成潜伏任务,他们在潜伏过程中为什么会发生如剧情讲述的那些事情,都和人物关系的设计相吻合。因为余则成和翠平遇到了怀疑他们两人的敌手,于是他们就必须格外小心谨慎,步步为营地采取种种防范措施,但是由于余则成和翠平不能默契地配合,就发生了暴露自我身份的那些事。等等。

于是,我们就可以发现,剧情围绕着主题设计和人物关系设计展开,就形成了一个具有因果关系的基本线索,这就是情节。所以,剧情的设计也就是情节的设计。例如《潜伏》的剧情就是"沿着余则成转变投诚,被派往军统天津站潜伏,在潜伏期间经历了敌特的种种试探和危机,成功完成潜伏任务,立下了种种功勋"的情节线展开的。《潜伏》中的情节是由余则成和军统特务一系列的斗争事件所构成。可见情节可以说就是人物的行动线,命运线,也可以说是剧情的纠葛线和矛盾冲突线。剧情就依附在情节线上。因此在某种意义上说,情节就是剧情本身。把握情节线,是我们检验剧情设计是否到位的一个重要指标。

在剧情设计中,还有一个情境的设计问题。情境就是一个事件发生时,各种事件因素构成的事件态势,也可以简单地说是事件的背景。成熟的编剧应该具有很强的情境意识,就是说,在展开一个事件的描述之前,要把这个事件的重要性强调得非常充足,引起观众的高度关注。通常设计情境就是强调事件的危机感,造成巨大的悬念。比如《潜伏》的情境就是一对非常不协调的地下党假夫妻要完成非常危险的潜伏任务,而且已经受到敌特的怀疑。显然,这个情境就是一个巨大的危机,对人物构成了巨大的考验。观众看到剧中人处于这样的危机情境中,立即就会关注剧情。就剧情展开而言,设计好情境,更有利于设计人物动作,塑造人物性格,展开矛盾冲突,使剧情生动精彩。

◉从悬念性的故事出发

影视剧在所有的艺术门类中是最依赖观众市场的一门艺术——如果它可以称之为艺术的话。大众市场以票房和收视率导控着影视剧的创作走向，即使有无视大众取向的影视剧问世也是凤毛麟角。没有收视和票房的影视剧意味着投资者的灾难，只有完全无视投资效果的投资者才敢挑战观众。就影视剧的整体而言，取悦观众是最基本的创作选择。于是，编剧的创作就必须把握什么是观众口味，尤其是现实语境中的观众口味。具体到中国语境，就是当下中国观众的口味。

我认为，中国观众的基本口味就心理支撑而言就是好奇心，就诉求的对象而言就是故事。有一种说法，故事就是不为人知的秘密，人们把某个不为人知的秘密揭露出来就成了故事。我觉得这个说法很到位。不过可以补充一点，这个不为人知的秘密是一件事情的经过。当我们把一个不为人知的故事表演出来就成了戏剧，有戏没戏就是有没有故事。

也许有人会说，不为人知是相对的，对于观众而言，不为人知的事情太多了，编剧可以轻而易举地做到，而且观众未必会因为某事情不为他所知而感兴趣，此外有些观众会反复看戏，诉求未必是想知道一个不为人知的事情经过。这些质疑涉及怎样理解"不为人知"一词的含义，有必要作一些解释。第一，我们所说的不为人知的事情是具有秘密性的，也就是说，总有一些观众想探知究竟的东西。不为人知的说法本身就包含了这个秘密性。如果一件事讲出来，是在观众的常识理解之内的，这件事就不能说是不为人知的事。比如我们说某人吃饭，一口一口地吃，最后吃饱了。这件事就不是一件不为人知的事，如果我们说某人吃饭，吃饱之后死了。这就是一件不为人知的事，他为什么会因为吃饭而死？这就有秘密可言了。第二，观众可能反复看戏，可能不是想知道这件事的经过，而是欣赏表演。但这是在第一次看戏之后的事，就初次看戏的诉求而言，还是想知道故事的经过。即使有观众完全是冲着演员去看戏，也是个别现象，而且这是另一个话题，和我们的话题无关。

也许还有人会说，如果戏剧包括影视剧讲述的故事没有冲突，没有动作性，这就叫没戏，也不是我们影视剧要表现的东西。对此，我们也要分析一下。第一，我认为，在影视剧的叙事中，冲突是第二位的。第一位的依然是故事的秘密性。一个故事的展开，只要其中有观众依据常识所无法料想到的成分，就有了秘密，就能勾起观众的好奇心，就是戏。其实戏就是故事的表演，并不神秘。第二，戏剧具有动作性和冲突性很大程度上是戏剧表现方式的局限决定的。戏剧是表演艺术，没有动作和冲突，表演就施展不开，也很难在剧场环境里吸引观众的注意力。第三，如果没有故事，仅有动作和冲突，同样是没戏的。要论动作和冲突，体育比赛和杂技之类的动作性和冲突性更强，为什么观众还要看戏？因为戏中有观众在体育比赛或杂技中看不到的东西，这些东西恰恰不是动作和冲突。可见，动作和冲突要依附一个故事才有意义，故事是更本位的东西，不能本末倒置。

电影《黄土地》是个很有说服力的案例。该片讲述了一个八路军文艺工作者顾青一次到陕北民间采风的经历。全片的动作性是单调而静态的，更没有我们常见的人物之间的矛盾冲突。剧情也并不曲折跌宕，在当年播映时却取得了非常热烈的反响。其原因除了对人物内心的挖掘，主题除了有人心的穿透和画面的震撼力之外，还在于该片满足了观众最基本的诉求——该片讲述了一个不为人知的故事。顾青的这次采风有怎样的遭遇和收获，这是观众依据常识无法预测的，而且观众又非常想知道，事实上观众一旦知道之后果然产生了震撼。

所以，当我们进入影视剧创作时，首先考虑的问题就是怎样构思一个不为人知的事，以吸引观众。这也就意味着，我们创作出来的故事首先应该要是一个值得讲述的故事，即故事应该使观众确实有所收获。其次，应该是一个能激发观众观看欲望的故事，即观众一定要想知道这个故事。再次,应该是一个出乎观众预料之外的故事,即观众凭借常识经验无法猜测到这个故事的展开过程。第四,应该是确实能给观众意外经验的故事,即故事的展开要既在情理之中,又在意料之外。不是一个故弄玄虚,愚弄观众的故事。根据这些对故事的要求,我们就可以粗略总结出这些故事的着力点,也可以据此判断我们的故事是否到位。

第一,我们的故事能够使观众有精神方面的独到启迪。这通常就是我们所说的思想主题所产生的效果。比如《黄土地》,就表象化的剧情而言,并没有多少超出观众常识理解的场面。黄土高坡的景象、贫苦人家的生活、一个文艺工作者的访问过程都可以说没有特别意外之处。关键是,顾青在平凡之中感受到了某些非凡的东西,而且该片也确实给那些平凡、苦涩、宁静的生活场景赋予了神圣深刻的精神灵魂。这就超出了观众的常识经验。熟悉的东西突然陌生起来,也令人心灵为之一震,也就是说,该片讲出了我们不知道的东西。值得特别指出的是,《黄土地》给人的精神启迪本身还不能说是我们不知道的东西,《黄土地》在平凡的场景里挖掘出了非凡的精神,我们没想到黄土地原来有如此深刻震撼的内蕴。这才是我们不知道的东西,这才是我们说的独到的启迪。如果写毛泽东在延安文艺座谈会上面对文艺家侃侃而谈黄土地的精神内蕴,肯定就没戏,因为毛泽东能够讲出这番道理是观众毫不意外的。许多主旋律影视剧就是这么直露地、说教性地去阐释某些精神理念的。观众并不看好这些作品,不在于这些作品的主题阐释是错误的,而在于这种表现完全在观众的预料之中,这就叫没有戏。联想起来,那些主旋律影视剧表现共产党人时,全都竭力表现出共产党人的赤胆忠心、不屈不挠,就是不能打动观众,也在于这种表现全在观众的预料之中,没有观众不知道的东西。这就叫没戏。

第二,我们的故事能够提供吸引观众的生活经验。这包括独特的人物性格,独特的生存方式,独特的生存智慧等等。例如电视剧《亮剑》,从主题思想而言,并没有什么令我们感到震撼的东西。不过就是说做人要敢于博命而已。但是其主人公李云龙的人物个性非常突出,行动也比较另类,与以前影视剧中的革命军人形象有明显的差异,因而获得了观众的青睐。再比如电影《断背山》,写得是同性恋的生活,观众从中窥知了一种常人鲜知的的比较另类的生活情感和生活方式。还有电视剧《闯关东》,就给我们展现了中国近代移民潮中的一种重大历史现象,就生活经验而言,就是一种背井离乡闯天下的生活经验。总之,这些作品使观众感受到,原来还有人是这样生活的,生活还有这么多的可能性。这都是吸引观众的生活经验,也是不为人知的东西。

第三,影视剧还有一种娱乐观众的功能,即给观众带来精神上的愉悦。这种愉悦突出的表现就是编剧和观众之间通过剧情展开智力的博弈。编剧尽可能使自己构思的剧情发展超出观众的预料,或者是通过神奇的想象,将观众带入一个奇幻的世界,如《阿凡达》、《星球大战》之类的剧情;或者是通过逆反的思维,使剧情不断出现出人意表的走向,例如《无间道》之类的警匪剧、谍战剧就是这种追求。经验表明,剧情越是能制造这种意外的效果,越是能激发观众的惊喜。当然,这种意外必须在情理之中,而不是狗血式的意外。

以上说的三点可能不全,并且不是每部影视剧都能在各方面达到给观众意外的效果,但是归结起来还是一个指向,如果我们讲述的故事没有不为人所知的东西,就叫没戏,就不值得写。

接下来就该说说悬念的话题了。当我们的故事有了不为人知的东西,就有了秘密,就有了可写性,但这只是一个前提,如果仅只于此,我们就可能忽略了影视剧的独特性,因为影视剧对观众的注意力依赖程度相当高,这就驱使编剧在讲故事的时候,为了吸引观众注意力,还要刻意选择那些能够激发观众强烈关注的故事来写,或者使用一些策略,使故事具有强烈的吸引力,从而就形成了对影视剧创作的特殊要求。我的体会就是悬念。

对观众而言,悬念就是一种能吸引观众持续观看下去的剧情期待。对编剧而言,就是使剧情笼罩在一种迫切的期待之中,或者说使剧情在完结之前处于一个必须解决又未解决的疑问状态之中。这也是戏剧包括影视剧讲述故事和非戏剧讲述故事的差异所在。

戏剧包括影视剧在讲述故事时,除了这个故事确实蕴含着不为人知的东西之外,还要求故事同时要具有悬念性的品质,或者编剧要以悬念化的方式展开故事,使观众保持着高度的关注与期待。不言而喻,戏剧包括影视剧叙事的紧张程度要比非戏剧的叙事高得多。这就是戏剧叙事的特点所在,我称之为悬念叙事。我们所说的戏剧冲突也是一种制造悬念的方式。传统观念认为,冲突是戏剧叙事最根本的要求,而我认为,冲突是制造悬念的一个手段,这一点我和传统的观念不同。观众关注冲突,不是关注冲突本身,而是关注冲突怎样解决,这就是悬念在吸引观众。关于悬念后文还要专门讨论。在此我们可以做这样的总结:影视剧的创作必须形成一个故事,而且这个故事要悬念化。我们的剧情构思满足了这些要求,就可以启动了。

◉说说悬念叙事

　　普遍公认戏剧包括影视剧,属于叙事艺术。叙事是戏剧包括影视剧最基本的任务。问题是,戏剧叙事和非戏剧例如小说叙事有何区别?这就涉及戏剧性的问题。通俗地发问:什么是戏?

　　关于戏剧性,参阅相关资料得出大致有以下三种说法。第一,动作说。此说强调戏剧叙事依赖于外化的人物动作。事情是在人物的动作中完成的,人物的内心活动也要通过外在化的动作表达出来。因此,是不是戏就看你讲述的事是否能够通过人物的动作,包括言语动作来呈现。此说要求戏剧叙事要能诉诸于感官化尤其是视觉接受。第二,冲突说。此说强调剧情要围绕矛盾冲突展开,或是人物和人物之间的冲突,或是人物欲望和实现之间的冲突,或是人物命运各种选择之间的冲突等等。此说对剧情的构成提出了特定的要求。第三,表演说。此说强调两点:一是剧情要适合表演,二是剧情效果要能在剧场条件下吸引观众。此说只是提出了戏剧的大原则,没有具体的限定。我认为第三种说法最靠谱。戏剧是靠演员的表演来完成,剧情的设计当然要保证表演能够施展开来。而且适合表演的说法就包括了动作性,没有动作性就谈不上表演了。另外,此说还强调剧情要在剧场条件下吸引观众,它虽然并没有规定一定要有冲突,但并不排斥冲突。这是很明智的,吸引观众才是硬道理。此说的缺陷是,对如何吸引观众没有一个指向性的规定,说明此说的提出者还有认知的盲点。

基于吸引观众的考虑,我们就要提出悬念叙事。在传统观念里,悬念被看作一种叙事技巧,或者被看作一个剧情类型(如悬疑剧)。而我认为悬念是戏剧剧情的基本要求,是戏剧叙事的特质所在。何谓悬念?对于观众而言,悬念就是观众追看剧情以求知道究竟的心理期待;对剧情而言,悬念就是剧情提出的问题应该解决而未解决的剧情状态。事实表明,就剧情而言,这是最吸引观众的剧情状态。因此,戏剧的剧情必须具有悬念性才能有效地吸引观众的关注力。我们可以说,有悬念的剧情就是戏。戏剧叙事就是悬念叙事。

有悬念的剧情并不排斥动作性。当人物为了某个目的而行动时,往往就有了悬念性,这个人物的行动是否能实现自己的目的——这就是悬念。但是我们不能简单地说,有行动就必然会有悬念,因而也不能简单地说,有行动就必然会吸引观众。戏剧当然要有动作性,但这主要还不是戏剧的能动选择。相反,这是戏剧表演自然地选择。试想,戏剧演员可以无动作包括无表情动作的静态表演么?所以,我们应该在剧情构思时考虑到演员的表演,加强剧情的动作性,但目的主要不是吸引观众而是在将就表演。有悬念的剧情也不排斥冲突性。必须承认,有矛盾冲突必然会有悬念。但是我们要明白,矛盾冲突恰恰是为了制造悬念,而且悬念却并不一定要依赖于矛盾冲突。例如电影《黄土地》,讲了一个八路军文艺工作者去陕北民间采风的故事,其间并没有发生什么冲突,依然具有悬念。那些被人们称作狗血剧的作品,可谓充满动作和冲突,可是依然被人嗤之以鼻。为什么?就是因为没有让观众真正关注的悬念。

悬念就是剧情呈现给观众的一个需要解答的问题。以《黄土地》为例。八路军文艺工作者顾青去采风发生了什么事？这是基本的大悬念。顺着剧情就出现了一系列的小悬念。他来到了一个贫苦农民的家庭,想收集民歌。可是效果不理想,这家人的态度很冷淡,很木呐。那么,他怎么办？他收集到了民歌么？悬念继续拉动。剧情发展下去。顾青没有放弃,他深入到这家人,和他们建立感情,也了解到民歌烙印着这个贫苦人家的血泪,他们不愿触动伤疤。那么,又怎么办？悬念还是在拉动。剧情再往下走。顾青进一步加深和这家人的情感。也更深地了解他们的苦难。他听到了歌唱。但他还不满足,怎么办？还是悬念在拉动。剧情继续往前走,顾青带着些许遗憾回部队了。这时,这家人突然用歌声向他告别,顾青不仅听了歌声,而且懂得了歌声和黄土地的关系,从而感到心灵的震撼。顾青采风有了实质性的收获,但是这家人的命运又怎样呢？新的悬念又出现了。全剧就在悬念中结束,给人无尽的遐想。可见,《黄土地》的剧情尽管没有通常说的矛盾冲突,但是具有悬念。悬念拉动着观众一直往下走。

　　还必须讨论一下悬念的品味问题。许多影视剧就形式而言,不是没有悬念,而是悬念的品味太低俗,观众不屑于去期待。比如一些夺宝剧,本身就是凭空捏造的宝藏,然后就杜撰出各路人马你争我夺,死去活来,所有的夺宝手段都是从其它作品东拼西凑抄袭而来,观众如何能有强烈的期待？这些悬念即使设置也形态虚设,稍有点知识素养的观众早已知道编剧的花招。还有些悬念是故弄玄虚,就像喊老虎要来了,结果来的是一只猫。这叫愚弄观众。对于这些所谓的悬念,简直不值一提。值得一谈得是这样一种情况,编剧自以为聪明,设置了一个悬念,也确实能迷惑一些观众,可是认真分析,却经不起推敲。例如电影《风声》讲了一个日本特务高手武田凭借智商和酷刑鉴别共产党地下工作者的故事。把五个嫌疑人都关到一个严密封锁的大院里,以各种方式来鉴别谁是共党分子"老鬼"。谁是老鬼？日本人不惜代价,志在必得,到底结果怎么样？这可谓是个巨大的悬念,而且这个悬念最给观众期待的焦点是孤立无助的共产党人在强悍的对手面前如何凭借智力解套。哪知被囚禁的五人中竟然有两个共产党,一个共产党的同情者,敌人却以为其中只有一个共产党分子,这样的一种对手关系大大提高了共产党人解套的可能性,实际上已经消解了悬念。只是观众蒙在鼓里而已。这就叫欺骗观众的假悬念。在囚禁的过程中,两个共产党地下工作者以很冒失的方式取得了联系,在一个那个共产党同情者的配合下分别以自己的方式送出了情报。送情报的手段也极其具有偶然性。不妨去查看一下网友的分析,就可明白剧情的逻辑是经不起推敲的。而逻辑经不起推敲,日本人的失败和共产党的成功只能归结为天意和运气,没有智商可言,本来一场斗智的戏就土崩瓦解,悬念的设置就成为故弄玄虚。最后武田整死了三个人,放走了两个人,这两个人一个是共产党员,一个是共产党的同情者。我们不禁要问,既然日本人已经毫不在乎地整死了三个人,为什么还要把最后两人放掉?《风声》中把武田写的无比狡猾和残忍,事实上,像一些网友分析的,武田有很多方法可以控制局面,鉴别老鬼,可是武田都不用,偏偏选择了一个最蠢,最繁琐的方式。说来说去,还是编剧走火入魔地想玩悬念,思维不严密,结果却被悬念所玩。不客气地说,《风声》设置悬念是愚蠢的悬念,是不能成立的悬念,而且是品味很低的悬念。不少观众竟然也被卷进去了,这就叫悲哀。其实,如果日本人按照最简单的办法处理,把五个人都干掉,一切都解决了。不过《风声》的故事也就不存在了。说这些是想提醒一下,戏剧的悬念必须是真正有品味的悬念,有智商的悬念,合情合理的悬念,不能为悬念而悬念。

　　观众的悬念期待大致有三种情况。第一,观众感觉到剧情里有值得知道的东西,不知道究竟是什么,很想知道。第二,观众从剧情的态势上知道大概会出现什么情况,具体情况不清楚,很想知道具体情况。第三,观众对结局已经知道,但是不知道这个结局的形成过程,很想知道。还有一种很特殊的情况。比如根据小说改编的《三国演义》,所有的剧情观众都知道,可谓没有悬念可言。观众还是想看。为什么?主要是想看编剧是怎么改编的,或者演员是怎么表演的,这不属于观众对剧情的悬念期待,但依然属于因改编而产生的悬念。可见,悬念化的剧情就是要让观众知道有他们感兴趣的东西,又不把他们感兴趣的东西和盘托出。这就需要编剧营造悬念,使剧情悬念化。

营造悬念大致有四种途径。

第一种途径是并不刻意地进行悬念的营造,依据故事似乎是天然具有的魅力平实地叙述,故事的展开符合现实生活的常态真实。以细节化的生活场景一点一滴地吸引观众跟着故事走。伊朗导演阿巴斯的作品就有这种效果。这类作品的悬念是对生活独到的感悟和观察,是在常态甚至是原生态的生活中注入不寻常的精神内涵。这是意蕴意义的悬念,不是感官化的悬念。要好好体悟才能领会。当然,这要求创作者有很高的素养,也要求观众有较高的素养。

第二种途径是构思具有矛盾冲突的剧情营造悬念。其中又有三种类型。一是双方或多方的意志和力量的对抗,最常见的就是敌我的对抗。悬念就是胜负之谜。二是将人物置于危机中和艰难之中。悬念就是是否能走出危机或克服困难。第三种途径就是让人处于两难的选择之中。悬念就是究竟选择了什么?选择以后命运怎么样?这种途径是一般编剧最常走的路径。因而也被人们认为是戏剧性之所在。就观众而言,矛盾冲突最直观化,是最容易引起观众关注的悬念。

第三种途径就是剧情意外化。即剧情有多种发展的可能性,使观众难以料想剧情的发展,而且编剧有意识地选择一种出乎一般观众料想的走向发展剧情。比如一个女人死了老公,以前的恋人又出现了,对这个女人说,我一直在等待今天。这个女人怎么办?至少有三种可能性:第一,走向以前的恋人;第二,拒绝以前的恋人;第三,意识到丈夫的死和这个前恋人有关,于是又有各种可能性……在这这么多可能性中,编剧又选择最意外的可能性,于是就造成了悬念。

第四种途径就是采用种种手段刻意地暗示悬念,渲染悬念。通俗地说,就是不断地喊狼来了。比如,写一个人回家,安排在月黑风高夜,走在深深的小巷里。比如,写地下工作者开会,事先交待出密探已经安装了窃听器等等。总而言之,就是情境的营造。典型的例子就是曹禺的《雷雨》,在周家人物关系上设计了两对乱伦关系:三对夫妻恩怨关系,还有三对父亲和子女的反目关系。纵横交错,剪不断理还乱,周家怎么能不起雷雨?但话说回来,这样的悬念设计太刻意了,太反常了。坦率地说,我并不欣赏。相比老舍的《茶馆》,高下立判。

小结一下,我强调戏剧包括影视剧的叙事为悬念叙事是从观众的接受期待出发,实际上我是想说,能吸引观众认真观看的剧情就是戏,至于怎么写并不重要。贝克特的《等待戈多》是反戏剧的。没有通常意义的人物和事件,也没有通常意义的动作和冲突,但它依然是戏,而且是好戏。因为它有观众期待的东西。我要说,好看就是硬道理,吸引观众就是硬道理。

◉编剧的选材路径

影视剧创作要从悬念化的故事出发,这是一个总体的要求。在创作实践中,悬念化的故事可以有种种表现,并且形成种种题材类型。就影视剧市场而言,观众的口味往往会出现潮流似的周期波动。例如,中国影视剧市场在《暗算》出现之后,出现了谍战剧的收视热,延续了数年时间,后来又转向为所谓婆妈剧热,实际是现代家庭伦理剧热。于是,就形成编剧跟风的现象。不管跟风是不是东施效颦,反正这是市场的驱动。你可以不跟风,但是你可能就会失去市场。总之,市场在强迫我们对题材进行符合观众口味的选择。因此,我们就有必要讨论一下题材的选择问题。

中国文艺界一度流行"题材决定论",强调好的选材对创作有决定作用。当然一直也有人质疑题材决定论。最雄辩的例子莫过于《红楼梦》,在琐碎平常的家长里短生活题材中成就了世界名著。我觉得在学理上反对者的说法是成立的,但未免学究气。反题材决定论者假定所有的创作者都是曹雪芹,这恰恰是强人所难。我们的观众更不是曹雪芹,独到的题材对观众有吸引力是不言而喻的。至于意识形态工作者,更是对所谓重大题材趋之若鹜。其实,强调题材就是强调在创作的资源准备时就要埋伏下可视性的因素。这无可厚非。

编剧瞄准重大题材展开选材可谓一种编剧惯例。所谓重大题材就是指对社会有重大政治影响、思想影响、历史影响的生活现象所构成的题材,主要是重要历史事件和人物的业绩。如电影《建国大业》、电视连续剧《长征》的题材就属此类。还有《走向共和》、《孔子》等等也属于这种选材思路的表现。但是,重大题材在中国语境下受到意识形态的审查较为严格,编剧在表现重大题材时在主题思想以及艺术虚构方面会受到很大制约,尤其是重大革命历史题材的创作,对编剧的约束更加严格,可以说,目前为止,公认的成功之作极少。此外,重大题材也是有限的,会出现坐吃山空的局面。

改编也是影视创作选材的一条路。即根据小说或新闻报道等文本提供的故事或事件为原型进行改编创作。这种被纳入改编视野的文本,往往有较好的剧情基础,编剧无需原创性地创作,省去了不少气力。在商业创作的背景下,无论是投资人还是作者,都喜欢采纳改编选材之路,因为在商业创作中,原创性的剧本与改编完成的剧本,投资差别并不大,后者的成功把握性却明显要高于前者。况且从赢利看,两者并没有高下之分。张艺谋的电影绝大多数都是来自小说的改编。陈凯歌、冯小刚、姜文也差不多。

不过,作为改编对象的文本,也有许多讲究。有的文本更适合于改编为电影,有的文本更适合于改编为电视剧。一般说来,如果改编文本提供的原型素材或创意人物关系比较简单,矛盾冲突比较集中,更适于形成内在动作性较强、表现比较精细、造型感比较强的作品,那就适合拍电影;如果素材的人物关系和矛盾冲突比较复杂,更适于形成外在动作性较强,制作上要求相对较低、故事感比较强的作品,那就适合拍电视剧。

还有一种就是根据流行时尚进行选材。说白了,就是跟着市场的风向走。看哪种类型选材比较流行就跟风。这是一种投机性很强的选材路径。对创作的实力要求并不高。事实也证明，跟风者越后，效果越不理想。当然，也有一些稳定的观众口味是可以遵循的，比如谍战剧、武打剧、寻宝剧、言情剧等都有比较稳定的收视率。这也是我们选材的一个参照。

选材中最考验编剧功力的就是原创性的题材的开掘。也就是说，编剧要独立地在生活中去发现可以转化为影视剧表现的剧情素材，要独立地赋予素材以戏剧感的故事支撑。总之，要让自己的作品在选材上给人一种新意。这就涉及到编剧的文化修养和戏剧感的强弱问题了。

文化修养是指在个人知识积累和个人经验积累中形成的素材库存。这是一笔沉睡的资源。就中国历史而言，我们应该大致了解，哪些历史年代是充满戏剧感的时代，以及有哪些戏剧性的人物和事件。例如北洋军阀年代，各种政治势力的群雄逐鹿，就构成非常富有戏剧冲突的历史素材。日俄战争中，日本、俄国、满清三种政治势力的勾心斗角也极富戏剧性。在日常生活中我们也要积累一些富有戏剧效果的生活感悟和素材。比如哪些社会群体是比较容易出戏的群体，哪些生活方式是比较出戏的生活方式。比如知识分子的群体和生活方式就是不太容易出戏的群体。至今为止，正面写知识分子生活的影视剧很少有成功的作品。为什么？就是知识分子的书斋生活缺乏动作性，矛盾冲突比较内在化，不太适合影视剧表现。许多影视剧写知识分子，创作策略都是去"书斋化"。例如电影《青春之歌》，就是把知识分子投身到革命洪流中，加强其动作感。电视剧《围城》改编自钱钟书的名著，是少有的正面写一批教师本身的生活的影视剧，但依然不能说是成功之作。重要的原因也在于此。

此外，编剧要有比较好的戏剧感，懂得哪些生活状态和人物关系是有戏的。简单言之，就是人物要处于挣扎和纠葛之中。比如这样一个笑话，一个媳妇考验丈夫说，如果我和你妈掉进了河里，你先去救谁？这就是一个很好的戏剧情境的设计，因为这个情境构成了巨大而纠结的悬念。我们要善于捕捉富有戏剧纠葛的人物关系，也要善于制造富有戏剧纠葛的人物关系。久而久之，我们就能形成一种敏锐的戏剧感,也就能够较快地进入创作状态。

不过实践证明,要想发掘全新的题材是很不容易的,其实也没有必要全新的题材。剧作的新意在于元素的组合。就像作曲一样,所有的作曲者都使用七个音符,没有谁可以跳出这些音符。关键在于怎么巧妙地组合这些音符。我的体会是,对题材赋予新的生活认知是一个比较有效的路子。具体言之有以下几种方式。

第一,历史命运的个性化。就是把重大历史事件、时代风云与个人生活命运结合起来。如电视剧《激情燃烧的岁月》、《人间正道是沧桑》等都是把重大历史事件、民族的普遍命运和个人命运有机地结合在一起写,以普通人物为主角,突出日常生活,突出个人的悲欢离合。有人说,《人间正道是沧桑》写的是现代中国革命史,可是正面写的却是两家人的恩怨情仇。这就是所谓"小人物,大命运",以小见大展现时代的宏大主题。

第二、新价值观的建构。就是在表现重大或主流生活事件时,赋予新的价值理解。比如美国大片《拯救大兵瑞恩》,背景是二战著名的诺曼底登陆事件,也写了美国士兵的浴血奋战。但是故事的主线是拯救大兵瑞恩的过程。并且通过这个故事宣扬了一种新价值观:只有国家尊重和爱护每一个个体化的国民,国民才应该为国献身。这就是对爱国主义的新解读。中国电视剧《士兵突击》是军旅题材,写的是主流社会群体的中国军队。但是作者并没有按传统的英雄模式去塑造中国军人,却更多地表现了中国军人非英雄的一面。这也是对中国军队形象的新解读。正是这种新价值观的输入,题材就有了新意,取得好的收视效果。

第三、颠覆传统生活感知。就是以十分另类乃至敌对的态度去颠覆人们已经形成的生活感知。比如,电影《大话西游》之类戏说历史的电视剧,再比如,把潘金莲塑造成追求自由、爱情的圣女等等。这种方式的思想动机比较复杂,既可能出于严肃的思考,也可能出于十分轻浮的胡闹。但由于这类影视总是针对在传统理解中具有神圣性的对象,就像当下社会的叫板名人现象一样,所以也能引起收视的关注。

●影视剧创作的创意

在影视剧本的创作流程中，许多编剧都高度重视创意。创意被认为是一部剧实现预期收视效果最基本的构思支撑，也是一部影视剧剧情构思特色之所在。从商业角度说，就是所谓卖点之所在。在影视剧创作中，有所谓创意论输赢的说法。因此，创意往往被视为影视剧创作中的核心艺术机密。

创意之所以被视为影视剧创作中的核心艺术机密，除了它决定一部影视剧的剧情特色和收视卖点之外，还和创意本身的简单性有关。绝大多数创意可以用寥寥数语，甚至一句话说破，所谓一语道破天机。在知识产权的保护程度上说，创意是自我保护能力最为脆弱的形态。许多创意的获得往往只在一念之先，甚至是一个信息的知晓前后之别，并不需要多么深厚的知识积累，仅就思维能力说，许多创意可以说是任何人都可能想得到的。因此一旦创意泄露被他人采纳，在知识产权的争执中是无法裁定谁是剽窃者的。所以，对创意的重视与保护也就使它拥有了一部影视剧核心机密的身份。

30集谍战电视连续剧《潜伏》的成功在很大程度上得益于创意的独到。该剧改编于同名小说。编剧姜伟说："这个小说有一点好。这一点好的就是假夫妻关系。因为我们过去看的那些地下斗争作品的假夫妻都是革命同志，都是互相配合。这部小说是反其道而行。就这一点上，极具原创性。"（见《"潜伏"创事纪》436页，南方日报出版社）事实上，电视剧《潜伏》对小说的最大的借鉴就是这样一个非常别致的人物关系，也是《潜伏》电视剧区别于其它假夫妻地下工作者影视剧的最具创意之处。以往的影视作品中以假夫妻名义进行地下工作的故事并不鲜见，但假夫妻都是能够互相维护，即所谓珠联璧合的战友关系。而《潜伏》中一个非常专业的男地下工作者和一个非常不专业而且对地下工作怀抱诸多不理解，脾气也不太适合从事地下工作的女共产党员组成假夫妻完成潜伏任务，这是一个非常不协调因而也是一个非常危险的搭配。由此也就会产生出全新的独具魅力的故事和冲突。观众的兴趣点也就在此。不难想见，这个创意一旦点破，只要具备中等编剧水平都可以创作出有相当新意的作品来。这也就引起了我们对创意的重视和珍惜。

创意的表现当然是非常丰富多彩，不拘一格的。但是在影视剧创意中我们可以发现，题材的新意往往成为的创意的重要着力点。亦即我们常在历史和现实生活中去开掘没有被此前作品表现过的历史事件、历史人物、生活形态进行影视化的展现，以此构成剧情的新意，吸引观众的关注。如电视剧《长征》、电影《血战台儿庄》、电视剧《恰同学少年》、电视剧《乌龙山剿匪记》、电视剧《围城》等等，都是在题材的开掘方面显示其创意特色的。这也是创作界长期形成的"题材决定论"在影视剧创意中的突出表现。一般说来，题材的独具性确乎在一定程度上能够产生创作的新颖感，对观众收视产生一定的拉动效应。但是就创意的智慧含量而言，这是在创意各种形态中最低级的一类。因为它只须进行题材的爬梳就可能实现。而且实践证明，题材新颖产生接受关注度是有限的。但在题材上具有新颖性的影视剧创作也会因为在其它的创作环节没有显示出匠心而同样会落得收视效果不理想的结果。例如一些主旋律电视剧《解放》、《八路军》、《新四军》等，就题材而言，可谓新颖重大，而且有垄断创作的色彩——没有国家权力部门的允许一般作者不得涉足创作（即使创作了也要经过严格审查）。但是这些电视剧由于缺乏编剧功力，满足于史实的展列，加之政治审查的介入，其创意效果对观众的收视满足是很一般的，甚至可说糟蹋了好题材。

像《潜伏》这类的影视创作，对创意高度依赖。可以说，没有那个反常态的假夫妻关系的创意设计，《潜伏》的魅力将大大降低。一旦这个创意被他人采纳，就可能产生同样精彩的另一部影视剧。但还必须看到，并不是所有的影视创作都像《潜伏》那样，高度依赖创意的独到设计。例如电影《祝福》和电视剧《红楼梦》、《我这一辈子》、《大宅门》、《金婚》这类在平常的生活细节中展示人物命运，揭示人生的甜酸苦辣，感悟某些富有深度的人生思想的影视作品，对创意的依赖就不是那么生死攸关。这些影视创作靠的是扎实的生活积累和厚实的编剧功力，大量而生动的生活细节，以及作者对人生的深刻体悟去建构剧情、吸引观众。这类影视创作的创意泄露，没有相当的创作功力，根本无法问津同类创作。而且这类影视创作的亮点在于层出不穷的细节设计，他人剽窃若干个细节是没有意义的，既不能损人又不能利己。因此，对于创意的痴迷也要辩证地看，有些影视创作的创意是剧本的生命力或者说卖点所在。也有些影视创作的创意只是一个创作的路标，真正的创作亮点要在进一步的创作中去呈现。我们必须明白，《红楼梦》成为世界名著不是因为曹雪芹找到了一个巧妙的创意，而是他厚实的生活积累和艺术积累以及独到的生命感悟。这是不可复制的。

我们不妨把支撑《潜伏》剧情的创意类型称之为巧智创意。事实上，影视创作中人们真正视为艺术机密的创意主要就是指这种巧智创意。不可否认，在这种巧智创意的支撑下创作的影视剧情，往往具有较强的故事性、悬念性和冲突性，给观众别开生面的观赏愉悦。在当下中国影视界，冯小刚的影视作品特别追求这种创意的巧智性。有人认为，冯小刚的影视创作特色是喜剧性，是调侃手法，这是片面的，或者说，只知其一，不知其二。其实，冯小刚的影视作品最大的特色就是巧智创意。如冯小刚的正剧电影《唐山大地震》的剧情魅力就是建立在两个创意点的支撑上：第一是地震前母亲给女儿承诺的西红柿——这个细节成为后来母女和好，人物关系逆转的核心道具；第二是地震中母亲救孩子面临的两难抉择——母亲选择了儿子，从此造成了母女之间的隔阂。《唐山大地震》实际是个母女恩怨的故事。地震只是一个背景，故事背景换成一场海啸照样成立。冯小刚影视作品的票房号召力也证明观众对这种巧智创意的影视作品是非常接受的。

但是，如果我们说巧智创意是影视创作中的不二法门，具有巧智创意的影视作品是影视创作中的上品，就值得商榷了。不难发现，巧智创意的作品尽管能给观众带来较大的观赏快感，但它能否很深刻、持久地穿透和震撼观众，给观众以深沉丰厚的精神滋养往往是可疑的。就像欧.亨利的小说是巧智创意的典范,但他还不能成为像海明威那样的文学大师一样,苛刻一点说,巧智创意的作品多少有点投机取巧的意味——以巧智掩盖在其它创作方面的功力不足。

不难发现,巧智创意大都是在非常态的,比较极端化的生活形态中去投注灵感,比如《潜伏》中的假夫妻关系就是这样。《唐山大地震》的人物矛盾也是在比较极端的少见的人生境遇中建立的。如果从生活常态而言,《潜伏》的故事和《唐山大地震》的故事都不会发生。换言之,按常态生活就等于取消了《潜伏》和《唐山大地震》的戏。然而生活告诉我们,常态的、非极端的生活是最普遍的生活。纠结的人物关系,进退维谷的生活选择,冲突化、悬念化的生活形态都是生活中不常见的生存状态。因此,更富有真实感的生活恰恰是没有惊奇感的平凡的日常生活。对于创作者而言,最能显示思想和艺术功力的表现就是在常态生活中去挖掘和展现令人感动和警醒的生存况味。即如《红楼梦》一样,在耳熟能详的日常生活中去表现生活。当然,这对创作者的眼光敏锐性、思想穿透力以及表达功力是一种严峻挑战,不是所有的创作者都能在表象的波澜不惊中揭示出生活内在的惊涛骇浪。也正是在这种权衡中,我们认为,那些依靠极端的反常态的生活状态的展现去表现生活的作品,多少有些讨巧。所以,对于巧智创意的作品,我们应该表示谨慎的敬意。

◉编剧中的真与假

编剧创作和专题片创作的重要区别就是虚构,就必然与原生态的生活不一样。这个意义上,任何编剧创作都是假的,或者说任何编剧创作都是建构与生活世界不一样的艺术世界。

有一次,我在朋友家看电视剧,他三岁的儿子也一起看。这时剧情正演着一对农村的老俩口商量第二天赶集的事。说着说着老婆子看夜很深了,就对老头子说,快睡吧,明天还要赶集呢。于是把灯一拉,老俩口睡了,荧屏上出现一个黑场。接着天亮了,老俩口出门赶集……这样的剧情太正常了,成人根本不会觉得有何不对。可是他儿子说话了,他说:"爸爸,不对,不对,怎么灯一黑天就亮了?我要拉两泡尿天才亮呢!"显然,他儿子是用原生态的生活做参照,立即发现了电视剧压缩了生活,有不真实性。我们已经习惯这种艺术惯例了,反而不觉得剧情与生活比有什么不真实之处。这说明:第一,任何艺术作品都是有不真实性的;第二,我们观众是能接受这种不真实性的——艺术真实有自己的标准。

亚里士多德把艺术的真实性理解为一种可信性。《潜伏》的编剧姜伟也深有体会地说,真实性只要达到让人相信的程度就可以了,关键是"像不像"。那么,怎样理解"像不像"?或者说,怎样才能取得观众的相信?其实也很简单,就是符合大众的公共生活经验。所谓大众的公共生活经验就是公众在日常生活中形成的共同信守的生活常识系统。这个系统有如下一些构成原则:

第一,逻辑假定原则。即服从游戏规则和惯例。就像打牌,其实任何打牌者都不会追求牌规是否真实或者合理,是不是一定大王就比小王大之类。人们只要求游戏规则能自圆其说,不造成游戏的混乱就可以了。所以,公众能够接受浪漫主义的作品,不会计较其真实性,或者说相信浪漫主义的游戏规则是真实的。但是,人们不能容忍游戏规则的矛盾和冲突。例如,你不能在同一个牌规中规定,大王可以管小王,小王也可以管大王,这就乱套了。在艺术表现中也是一样。比如《西游记》中的孙悟空,他火眼金睛,神通广大,可以识破一切妖魔,所向无敌,有时候却陷入最简单的骗局,甚至被凡人所败,又没有必要的解释,这就不可信了。在当下影视剧中,类似的剧情太多了,编剧此时要你聪明你就比诸葛亮还聪明,彼时要你愚蠢你就比白痴还愚蠢,人物和剧情没有连贯的逻辑统一性。这就违背了逻辑假定原则。

第二,生活常态原则。也可叫可理解原则。这个原则对现实主义的作品尤其重要。就是说剧情世界里人物的行动、事情的发展,都要符合生活的常态,都要符合事物发展的常态规律,一旦出现非常态的现象就要予以合理化的解释,从而使公众所理解。比如在生活中,人们说话的常态是口语化的,剧中人的对话却是书面化的,一开口就像在作报告,又不是作报告的场景,也不是想表现当事人的做作,这就不真实。再比如,中年男女一般都有婚姻家庭,你要是把未婚的中年男女作为剧中的重要人物,就必须解释他或她为什么还没成家,否则也会使公众产生理解的困惑。还有编剧经常利用到的桥段——偶然性的生活现象,也要写出偶然性中的常态感来。比如,剧中人可以偶然被汽车撞伤,这是符合生活常态的。可是你要写他偶然被飞机撞伤就一定要作特别解释,因为这种偶然太反常态了,超出了公众可理解的限度。这不是说剧中人的生活状态一定要平淡无奇,剧中人当然可以是一个有独特个性的人,其行为也必然会有许多非常态之举,但这仍然属于生活之常态:因为生活中个性化的人必然就有行为的个性化表现。问题在于,你一定要写出个性人物的举动与性格之间的逻辑必然性。在中国,一些历史重大题材或人物传记影视片,往往会遭到真实性的质疑,主要原因就是剧情与生活常态不吻合。剧中的领袖、英雄人物人格高度完美化,言行高度智慧化,严重缺乏日常生活的烟火气,这种情况在浪漫主义类型的作品中是完全可以成立的,但这些作品都属于现实主义的编剧类型,观众就会用生活常态的逼真感来要求,于是就会感到不真实。

第三、情感底线原则。也可以叫价值底线原则。指的是公众共同信守的真理体系是不容颠覆的,如果颠覆,也会产生不信赖感。比如汶川地震中出现了"范跑跑"事件,引起全国的愤怒声讨,其实范跑跑没有直接侵犯任何人,只是侵犯了公众的精神价值底线。可以想见,如果编剧以价值同情的态度写范跑跑的故事,一定会导致公众的强烈抵制。在价值真理的层面,一定会被认为不真实。日本拍的许多歌颂军国主义的影片,中国观众无法接受也是这个道理。陆川拍的《南京,南京!》,遭到不少观众的抵制,包括指责此片歪曲了历史,说到底,也是触犯了一部分人的情感底线。这一点我们在意识形态工作者的反应中可以得到更强烈地印证。事实上,意识形态的真实性标准就是唯一的价值标准。

仿佛记得有位作家曾说："小说中的人物是没有肛门的"，这句话的意思就是说，艺术世界绝对不同与日常生活世界，充其量只是有些像而已，就像没有肛门的人只要不进行体检你就以为这是人。艾略特把这种相像性看做是艺术家满足读者的一种策略。他说艺术家就像小偷，要进家院里偷东西，可是守院子的狗要叫。怎么办？就给它一块肉吧。对于编剧而言，这块肉就是像生活的剧情。但是在这里我要说，编剧既然怕狗叫，那就该把肉做得像真的一样，至少让观众这条狗不叫。遗憾地是，许多的编剧连这点也做不到，他们是蹩脚的小偷，搞得狗狂吠不已。编剧在挑衅观众的智商，实际上也在挑衅观众的尊严。这些编剧无视大众的公共生活经验，某种程度上也在贬低自己。编剧不也是大众的一员吗？如果自己也缺乏公共生活经验，不仅不胜任编剧，连做人都有残疾。

延续真与假的话题，还想说说编剧中的现实与浪漫的问题。这是从编剧理念或者说从创作方法的角度来谈谈编剧的基本类型。这涉及编剧对于剧本世界与现实生活世界之间关系的基本认识。这种基本认识也就导致编剧在创作中以非常不同的态度去处理人物、剧情和时空结构等等，从而导致一系列创作方面的技术和风格差异。

现实主义。这是从传统文论借鉴过来的概念。我觉得很贴切。所谓现实主义，就是把创作看做是对现实世界的再现，作品世界里呈现的剧情比较符合现实生活的可能性逻辑。所谓人之常情，事之常理，景之常态。比如，你写一个拳师的故事，充其量写到《李小龙传奇》那个神奇的份上就到顶了，要是写成金庸作品的神奇程度就是浪漫主义了。可以说，大多数影视剧属于这种类型。我们评价现实主义的剧本，符合生活逻辑和富有生活的真实感，是基本的美学要求。这当然也就要求作者对现实生活要有比较深厚的积累。在现实主义类型里也有两种取向，一种是彻底的现实主义的，一种是传奇现实主义的。

所谓彻底现实主义的作品有两个特点：其一是时代和环境具有

特定时代现实生活的逼真感。比如电视剧《激情燃烧的岁月》、电影《芙蓉镇》、《人到中年》等都十分讲究时代气氛的逼真、生活细节的逼真、人物情绪的逼真以及对特定时代的本质认知的逼真，尤其是对时代本质认识的逼真。虽然说起来很虚，好像仁者见仁，智者见智，但还是有标准的，这个标准就是公共生活经验。就说文革吧，这个时代的公共生活经验就是"左"。你要是写文革的戏没有写出这个时代"左"的社会特征来那是就假了；其二是剧情本身符合常态的生活经验。比如电影《祝福》。不仅时代氛围符合特定现实生活的真实，而且祥林嫂的故事也极为符合生活常态。尽管祥林嫂的命运很悲惨，但剧情没有极度的悬念，没有血腥的冲突，没有跌宕起伏的情节。这恰恰是那个社会大多数穷苦人的常态生活。对大多数人而言，我们的生活并不是跌宕起伏，充满着矛盾冲突的。如果大多人的生活都是惊心动魄的，社会是不可想象的。即使是一些生活在矛盾冲突中的社会成员，他们经历的冲突也并不像有些剧那么夸张。比如电影《永不消逝的电波》中地下工作者的生活，也不是像《潜伏》中那么陷阱重重，对比之下，你会觉得，《永不消逝的电波》更像真实的生活。

还有一种现实主义作品就是走传奇路子，故事怎么吸引人怎么来，只要不违背偶然性的现实可能性就足矣。比如瞎猫撞上死老鼠，太偶然了——但毕竟有可能发生——这就行了。电视剧《潜伏》、《铁梨花》，电影《风声》就属于这类型。还有琼瑶写的言情剧及许多韩剧、日剧等都是这样。这类剧情特别追求生活的传奇遭遇。将传奇放大到极致，给人以强烈的刺激。实际生活中，这种人物经历发生的概率几乎为零。之所以说是现实主义，是指剧情在理论上可以成立，在偶然性上可以现实地发生。看这类片子，你就像看魔术一样新奇，其真实性是一种魔术性或杂技性的真实性。魔术虽是假的，但直观的感觉是很真的。杂技如走钢丝是真的，但只有极少数的杂技演员才能完成。现实生活中，大家都不能在魔术或杂技的状态下生活，从大众的公共生活经验来看就是假的。所以这类具有魔术或杂技意义上真实性的片子，生活逼真感是谈不上的，因为剧情是在大众公共生活经验之外的。当然,我们应该承认,这也是一种现实主义的类型。

浪漫主义。这也是传统文论的概念。用在编剧中是指这样一种创作姿态:作者不受现实主义创作原则的约束,完全依据理想化的原则去构成剧情世界。电视剧《西游记》便是典型,还有神话剧、童话剧和绝大多数的武侠剧等等都是走的这个路子。冯小刚的许多喜剧片也是浪漫型的。想象的自由性是这类片子创作的最大特点。细分起来,浪漫型的创作也有更细的类别。我觉得对创作有启发的大概有三种:

一种是比较传统的浪漫路子,主要手段就是剧情的偶然性和夸张性。像《西游记》就基本上根据这个原则创作。唐僧的九九八十一难都是偶然发生的。故事里妖魔与孙悟空等角色的本事都是夸张化的。其他方面就没有什么非现实主义成分了。在冯小刚的喜剧片中,创作上的特点也主要是情节的偶然性和夸张性,生活中不是没有喜剧化的场面,只是那么集中地表现出来就是偶然,包括那么多喜剧化的人物相遇在一起,也是偶然性使然,太偶然了本身就是一种夸张。但是传统的浪漫路子在情感逻辑上是比较符合常态人情的,比如《西游记》中人物的基本伦理观都是符合世俗人情的。冯小刚的喜剧片,人物的感情也是世俗化的。所以传统的浪漫路子是有现实主义精神的。

还有一种就是知识化的浪漫路子。即创作者依据科学或学科知识展开丰富的想象。剧情虽然缺乏现实感却多少有知识的支撑。科幻片和魔幻片就属于这种类型。《星球大战》、《哈里波特》就是突出的代表。在这种创作观念中,传统意义的偶然性和夸张就不存在了。任何奇迹的出现都是自然、真实的。作者想象的极限就是真实的极限。但是这种创作却要求作者在知识上,尤其是在科技知识上给观众一种可信性。科学知识是此类创作的关键点。比如时光倒流的知识,比如宇宙大爆炸的知识,比如黑洞的知识等等。创作者要是缺乏相当的知识素养,不仅难以展开想象,也无法使观众认可。此外,这类创作就人物的情感而言,大体也是比较常态化的,比如超人可以爱上凡人,凡人也会和猿猴之类动物有真诚的情感,正义要战胜邪恶等。

再一种就是怪诞化的浪漫路子。所谓无厘头的影视剧、搞笑剧就属于这种路子。周星驰的《大话西游》、电视剧《武林外传》都是代表性的作品。这种创作的非现实性主要就在于情感的反常态,思维的反常态,行动的反常态。从根本上说,传统的思维模式、伦理模式和价值标准完全被颠覆,这种创作就像是写一个疯子的世界。我们不排除这类创作在装疯卖傻中可能蕴含作者严肃的思考,但也必须承认,这种创作姿态的形成,很大程度上是因为对常态人生无法进入而出现的变态反映。所以从创作而言,具有和常态人生不一样的变态感悟力,是从事这种创作的必要能力。

又回到真与假的问题上来。不管你采取那种方式去编剧,都必须按照某种方式的要求去构思,通俗地说,就是按牌理出牌。试想,我们按现实主义的方式写的电视剧《长征》,要是把毛泽东写得像姜子牙,可以呼风唤雨,不说政治审查通不过,艺术上也通不过,因为坏了牌规。这就是假,这就是狗血作品。反之,只要按照大家都接受的特定艺术惯例去构思,哪怕穿越,哪怕荒诞,依然是真。

●图解式编剧

将某种理念话语形态转换成剧情形态,旨在更形象地说明理念话语的编剧就叫图解式的编剧。在中国语境下,主旋律影视剧尤其是重大题材主旋律影视剧基本是这种编剧模式。

2007 年,我被邀请写一部电影剧本。题材是给定的,是关于贵州水族山乡里一位残疾老师的事迹。这位老师自小双腿残疾,跪教三十余年,被选为感动中国十大人物。按通俗说法,这是个英模人物,关于他的电影就属于传记片性质。我去山乡采访,了解他一些事迹,尽量想挖掘出戏剧性的故事,比如爱情的失落呀,比如别人的歧视呀,比如舍己救人呀,比如内心的矛盾与挣扎呀。最后我的感觉是,他能够平静地在那么一个偏僻的山乡呆30余年,兢兢业业地教书,确实有值得我们敬佩之处,但是就剧本创作所需要的戏剧性的故事而言是缺乏的。也许是我的采访不够深入,也许我还缺乏思想的发现,也许我正好该用平凡和平淡来写出一种伟大。事实上,后来我写的本子也正是从平淡处着力的。不过我不是想说这个剧本的处理,而是另一个问题,在写这种英模人物时,自己无形中就有两个难于逾越的心理界限:其一,我不能过分地虚构;其二,我不能写英模负面的东西。换言之,我写出来的英模应该和国家主流媒体的报道相吻合,否则是很难通过审查的。我相信这也是所有写类似题材的编剧的共同心态和共同处境。坦率地说,这种心态的形成与普遍的社会心理是一致的,也是国家宣传主管部门的要求,这是此类创作必须遵守的创作原则。

大型电视剧《解放》的编剧王朝柱谈写《解放》的剧本时也谈过,像写《解放》这样的重大历史题材,虚构的空间很小,故事都是真实的,几乎没有艺术处理。其中谈到写孟良崮战役的一个细节,陈毅对张灵甫之死表示了人道的态度,还说要张的部下去祭拜张灵甫。采访者问王朝柱:这是你编的吧? 王说:"我哪敢编这个细节呀!"从王朝柱的回答可见,连这样一个细节都不敢编,那些重大历史题材的影视剧,又能有多大创作和想象的空间呢? 以《解放》而论,完全是按照官方公布的正史口径和素材去写,非官方提供的史料文本包括素材只要和官方的口径不同是不可能被采纳的。

再说构成剧情血肉的历史细节,也只能以官方公布的历史细节为准,其他渠道的细节也是不敢用的。官方公布的历史文献,注重的是历史的基本评价,历史过程只是概括性的交代,并不注重历史细节,所以编剧能够采信的细节少之又少。我记得官方公布的史料中,有一个细节性的记载,毛泽东离开西柏坡进北京城前说:"让我们去赶考吧",这句话不知被多少影视片引用,难道毛泽东当时就说过这么一句话吗? 中国的史籍中,只有司马迁的《史记》文学性最强,其中有许多细节化的记载,其他史籍都是粗线条地交代史实、特别注重史评而忽略历史细节的,而影视作品又只能依据官方认同的史籍来创作,如此一来，创作的细节素材肯定是不够的，创作的想象力也是很难施展的。

图解式的编剧有一个特点，就是剧情的符号化。无论是人物还是事件都是符号化的。何谓符号化？就是人物和事件都内涵着某种标准化的理性解读，而且只有一种解读。这样人物和事件就成为某些理性结论的表象化印证，即符号。例如在某些理性解读中，黄河是中华民族的象征。黄河作为一条河流的内涵就被过滤掉了，而被解读为中华民族的符号。

社会生活或历史进程，一旦经过学术的观照，就会带有某种理念的内涵，所有与理念内涵背离和无关的表象和细节就被过滤掉了。比如，按照某种社会进化的理念来看历史，历史就是一部社会进步史，于是历史人物和历史事件是以其对历史进步的意义来描述的。于是，推动历史前进的英雄就是刘邦而不是项羽。要不是司马迁，谁会了解项羽的美学价值和人学价值？这就意味着，在某种史学视野中，历史人物和事件都被符号化了。按福斯特的概念，就是"扁平"人物。人物和事件一旦符号化，就只有符号意义。例如在党史的解读中，毛泽东的符号意义就是人民的大救星，就是中国人民共和国的缔造者，就是众人爱戴的革命领袖；例如汪精卫，其符号意义就是汉奸、卖国贼。

如果我们的编剧依据在这种历史人物和事件的符号定位，也必然出现符号化的表达。这就叫图解式编剧。例如，在电视剧《解放》中，毛泽东就是真理的化身，智慧的化身，人民大救星的化身。即使在家庭生活中也要烘托出他的符号形象。细细分析，编剧写他和江青的关系，写他和毛岸青的关系，其实都意在折射出伟人心怀。剧中出现了400多个有名有姓的人物，都是按政治形象处理他们的言行的。非政治性的日常生活很少出现，更不用说出现那些与人物的符号定位相背离的生活场景了。比如写中共高级领导人，决不可能表现信风水的性格一面，不是因为不存在，而是因为不符合共产党人的符号标准。在《解放》中，毛泽东有大量的讲话，几乎所有的话语都是可以作为中央文件公布的。许多观众都觉得，《解放》的大部分场景都是开会、讨论,对政局发表看法。甚至使人怀疑,编剧就是把党史文献直接转化成人物的台词。不妨看《解放》中的一个片段:

延安　书记处会议室　内　日

……

毛泽东:闲话少叙,言归正传,政治局会议正式开始。谁先发言? 还是请老总打头炮吧?

朱德:好。我完全赞同泽东同志在《迎接中国革命的新高潮》中提出的结论。自去年七月至今一月的七个月的作战中。我军共歼灭了敌正规军五十六个旅。平均每月歼敌八个旅。

毛泽东:被歼灭的大量伪军保安部队、被击溃的正规军尚未计算在内。

朱德:蒋介石用于进攻解放区的为二百一十八个旅,一百七十一万三千人,被我歼灭者已超过四分之一。

彭德怀:诚如泽东同志在文中所说,我军如能于今后数月内,再歼其四十至五十个旅,连前共达一百个旅左右,则军事形势必将发生重大的变化!

周恩来:从敌占区来说,我赞成泽东同志的这一结论,因美军强奸中国女学生而引起的北平学生运动,它标志着蒋管区人民斗争的新高潮。

刘少奇:一方面是解放区人民解放军的胜利,一方面是蒋管区人民运动的发展,它预示着中国新的反帝反封建斗争的人民大革命将要到来,并可能取得胜利。

任弼时:我还要说明的是土地改革问题。现在,各解放区都有三分之二的地方执行了中央的五四指示,解决了土地问题,实现了耕者有其田,这是一个伟大的胜利。它也预示着中国革命新高潮的到来!

刘少奇:但是,我们还必须清醒地认识到,还有三分之一的地方需要发动群众,实现耕者有其田。唯有农民解决了土地问题,才能真正谈得上迎接中国革命的新高潮。

……

做做功课就可发现,这段场景的人物对话基本是毛泽东的文章《迎接中国革命的新高潮》的原文摘录,只是通过不同人物之口分段说出而已,没有任何人物语言个性的差异。这种情况,在《解放》中比比皆是。而且《解放》写中央领导人的讨论,全都是高度一致地围绕着毛泽东的思路和观点展开,基本没有不同的声音。这种高度一致的决策情况是否符合历史真实是很值得质疑的。我想,真实的情况应该是讨论中有不同的声音,最后才达成一致意见,这也才能体现民主集中制的优越性,也才能体现出中央的决策是集体智慧的结晶。此外,这种情况即使真实也会使观众感到不正常。观众会感到中央的决策缺乏民主气氛,既然中央领导人的思想都统一得像一个人一样,那么民主集中制有什么实际意义呢?其实编剧这样写,可能是怕写出其他领导人提出不同的建议,最后又被否定了,会有损其形象;也可能就是想告诉观众,在毛泽东的领导下,中央领导集体就是一个思想意志高度一致的集体。但这只是就结果而言,不是就过程而言。以结果来写过程,把决策过程写成一个英雄所见略同的局面,就是符号化的写法。

再看《解放》的结构,既不是人物命运的结构,也不是情节发展的结构,戏剧冲突的线索也是谈不上的。全剧没有中心事件,也没有中心人物,人物之间的关联是很松散的。有人说《解放》是史诗的结构,但只要看看经典的荷马史诗,就知道两者之间的差异了。其实《解放》就是编年史结构,按照年代的顺序,把中国政治生活中的重要事件都交代一下,如此而已。说到底,《解放》就是解放战争史学文本的电视图解版。

经验表明,在当下中国的语境下,图解式编剧所创作的作品大都收视效果不理想。有人认为,这是编剧受到限制太多,难以施展所致;有人认为,这是因为此类作品假、大、空的说教所致;也有人认为,这是作品在图解抽象的理念,失去了生活的丰富性所致。而我认为关键是这些作品的叙事严重缺乏悬念所致。换言之,由于长期的意识形态宣传,我们太熟悉主旋律作品的表达取向了。看主旋律的作品尤其是重大历史题材的作品,无论是主题还是人物,甚至包括剧情的走向，观众基本没有悬念。主题一定是我们而是耳熟能详的主流价值观，人物一定是善恶分明。正面主人公一定是完美无缺的英雄，一定是正气凛然，反面主人公一定是十恶不赦的恶魔，一定是狼狈不堪。如果写历史事件，一定是符合主流教科书的阐释，矛盾冲突一定是正义战胜了邪恶。可以说，观众没有任何意外可言。这就违背了影视剧叙事的接受规律。

说到图解式编剧，可能会有些编剧不满意。但我是将图解当中性词看的。影视创作是戴着镣铐跳舞，没有无条件的理想编剧方法。马克思说过，理想化地谈应该怎样往往是没有意义的，关键是，在特定的现实条件下我们只能怎样。图解式的编剧确实在中国的语境里存在，并在特定的条件下大行其道。特别在重大历史题材或具有传记性质的影视剧的创作中，这种编剧方式占有主导地位，这就是我们不可回避的现实。《解放》的编剧王朝柱无疑是娴熟使用这种模式的实践者。他也很自觉地亲和这种创作模式，并富有创作的成就感。这至少说明，对于亲和这种模式的创作者而言，这种模式并不会使作者感到束缚与委屈。就我个人的感受而言，我觉得王朝柱的影视作品，在格调和生活视野上，比大多数充满商业气息、胡编乱造的影视剧要强很多。

再延伸开去，图解式编剧并不必然是缺乏表现魅力的。其实图解化的另一个名称就是寓言化。就是把对生活的某些理性认知通过故事形象化的表达出来。我们发现，许多寓言是很受欢迎的。还有喜剧化的作品，也在很大程度上是符号化的。贝克特的戏剧《等待戈多》（已经拍成了电影），还有电影《阿Q正传》，人物是符号化的，剧情也是符号化的。这些都是典型的图解化作品。阿Q就是"精神胜利法"的代表，阿Q做的事，都是精神胜利法的案例。为什么这些作品会受到欢迎呢？道理很简单，这些作品图解的理念是我们不熟悉的，而且是令我们震惊的。还是那句话，作品要有观众意外的东西，才有悬念，才能吸引人。

◉技术式编剧

小说家兼编剧麦家,在他的小说《风声》获华语文学传媒大奖时发表感言,把小说家分成三类:一类是天才,这没什么可说的;一类是用心写作的,这是要留下传世之作的。还有一类就是用脑写作的。他说:"用脑写。通俗地说就是把小说当作一门手艺活来做",就是"把假的说成真的",亦即讲究创作的技艺。其实在影视编剧中,同样存在着技术式编剧的一种模式。技术式的编剧对观众的承诺不是形而上的,不是对人类、社会、心灵承担使命。至少并不把这些承诺看作是必不可少的。而且,技术式的编剧也不要求对自己的艺术超越承诺什么,只是承诺尽职地使用技术手段,争取使观众经历一次赏心悦目的接受过程,这是最世俗的影视消费承诺。毫无疑问,在商业性的影视剧创作中,这类编剧最为活跃。

技术式的编剧应该是深知世俗大众心理需求、心理特征和心理机制的人,从而把剧情与观众的心理刺激点结合起来,取得接受的期待满足。这个运作过程有点像缺乏情感的做爱,高手可以靠技术化的动作使当事人达到高潮。简单地说,技术式编剧就是故事化的编剧。编织故事是此类编剧的看家本事。那么,什么是故事?各家有不同的说法。在我看来,故事就是能引起普通观众本能性关注和兴奋的事件叙述。故事效果可以提供人们最伦常的心理满足。从生活常态来说,故事性的事件是真实存在的,但是,生活中故事化的事件并不普遍。而且,生活中的故事形态极致性往往远不如虚构的故事。从这个意义上说,虚构的故事有假的感觉。不过,这反而更能引起观众的兴奋,因为这符合逻辑假定原则。

于是,我们就有必要讨论一下最常见的技术手段。

悬念。这是所有故事的贯穿性元素。技术式编剧都会把握悬念,区别只是高明与否。从心理学而言,任何人都会对引起悬念的现象高度关注,这也就是编剧要制造悬念的根本原因。在某种意义上,一部影视剧就是一个或多个悬念的发生与解除的过程。所谓新奇感,所谓动作性,所谓戏剧冲突,所谓危机感等等,都可以理解为悬念的具体表现形态。技术式编剧往往在剧情开始就抛出悬念,例如电视剧《潜伏》的开头:

1、空镜山城重庆　　日外

字幕:重庆　1945 年 3 月

2、阁楼　　日内

余则成的手在调试监听设备的音量旋钮,耳机中出现了林复怀的声音。

林复怀(os):……据我所知,参加旧金山会议的代表,蒋介石早就内定了,有宋子文、顾维钧、王宠惠、胡适等 8 个人。多无赖的决定呀,怎么能没有共产党的代表呢? 别说这是国际事务了,就是袍哥帮会里做这种过河拆桥的事,也会有人骂娘的。 不仗义嘛。

余则成一边听一边记。

窃听设备的连线,从设备后面顺着墙壁往上,然后进入顶层缝隙,在缝隙里延伸。

这个开头有两个悬念点:其一,就是监听。谁在监听? 被监听的是什么人? 为什么要监听? 这是观众想明白的;其二,从被监听到的话看,说的都是大事,可是又听不太明白,这也是观众关注的。再看日本电影《女税务官》的开头:

1、医院的一间病房内

窗外一片雪景。

病床上躺着一位消瘦、衰弱的老人。一个体态丰满的女护士坐在床前,敞开胸前的衣服,让老人吸吮着她的乳房。

护士转头望了一眼窗外。

……

这个开头也很有悬念。为什么老头要吸吮护士的奶? 他是谁? 为什么在医院? 为什么护士提供这种服务? 肯定不一般。当然,不是所有的影视片开头都有悬念。例如法国著名影片《情人》的开头就是一群人在打扫卫生，一边嬉戏。这是很日常生活化的景象，没有什么悬念。因为编剧杜拉是个很审美化的作家，她不刻意地玩技术。《情人》当然也有故事，也有悬念，只是杜拉不刻意强调故事和悬念，这往往是审美化作家的特有做派，他们不屑于用过于感官刺激的手段挑逗和招徕观众，他们自信用更内在的生命表现去感染观众。

危机。这也是技术式编剧刻意要营造的局面。悬念要么本身就是危机，要么就要导向危机。这样才能使观众持续注意。有些剧的悬念一揭开就风平浪静了，这就不利于观众保持关注。因为人面对危机时注意力最集中，思维最活跃，也因此往往有奇迹发生。关注危机的事态发展，探知怎样应对危机，这也是观众最感兴趣的事。如《潜伏》，随着剧情的发展，观众明白，原来是国民党军统特务在监听共产党的地下组织活动——最初的悬念解除了，可马上就会产生新的悬念：共产党的地下组织面临危机，怎么办？

设计危机又有两个着力点：

其一，使观众同情处于危机中的人物。如《潜伏》，面临危机的是共产党的地下工作者，这是能引起观众同情的对象，所以观众就更关注其命运；如果面临危机的是一帮流氓，观众的揪心程度就会大大降低。还有一种情况，有时候危机没有具体的受威胁者，但有推理的受威胁者。比如自然灾害之类的危机，它的推理受威胁者是社会或者群众，这也会引起观众的关注和同情。于是，这就涉及人物塑造了。既然观众要同情人物才能更关注危机，那么塑造人物以赢得观众同情，就是必要的了。不过我们要注意，技术式编剧对人物的塑造也是技术性的，只是为了使观众更关注危机而已，这和审美化地塑造人物是不同的。所以，技术式编剧笔下的人物并不需要特别丰满，而且人物是随着情节走的，外在动作性很强。比如《潜伏》中的余则成，主要动作都是被动地应付危机，没有人物的成长，也没有丰富的内心生活，更没有深刻的生命追问。不妨试想，一旦脱离危机，余则成能干些什么呢？他会归隐田园吗？那还会有戏吗？

其二，危机的设计要有克服的难度。一般说，战胜危机的难度越大，越能引起观众的关注。比如《潜伏》中，余则成遇到的危机是一般人看来是很难克服的，所以该剧才有高收视率。于是，这又涉及对危机力量的塑造问题。我们知道，编剧表现的危机，即使是自然灾害，也会潜含着人的因素。也就是说，危机的背后是人。在《潜伏》中，就是军统特务势力。作者把军统特务写得非常智慧，非常凶狠，甚至非常忠诚，总之十分强大。这样才能更突出余则成，也才能更加引起观众的关注。此外还要解释一下，危机并不是仅仅指生死攸关的处境，宽泛一点理解就是困难。比如剧中人要追求一个姑娘，可是这个姑娘不愿意，对追求者而言也是一种危机——爱情不能实现的危机。如果这样理解，编剧的危机设计就有了广阔的空间。

冲突。冲突就是应对危机的博弈过程。这是剧情的主体部分。当然，冲突不是悬念的消失，而是悬念的具体化、延续化。表现在《潜伏》中，就是余则成一方和军统特务一方的博弈。这也是观众最想知道的剧情。冲突这个环节处理好了，哪怕剧情开始的悬念感、危机感不强烈，也可以起死回生吸引观众。冲突中的博弈有两种基本途径，即文斗和武斗，也可以两种斗法交织。不过斗法的形式并不重要，关键是技术含量要高。对武斗而言就是要武功高强，对文斗而言就是要充满智慧。但归结到编剧还是一点：高智商地处理博弈行为。编剧的高下之分也就在此。《潜伏》之所以有较高的收视率，就在于编剧在处理人物之间的博弈行为时，赋予博弈双方较高的智慧，这当然又是编剧的智慧使然。电视剧《我的兄弟叫顺溜》，写的是一个神枪手的传奇故事。可是人物一进入危机、展开博弈时，就令人失望，因为看不到智慧的设计。而且人物的言行远在观众的智商之下，甚至达到荒唐的地步。其实编剧设计剧情也是在和观众进行智力博弈，剧情设计不仅要经得起观众的合理性推敲，还要超越一般观众的想象。大量的技术式编剧，就是在冲突的剧情环节败下阵来。

知识。知识不是一个模式化的创作手段，也不是一个剧情环节，而是指技术式编剧的必须素养，以及在创作中要渗透到整个剧情中去的元素。《潜伏》的成功，很大程度上得益于此。知识的运用，可以使剧情更加有可信赖感，还可以提高观众的兴味，同时也可以提高剧本自身的品味。大量的技术式编剧，缺乏知识积累，只能依据常识展开想象，想出来的故事桥段既平庸又低俗。例如捡到钱包遇见贵人了，小巷深处英雄救美了，靠偷窥发现惊人的秘密了，由于失忆恋人相见却不相识了，被色狼灌醉不幸失身了，为了英勇献身突然山崩地裂了……诸此种种，不一而足。当下中国影视创作，编剧知识贫血是突出的问题。说老实话，《潜伏》、《暗算》、《风声》这类叫座的影视剧之所以叫座，不是因为其本身特别出色，而是因为大多数影视剧太不出色。这叫"世无英雄，竖子成名"。

具体言之，知识的运用有三个方面：

其一，历史知识的运用。如《潜伏》一开头，被监听的那段话，就需要有历史背景知识。观众听了那段话，既明白了说话者的政治态度，又有了比较实在的历史感，还增加了历史知识。要是观众已经了解这段历史，更加有亲切感。缺乏知识的编剧就只能说，抗战要胜利了，我们要警惕蒋介石摘桃子，要坚决贯彻党中央的指示之类，显然就空洞得多。《潜伏》中大量使用历史知识，如余则成的转变就是因为发现戴笠和胡蝶以国家战备物资的名义进行走私，使他寒心。试想，要不了解戴笠和胡蝶的关系，不了解戴笠私生活的腐败，这个剧情就不好编。缺乏知识的编剧就可能另外寻找余则成的转变支撑，这样一来转的弯子可能就大了。戴笠作为军统老板，对余则成的影响是很大的，某种意义上是余则成的偶像，对戴笠绝望是余则成转变最有说服力的理由之一。而且不用着力去写，就有四两拨千斤的效果。

其二，专业知识的运用。如《潜伏》中，余则成出门时都要在门垫上撒灰，还告诉翠平不要打开窗帘等，都是特工的专业知识。还有利用录音技术进行偷梁换柱的声音编辑，从而粉碎了李涯已经稳操胜券的打击等，都是必须具有相当的专业知识才能设计出来的桥段。还有电影《风声》对密码的技术知识，也是成就这部电影出人意表的剧情不可或缺的基础。当下大量的谍战片，专业知识极其缺乏，剧情只能胡编乱造，十分虚假。我看过一个剧本，写两个武师打斗，编剧写道："甲武师抓住乙武师的一个破绽，伸手一点，正中涌泉穴。"我笑问编剧："涌泉穴在人的脚板心，两个人都站着，你怎么点？"其实各行各业都有专业知识。电视剧《鹰隼大队》是写空军生活的，剧情中就有较丰富的专业知识，所以该剧也很有吸引力。即使写日常生活中也有专业知识。比如一个时髦女郎，她用什么牌子的口红，什么香型的香水，都是有讲究的，要是写这个女郎去购物，能够带出这些知识，就会更逼真，更能提高观众的兴趣。

其三，生活知识的运用。还是以《潜伏》为例。该剧中的翠平塑造，就大量依据生活知识。比如翠平赴宴，被逼着穿旗袍，露出了大腿，她惊恐地蹲在地下。还有翠平没穿过睡衣，把睡衣穿在内衣外面，这些细节对塑造翠平的形象都很生动。可是缺乏对乡下姑娘生活的知识了解，你就想不出来。翠平是个乡下人，过日子很节俭，在院子里盖了个鸡窝，还把金条藏在鸡窝里。后来，这个鸡窝就成了一个重要道具，完成了剧情：余则成要送重要的情报，在严密监视下没办法出手，就把情报藏在鸡窝里；翠平从余则成做出母鸡姿态的动作里，悟到了鸡窝，最后就从鸡窝里拿出情报，交给了地下党组织。这也是要了解农村生活才想的出来的桥段。

我认为，悬念、危机、冲突、知识是技术式编剧的四大着力点。这四个点都到位了，只要剧情逻辑具有合理性，故事就有更吸引力。当然调动观众还有许多技巧。但我认为，娴熟地掌握以上四点，再借助一个有点新意的剧情为平台，就足以取悦观众了。还有必要说明一下，我这里说的悬念、危机、冲突、知识，是在技巧层面说的。与前面讨论戏剧性原则时所说的悬念、冲突不太一样。当我们在戏剧性的层面讨论悬念、冲突时，是指剧本创作应该坚守的一种品质；当我们在技巧层面讨论悬念、冲突时，是指我们要使用的一些招数。

◉艺术式编剧

艺术式编剧这个说法有些模糊,很容易使人联想一味讲究艺术形式的探索性影视创作。其实我是想指这样一种情状:首先,编剧在创作中以自己的意志为主导,很少受外在意志控制,也并不刻意考虑观众的接受效果;其次,编剧有着相当的思想和艺术素养,推崇传世性的经典作品,对艺术创作怀有虔诚,并有着创作传世之作的情结;再次,编剧最主要的诉求是展现自己对生活的独到发现和生命感悟,以及独到的艺术发现和创造,最忌讳的是平庸地重复他人。

艺术式编剧之所以是单独一种创作类型,还在于这类创作与图解式编剧或技术式编剧不同。后两种创作强调的是作品的使用功能,或者是贯彻意识形态,或者是娱乐大众,总之作品具有工具性。而艺术式创作强调的是艺术本体意义的完美和超越,在很大程度上,编剧是针对职业的创作者群体进行艺术水平的较量,是展示艺术本身的可能性。就像竞技体育,已经不是一般意义上的强身健体,而是在展现人体的极限能力一样。或者说就像工艺品的瓷碗,虽然仍有实用价值,但工艺价值以超越了实用价值。

必须指出,艺术式编剧的实际创作业绩和其理想追求之间是有差距的,但这并不影响创作者以憧憬的姿态投入创作。此类创作者很可能是不幸的,他们呕心沥血可能一无所成。但他们也可以说是幸运的,因为大多数编剧难以获得这种创作可能。中国语境中这类作品达到经典高度的并不多,不过走在这条路上并有所成就的也不少。以我看过的而论:电影作品有《黄土地》、《红高粱》、《秋菊打官司》、《霸王别姬》、《梅兰芳》、《南京,南京!》、《阳光灿烂的日子》等等;电视作品的档次和数量要差很多,但也有,如《雍正王朝》、《大宅门》、《我这一辈子》、《五月槐花香》等等。

那么,艺术式编剧有哪些创作要求呢?

第一，要有独到的生活发现和生命感悟。这不是指剧情中如流星一般滑过的独到生活发现和生命感悟，而是指全剧贯穿性的主题。例如《梅兰芳》，这是一部艺术大师的传记片，它对史实真实性和人物忌讳都有很严格的要求，是很难写的。图解式创作以及结果是大多数编剧的宿命。可是《梅兰芳》的编剧戴着镣铐跳舞还能达到现在这样的艺术境地，我是很佩服的。《梅兰芳》最过人处就在于有独到的生活发现与生命感悟，这个发现就是对孤独人生的深刻反思。不妨这样表述：有些人生命注定是孤独的，其孤独就在于不能有常人的生活，他们的生命不属于自己。也正因为此，他们属于人类，属于超时空的永恒存在。他们也正因此而伟大。我特别欣赏这样一段剧情：日寇侵华，梅兰芳蓄须明志罢演，以宣示民族气节；而丘如白却极力主张梅兰芳继续演出，他说："谁知道仗要打多久？"你不演出就不毁了京剧？我认为丘如白的眼光穿透了常人难以逾越的历史局限，他看到梅兰芳不仅不属于自己，也不属于民族，梅兰芳是属于全人类的。为了民族的承担，而忽略人类的承担，丘如白认为是缺乏大责任感的表现。显然，这种认识需要极大的勇气和胸怀。这也是《梅兰芳》最具有思想超越的地方。从逻辑上说，我们能够接受舍小家为大家的伦理原则，就应该能接受舍民族为人类的更大的伦理原则。可是，普天之下，几人敢这样说，几人敢这样做？《梅兰芳》提出的问题，我认为是非常震撼的。在《梅兰芳》的剧情中，梅兰芳还是选择了罢演，以牺牲京剧来殉献民族。其实京剧只是一个符号，按丘如白的理解就是人类的利益。细细反思，实在是意味深长。

第二，要有独到的艺术发现和表现。图解式编剧和技术式编剧不是没有可视性，也不是没有艺术性，只是模式化的痕迹太重，独创性不够。比如《解放》的台词，大量引用毛泽东的语录和文献资料说得难听点就是抄袭。只要比较一下经典作品和非经典作品就不难发现，经典作品的人物、场景、台词、故事桥段，包括框架结构等艺术表现的独创性是很高的，似曾相识的情况很少。如果说图解式编剧和技术式编剧共性大于个性，那么艺术式编剧则个性大于共性。艺术式编剧不仅追求思想主题的独到性,也全方位地在剧情的其他环节追求独到的发现和表现,力争成为经典而为他人仿效,特别忌讳自己的作品平庸或被讥为仿效他人。上世纪 80 年代中期,电影《黄土地》问世,它将中国农民,乃至整个中华民族的命运浓缩为"黄土地"这样一个沉甸甸的具象符号,并给予一种充满忧思的解读,在那个年代,是相当有启蒙性的。不仅如此,作者淡化了故事,淡化了人物,淡化了冲突,也淡化了台词,靠富有张力的画面述说着一种苍桑的情绪,给人提供了一种新颖的审美视角和审美感受。观众收获了新的审美经验,也潜移默化地培养了一种新的观众趣味,同时还掀开了中国第五代电影的时代扉页。也许随着岁月流逝,我们已经超越了《黄土地》,但它在中国电影史上的坐标地位是不可动摇的。这就是艺术式编剧所祈求的价值目标。图解式编剧和技术式编剧的作品也可能会给后人留下珍贵的私人记忆,就像童年时用过的讨饭碗会使当事人终身收藏一样,但这并不意味着讨饭碗有很高的工艺含量,所以很难留下集体的记忆,更难因为艺术的独创性和开拓性而获得史学的承认。

　　第三,要在剧情中渗透创作者的真情实感。艺术式编剧不仅要有一般化的创作冲动,还需要对作品本身的挚爱。他不是被动地执行任务,也不是为了经济报酬,甚至也不是为了取悦观众,而是内心爆发了述说的激情。他的创作就是他真实信念和情感态度的外化。相比之下,图解式编剧有点像翻译,他的职业操守就是准确把某种理念翻译成符合剧情表现的形态,原始的理念并不一定是作者的生命感悟。技术式编剧有点像工匠,他的职业操守就是严格地按照工艺流程把作品组装出来,作品是卖给观众的商品,并不是作者自己消费。可想而知,作者与作品之间是有情感距离的。艺术式编剧不同,作者贡献出来的必须是深深感动自己,为自己所挚爱的审美想象。图解式编剧和技术式编剧在剧情中当然也要处理人物的恩怨情仇,但这有点像演员和角色的关系,只是模拟剧中角色的情感,并不实际具有这些情感。而且这种情感处理是策略性的,无非是激发观众的情绪反应。我们经常看到剧情中英雄人物遇难,战友们站在遗体前默哀、致敬,天上雄鹰盘旋,高山青松耸立之类的场景。这都是套路化、仪式化的表现,既缺乏个性也缺乏作者的真情实感。因为有真情实感,你就会挖掘更具有个性化的哀悼方式,你就会自觉地避免雷同。电视剧《解放》写得是那么波澜壮阔的一段历史,充满着个人命运的沉浮起落,可是剧情基本上靠国共双方的开会、讨论的对话场景撑起来。即使是外景环境、日常生活环境,仍然是讨论的延续,无非是现场办公而已。讨论中人物的发言又严重缺乏个人意志,要么是附和、补充中心话题,要么是代表某派别进行政治表态,看不到个人化的戏剧冲突和命运起伏。还有《风声》、《暗算》、《还珠格格》这类的技术式编剧作品,情节比较离奇曲折,可以吸引观众看下去,但是很难让观众有深刻的心灵震撼,观众的心情就像看把戏的心情一样。诸此种种,都可见编剧的敷衍姿态——只满足于打发观众就行。我觉得这都是作者缺乏真情实感投入的创作结果。诚然,对于图解式编剧和技术式编剧,缺乏真情实感无可厚非——这不属于他们要承担的责任。可是对于艺术式编剧,投入真情实感,感动自己也使观众产生心灵的震撼就是必然的艺术要求。

⦿ 人物

人物是剧情处理中的一个非常重要的元素。从理论上说,我们完全可以以人物为中心构建起一个编剧理论体系。而且对如何处理人物,根据不同的标准,也可以划分出不同的路径。比如悲剧人物、喜剧人物、正剧人物;比如真实人物、虚构人物;比如圆形人物、扁形人物,比如力量型人物、偶像型人物等等。这些人物的讨论体现出人们对人物的高度关注,以至于形成这样一种人物观:人物是戏剧包括影视剧的创作核心,是创作目的,人物塑造不成功,戏剧就失败了。但我认为戏剧的目的就在于通过剧情的表演满足观众的期待,剧中人物是实现这个目的的手段,人物是为剧情服务的,在剧情中总是服从总体构思需要担负着特定的功能。即使有些剧作中人物非常光彩照人,拉动着剧情的发展,观众也对人物留下深刻的印象,我依然认为这是使整个剧情富有吸引力的一种创作策略。

必须承认,不少剧作有着性格突出的人物形象。是这些性格化的人物的性格使然,才出现了相应的剧情。而且我们在总结剧作成就时,也会大谈人物塑造的成功。但是我们依然要追问,观众看戏,是冲着剧情去的还是冲着人物去的? 其实,观众是通过剧情才知道人物的可爱,才对人物留下深刻印象。这恰恰是剧情完成以后的事。就像吃饭,我们是因为食欲的驱使去吃饭的,吃了饭以后才知道这顿饭比其他的饭味道好,于是留下深刻印象。我们却不能因此而说,我们就是冲着好味道去的。饭依然是基本的需求,好味道是依托于饭的。有光彩人物的剧情就像有好味道的饭一样,人物使剧情更生动精彩,剧情也成就了人物,但是,剧情依然是最本位的东西。再打个比喻,我们都喜欢漂亮姑娘,似乎漂亮是我们追求的中心,但实际上,漂亮必须依附姑娘的身体而存在,所以姑娘的身体是基本点。我们要是追求漂亮而抛弃姑娘的身体就会一无所获。有人物光彩的剧情就好比漂亮的姑娘。我们甚至可以说,观众并不关心剧中人物的性格是怎样的,而是关心这些性格人物到底做了哪些引人入胜的事。也就是说,正是因为这些人物做了那些精彩的事才吸引了观众,观众也是因为这些精彩的事而喜欢人物。比如《闯关东》中的朱开山是个豪气冲天的人物,但是观众还是更关心朱开山做了哪些豪气冲天的事;没有那些豪气冲天的事,不仅朱开山的性格出不来,观众也不会看《闯关东》,自然也不会喜欢朱开山。也许就编剧而言,我们是为了塑造人物而构思了那些精彩的事,或者说,我们是基于人物的性格才构思出了那些精彩的事。但就观众而言,却是因为那些精彩的剧情才看戏,包括喜爱剧中人。观众并不关心这些精彩的剧情在创作层面是怎么诞生的。所以,塑造人物是为了剧情更精彩。我们却因为对人物印象深刻,把塑造人物当作戏剧创作的目的。这不能不说是一个误解。

况且,还有大量的剧作,尤其是情节剧,以情节的曲折离奇取胜。事件是重点,事件中的人物只不过支撑事件的道具,或者叫动作者,根本谈不上什么人物的塑造。例如电影《十月围城》,剧情是刺杀孙中山。所有的人物分为三类:第一是目标人物——孙中山,第二是刺杀者——杀手甲、杀手乙……第三是保护者——保护者甲,保护者乙……然后这些人物就投入到一场昏天黑地的博杀中。人物按照设定的刺杀环节依次出场,就像一场游戏。说得难听一点,就是一场复杂一点的斗牛赛,人物不过是披着人皮的斗兽。这样的剧作可谓比比皆是,观众的收视也不低,因为有剧情。观众显然就是冲着剧情而去,根本没有对人物性格的期待。这种现象也从一个侧面说明,就普遍性而言,人物并不是剧作的创作核心。戏剧的创作核心依然是剧情,人物只是构成剧情的要素。于是,我们就应该根据人物和剧情的关系来考察人物。

先谈谈概念化人物。

在剧情中,概念化表达是一个常见的现象,尤其是在图解式编剧中。最直接的方式就是通过人物进行概念化说教,还有人物形象的塑造、情节的设计都可以按照某种概念展开,就像寓言一样。中国文革中的影视片这种现象十分普遍。其实这也不仅仅是中国语境的现象:贝克特的名剧《等待戈多》(已拍成电影)就是极端的概念化人物案例。还有《阿Q正传》的阿Q也是典型的概念化人物,是鲁迅所谓国民性的代表。有教科书说美国电影《阿甘正传》中阿甘的人物形象是个有丰富个性又具有典型概括力的人物形象,将他和苏联电影《静静的顿河》中的格里高利、中国电影《李双双》中的李双双列为一类。我恰恰认为阿甘是个十分概念化的人物。总之,概念化的人物不是个贬义词,而是一种人物类型。这种人物具有理念的真实性。

概念化人物的出现是因为作者希望更纯粹、更集中、更直接地展示某种概念和理性判断,使剧情的思想指向更鲜明突出,即所谓直奔主题。比如贝克特,就想直接展示世界的荒诞感和人类面临荒诞的绝望感,所以摒弃了生活的形象存在实态,以抽象的概念人物直接对话进行概念内涵的表达。还有鲁迅的《阿Q正传》亦然。阿

Q 就是一个概念人物,即代表鲁迅所说的国民劣根性。如果剧中人物的言行举止都严格地按照概念化的逻辑展开,此剧就像一个寓言。《等待戈多》和《阿 Q 正传》就是寓言化的作品。不过更常见的情况是概念化人物镶嵌在有生活现实感的场景中,而且也有一些日常人物的举动,只是到真正发挥其剧情功能时才显现出概念化人物的面目,比如《解放》中的国共领导人形象。

概念化人物第一个特点是:人物的言谈举止以概念的介定为边界。比如毛泽东就是共产党的人格化代表,他剧中的言行都要体现关于共产党的概念定位,不能出现与定位相冲突的言行,也不能出现可能模糊定位的言行。还有阿 Q,也是这种类型。概念化人物第二个特点是:很少有人物的成长和逆转。因为概念化人物是对概念的诠释,一有变化就会突破概念——除非概念定位中蕴含着变化性,例如叛徒人物。

概念化人物往往遭到非议。尤其现实主义作品中出现概念化人物,更难取得观众的信赖。但我觉得要辩证地看:第一,我们要面对现实。在特定的现实面前,编剧只能用概念化人物完成表达,脱离现实去苛求编剧是不公平的;第二,概念化人物是一种人物塑造模式,中国传统戏剧的人物就是脸谱化的,实际就是概念化人物的路子。它有特定的艺术效果,我们要学会欣赏;第三,与其指责概念化人物,不如在概念界定上着力。比如,什么是伟人? 是不是没有缺点的人才是伟人? 如果伟人的概念中有了新内涵,概念化人物的尴尬自会解决。

再谈谈性格化人物。

性格化人物是从人本身出发去塑造人物的结果。性格是一个人先天和后天因素结合后形成的人格姿态,是最能代表一个人的个性精神面貌。就剧情而言,也就是信奉性格即命运,依据人物性格的指向去构思剧情,并将整个剧情看作是人物性格表现的过程。电视剧《钢铁是怎样炼成的》、《亮剑》、《大宅门》等都是走的这个路子,剧中主角也都是性格化人物。

有人将性格化人物分为典型人物和类型人物;也有借助福斯特

的说法,分为圆形人物和扁形人物等等。还有人认为典型人物、圆形人物是突出人物个性或人物性格丰富性的表现,因而艺术含量更高,类型人物或扁形人物性格比较单一,因而艺术含量较低。我觉得应该辩证地看。一部戏中,往往是圆形人物和扁形人物的结合,光靠某一种人物是不行的。再说扁形人物或类型人物只要用得恰如其分,同样光彩照人。《三国演义》中的张飞、关羽都是性格比较单一的扁形人物,不是也成为公认的艺术典型了吗?创作中人物性格的单一还是多样,要根据需要而定,只要能达到创作目的,都是成功的性格人物。某种意义上,性格多样化的人物也是一种类型人物,相对于生活中人物性格的丰富性而言,艺术作品的概括都是相对单一的。我认为从创作需求看只要把握住人物的性格要点,使剧情的展开符合人物性格就可以了,是圆形还是扁形是无所谓的。还有人把单一性格的类型人物等同于概念化人物也是不对的。概念化人物是把人物作为某种理念的图解。比如作为概念人物的东郭先生,是用来图解是非不分的仁慈这种认知状态及其恶果的。而作为单一性格的类型人物张飞,展示的则是鲁莽人格的命运历程。前者是以人说理,后者是以人说人,显然是不同的。

我的体会,把握性格人物有两种情况:一种传记性人物的写法。这种情况人物是有真实原型的,而且作者也致力去再现真实原型。这时就要依据真实人物的性格去塑造,不能随心所欲地虚构。但作者可以强调对象某一方面的人格。比如《梅兰芳》就强调梅兰芳人格中的孤独感;还有一种就是根据剧情需要进行性格设计。这里面又有两种情况,一是从人物出发。比如首先确定,我要写一个什么样性格的人物,将这个人物的性格特点先想清楚。然后再设想,这样的性格应该怎样表现?他或她最可能发生什么样的事?他或她会怎么对待这些事?不过这样构思人物或剧情我没经历过,我的实践是另一种情况,即从最初始的创作冲动出发,确立最基本的人物或事件关系,然后再设想人物的性格,进一步地丰富剧情故事,同时也进一步完善人物。也就是说,人物的塑造是和剧情故事相互参照完成的,但占主导地位的是人物。

我写过一个电影剧本《妹儿》。最初产生的是一段家乡往事的记忆：文革期间，在家乡县城那条老街上经常出现一些讨饭的农民，其中也有很年轻的姑娘。我当时在街道工厂当工人，总是和同事探头看那些姑娘，并议论哪个姑娘长得漂亮。一次，有位同事告诉我，我们隔壁福利工厂的瞎眼麻哥就讨了一个讨饭妹，还不到 18 岁，同房时她还不知道做爱是怎么回事。这个记忆激发了我的创作冲动，也诞生了最初的人物关系和事件胚胎。于是便想，这姑娘和麻哥应该是怎样的人呢？他们的关系应该怎样发展呢？他们的性格命运应该引出怎样的主题才会令人感动呢？最后就形成了这样的剧情：由于饥饿，有灵性和心气的乡下姑娘妹儿无奈地嫁给了粗鲁、善良却丑陋的中年男子麻哥。进城后，妹儿认识了麻哥的朋友，有文化且傲气的鸽子。两人擦出了爱的火花。被激怒的麻哥要杀掉妹儿，却在下手时放弃了报复。鸽子怀着内疚远走他乡，妹儿也感受到麻哥的真爱。妹儿怀了鸽子的孩子，麻哥却坦然地接受。后来妹儿在难产中死去，麻哥抚养着鸽子的孩子长大，守着妹儿的孤坟，度过了一生。这是一个关于追求与坚守的故事，它发生在社会最卑微者的生活中，展现了一种绝不卑微的人格。

最后谈谈事件化人物。

在剧情中，有些人物的设计主要是为剧情展开的需要，如果不是为了叙事的需要，他们就没有存在的价值，这种人物就叫事件化人物。最明显的就是过场性的小角色，如流氓甲、匪兵乙之类，编剧召之即来，挥之即去，根本不用费心考虑他们的性格或命运，这就不用说了。值得一谈的是在编剧中要用心设计的一些事件人物。

反面人物。我指的是剧情中作为重要角色出现的反面人物。一般说来，反面人物都是为烘托或反衬正面人物，更主要是为了制造危机和冲突而存在的，其本身并不是作者主要创作目的所在——当然有例外。编剧在设计反面人物时，主要考虑的就是怎样让反面人物更能够引起危机、挑起冲突，推动剧情的延续。如电影《红色娘子军》中的南霸天，电视剧《密战》中的那些敌特间谍人物。

线索人物。这种人物的功能是结构性的，使剧情按照作者设计的结构展开。如电影《城南旧事》中的小女孩英子,《尼罗河上的惨案》中的大侦探坡罗,都属于这类人物。这种人物和剧情的关系可说是若即若离,不仅串联着剧情,还有一种特别的人物视角,具有独特的审美价值。比如《城南旧事》的英子,便提供了一种童真视角,给全片渲染出一种纯洁的色调;《尼罗河上的惨案》中的坡罗,就提供了一种睿智视角,使人们对罪恶的观照有了哲学化的感悟。

气氛人物。在中国传统戏剧中,这就是所谓丑角。韩剧中这种角色也非常突出。其主要功能就是给剧情增添一种生动的气氛,调节剧情的节奏。当然这种人物也往往可以是串联剧情的线索人物。电视剧《康熙微服私访》中的太监三德子与法印和尚就属于这类人物。气氛人物一般都是喜剧性的。好的气氛人物不仅可以渲染气氛,调节节奏,还可以有一种独特视角去诠释人生,丰富主题。比如《潜伏》中的情报贩子谢若林,就提供了一种独特的人生经验。

当然,事件人物和概念化人物以及性格人物并不是不相容的,只是说事件人物的主要功能是服务于事件展开需要的。有时候事件人物是很有个性的,相当具有美学价值。这点我们下文要涉及。

◉ 事件

"事件"是编剧过程中经常遇到的一个重要概念,也是一个十分纠结的问题。我们经常会在"事件"、"情节"、"故事"、"剧情"这样一些说法中缠绕不清。很多理论书籍也试图辨析清楚,在我看来依然是一头雾水,而且对实际创作并没有多大意义。在此,只想就自己的理解对"事件"作出解释,然后进入我想说的话题。

在我看来,"事件"就是可能会导致我们命运改变的事情。它的过程可长可短,短到可以瞬间完成,比如一个霹雳把人劈死了,我们就可以说一个事件发生了;长到祖祖辈辈还没完成,比如愚公移山。它的规模也可大可小:大到星球大战,地球毁灭;小到某人踩了西瓜皮摔倒住了医院。总之,事件有两点不可或缺:第一,它是在时空中出现的可以被感知,尤其是被视觉感知到的现象。也就是说,它可以诉诸影视的表现;第二,它和人的命运改变有关。也就是说,如果不导致人的命运改变,就不叫事件。比如,太阳升起又落下,没有改变人的命运;又比如,你吃饭没中毒都不叫事件。不过,我强调事件是关系人的命运改变的事情,还要做些说明:第一,我是强调我们所写之事要和人的命运有关;第二,这是就影视剧叙事的普遍情况,尤其是针对电视剧而言的。有些影视剧,尤其是电影,比较静态地表现人的生存状态,人物的活动并没有明显的命运变化,但是在这些无命运变化的生活场景中蕴含着一种生存和命运的解读,比如面对命运的无奈,或者对某种生命状态的坚守等等,其实也是关系命运的。当然,此类影视剧的叙事比较小众化,往往是探索性很强的影视片,我们不妨忽略不谈。

这样一来,"事件"这个概念就很有张力了。我们的剧情可以由一个事件构成。例如《血战台儿庄》就是一个大事件构成全剧,事件就等于故事,等于剧情。我们也可以把事件切成很小,于是一个故事就由若干事件构成,这就相当于情节了。比如《西游记》里,唐僧师徒每过一关都可说是一个事件。总而言之,我们不必繁琐地辨析事与事之间的微妙差别及其关系,而只须记住:作为编剧,你就要叙事,所谓叙事,就是要写事件。不管这些事件是大是小,是长是短。

简单地说,人只要活动就构成了事情,但不是所有的事情都是事件。事件是可以改变人命运的事情。戏剧叙事就是叙述人的命运变化,或者说,叙述人的生存状态怎么从一种状态变成另一种状态,所以就要写事件。对于编剧,这就有了一个标准,你要写的事情是否涉及到人物命运的改变。如果是,就可以考虑写;如果不是,就要放弃。于是我们就会发现,许多影视剧里有很多情节,其实是根本不必写的。观众看到这些情节,感到十分拖沓,为什么?就是这些情节没有导致人物的生活状态发生改变。所以福斯特说:我们写人的生活,一般不会写人睡眠,除非睡眠中做了恶梦。道理就在于此。

当然,完全写没意思的生活场景的戏是不多的。问题往往是,就一个事件的过程看,我们写的情状属于事件过程的一部分,好像应该交代;但是仔细分析一下,我们的交代太冗长。我看过一个剧本,其中有一个情节:某农村的老俩口去赶集,结果家里没人遭贼偷,于是引发了一系列的家庭变化。这当然是一个该写的事件,可是剧本把老俩口赶集的过程写得很详细:怎么出门,怎么坐拖拉机上路,怎么一路看风景聊天,怎么在集上购物,又怎么走回来,又怎么发现家里被贼偷。其实赶集的过程并没有导致老俩口的命运发生改变,不是一个事件。事件的焦点是家里被盗。赶集只是被盗事件的一个不重要的环节,稍微交代一下即可。这就意味着,即使我们写一个事件,如果这个事件过程中有许多环节的话,我们也要在关键环节下力,对于不关键的环节就要略去。比如我们只要写老俩口出门就可以了,重点写小偷进屋偷东西的过程,然后再写老俩口回来发现被盗,这个事件就基本完成了。如果一定要写赶集的过程,就应该交代小偷已经盯上他们家了。比如头天晚上小偷偷听到了他们赶集的打算,决心利用老俩口赶集的机会下手。这样赶集的过程就有悬念。不过这是在玩延宕的招数,是另一种叙事技巧。

如果我们写的是一个比较复杂的大事件,这个大事件中必然会包括许多小事件或者说包括许多情节。这就涉及各个小事件之间的关系问题。大致说来有三种关系:第一种是因果递进关系,即上一个事件会引发下一个事件。如上例,老俩口家里被盗必然会引发下一个事件,或者是抓盗贼的事件,或者老俩口互相埋怨闹矛盾的事件等等,于是又会导致再下一个事件,直至全剧结束。作为编剧就应该紧扣着事件的链条,一步步环环相扣地推进剧情;第二种是网状的交织关系。即一个发起事件会引发多个事件发生,多个事件相互作用推动着中心事件发展。比如一个盗墓贼掘到了稀世珍宝,引来了多方势力来争夺,就会出现多方博弈的事件,各种事件彼此既相对独立又联系,相互作用推动着夺宝大事件走向结局。作为编剧就要把握好各种事件的交织关系,形成合力往前走。这是很考编剧功力的,弄不好就剧情就散乱,没有聚焦点,中心事件的推进就会很缓慢,甚至消解了中心事件;第三种就是单元性的关系。即一个事件完了，再起一个事件。事件和事件之间没有密切的关系。典型的例子就是《西游记》，降服了一个妖魔，唐僧师徒又往前走，又碰上另一个妖魔。相对而言，这种事件关系最容易处理。

再讨论一下以人物为中心来写事件的情况。这里有两种情况：一种情况是人物在全剧中完成一个中心事件。例如《智取威虎山》，杨子荣要完成的中心事件就是拿下威虎山；另一种情况是人物在全剧中要完成若干个事件。例如《闯关东》里的朱开山就完成了许多事件。这些事件之间没有因果关系，只和朱开山有关系。有人认为，以人物为中心写事件的特点在于人物主动发动事件。比如杨子荣主动要打进威虎山，就出现了乔装打扮进威虎山的事件；比如朱开山主动要闯关东，就出现了闯关东的一系列事件，即人带着事走。我认为这固然有道理，但关键不在这里，而在于人物所为之事是否打上了人物的性格烙印。比如水浒英雄林冲，是《水浒传》里最光彩照人的人物之一。他上梁山就不是自己的主动意志，而是被逼上梁山的，一步步被意料之外的事件逼着走。但正是这种被动接招，体现了林冲忍辱负重的性格。林冲的最大性格特征就是不惹事。

一旦要求事件的表现要符合人物性格，对编剧的要求就高许多。我们不仅要按照一般的常理去写事件的展开过程，还要同时考虑事件必须打上人物的性格烙印。比如林冲被恶势力迫害，他妻子受到侮辱。这是男人的极大耻辱，一般都会有反击的态度。林冲也不例外，他也愤怒，也有出手反击，这就叫常理。可是林冲的出手是有分寸的，基本是被动防卫，总体而言是妥协的，这就是林冲的性格使然。林冲在事件中的表现就要拿捏在这个度上。随着事件的发展，新的迫害事件又接二连三出现。林冲终于忍无可忍，杀了恶徒，火烧草料场，上了梁山。林冲性格中的血气一面被逼出来了。事件就进一步塑造出了林冲性格的丰富性。显然，编剧就要考虑林冲性格中的多种侧面。将事件的展开与林冲的性格层次结合起来，同时推动着剧情的发展。这就比就事论事地推进剧情要复杂，要考功力。相比之下，《西游记》的事件发展就简单得多。《西游记》基本是公式化地展开事件:妖魔出现,总是直奔唐僧而来;唐僧总是犯宽容的错误;孙悟空总是识破妖魔,奋不顾身地斗争;猪八戒总是上当,要么耍滑头;沙和尚总是忠心耿耿却又能力有限,最后总是孙悟空设法解决问题。《西游记》中的事件不是没有人物性格,而是人物性格太脸谱化,也就多少失去了性格的丰富性和生动性。

一般说来,事件都有一个发展过程,也有一个如何把握叙述点的问题。如果这个过程时间过程较长,其间的演进环节较多,而且演进的各个环节都很精彩,这个事件就可以构成全剧的中心事件,也就是说,全剧可以围绕着这个事件展开。这样一来,这个中心事件就等于全剧的剧情或说故事,各个演进环节就构成若干小事件。比如我们把智取威虎山的事件作为一个中心事件,整个过程就可能有以下若干小事件构成:1、事件发生。硬攻威虎山失败,杨子荣请命智取;2、事件发展。杨子荣打虎上山,经历审问被收留。小分队进驻夹皮沟,发动群众,配合杨子荣。座山雕试探杨子荣。杨经历考验,取得座山雕信任,并与小分队取得联系。杨子荣定下百鸡宴之计。座山雕上当;3、事件高潮。杨子荣智斗小炉匠,再次脱险;4、事件结束。全歼座山雕匪帮。可以发现,这个中心事件的展开经历发生、发展、高潮、结束四个阶段。也就意味着,事件的展开过程基本上要按这个程序和节奏展开。同样道理,作为大事件中构成环节的小事件,也有一个发生、发展、高潮、结束的关系。比如智斗小炉匠这个小事件:也有小炉匠上山(发生);小炉匠拜见座山雕,座山雕又怀疑杨子荣,杨子荣发现再陷危机,苦思对策(发展);杨子荣和小炉匠交锋(高潮);杨子荣灭小炉匠(结束)这样四个阶段。这就是编剧写事件应该把握的叙述事件的四个着力点。只是要区别大小事件:大事件可以展开充分一点,小事件的展开要更迅捷一点,甚至可以省略某些环节。比如智斗小炉匠的事件,我们就可以省略发生和发展阶段,直接跳到杨子荣和小炉匠交锋,在交锋时适当交待交锋前发生了什么情况。

事件叙述还有个情境叙述问题。特别是对大事件而言,情境的交待十分重要。简单地说,情境就是事件发生的背景和态势。情境主要是要观众了解以下情况:第一,这个事件是在何时、何地、何因发生的。比如智取威虎山的事件,就是在解放战争的东北山林中发生,发生原因是解放军遇到威虎山这个硬骨头,智取是最好的方法;第二,这个事件涉及的人物关系是怎样的。比如智取威虎山的事件,就涉及解放军剿匪小分队和座山雕匪帮的关系,尤其是杨子荣和座山雕的冲突关系。这是两个高手之间的较量;第三,事件对人物命运意味着什么。比如智取威虎山的事件,如果杨子荣失败就意味着自己和小分队要付出严重的生命代价。

情境的交待大致有两种方式。一种是在事件展开之初交待。比如有些剧写人物在上级面前在领受任务,对话的设计就是交待情境。有些剧在开始出现一版字幕,也是在交待情境。这种情境的交待好处是观众在进入剧情之初,就对剧情的基本态势和重要性有一个了解,有心理准备和预期方向;不好之处是静态的说明性太强、太直露,悬念性还是不够充分、也不够高明。还有一种方式是随着事件的展开逐渐暗示给观众,使观众在揣测中逐渐明白戏剧情境。这种方式对编剧和观众都有较大的挑战性。搞得好,悬念性更强,观众更期待;搞不好观众入戏会很慢。如何选择,这是一个因人而异的问题。总而言之,情境的交待往浅了说是使观众更明白剧情;往深了说就是制造悬念,吸引观众的高度关注。所以,情境的交待是编剧叙事的一个重要的着力点。

◉人物与事件的关系

常识告诉我们,写人必须要写事,写事也必须要写人。这就构成了人物与事件之间的复杂关系。有时候我们很难辨析某个剧本是写事还是写人。我们喜欢剧中人,往往是因为他或她做的那些事。相反,我们喜欢追看一个故事,往往是因为故事里有那些我们喜欢的人。其实当一部作品分不清是写人还是写事,这往往是一部成功的作品。所以学究气地讨论一部作品究竟是写事还是写人往往是没有意义的。

但是我们还是可以大致区分一部作品是写事还是写人。一般说来,一部作品的故事基本上是一个贯穿性的大事件构成,人物的塑造是随着这个事件的完成而完成,就可以说是写事。比如《西游记》就是围绕唐僧师徒西天取经这个大事件展开的,人物的表现都受到取经事件的制约。人是跟着事走的。这就叫写事。所以《西游记》叫《西游记》而不是叫《唐僧的故事》。谍战电视剧《潜伏》从编剧的总体诉求看,应该是写事件为主,这个事件就是潜伏。人物塑造是为了潜伏这个事件更惊险曲折,人物也基本上是跟着如何成功潜伏的中心事件走的。《潜伏》中的余则成和翠平他们也做了一些工作,如送情报,掩护专家撤退,杀叛徒之类。但这些事都没有展开写,而且这些事都导致余则成被怀疑,也就意味潜伏可能失败。《潜伏》中的余则成和翠平的主要危机是暴露,主要矛盾是如何成功潜伏,中心事件就是如何消解敌人的怀疑、成功潜伏。而谍战剧《黎明之前》则是写人为主的。该剧没有一个贯穿性的大事件,事件的发生是因为人物的冲突而引起的。《闯关东》和《大宅门》更明显,是人物带动着事件发展,没有这个人,就不会出这种事。而且剧情中的事件有许多,并不是连贯的。穿起这些事的是人物。人物的欲望、性格在制造、导控着事件。

一般说来,在写事为侧重的剧情里,人物是为事件而设置的。比如《西游记》要写唐僧历经艰难、降妖伏魔去西天取经这个大事件。首先要确定的人物就是取经者唐僧和阻碍唐僧取经的众妖怪。但是唐僧是个文弱的和尚,降妖伏魔有点离谱,于是就要设计一个武功高强的护送者,孙悟空就出来了。孙悟空出来还不够——剧情缺乏曲折变化,于是猪八戒和沙和尚就出来了。人物关系就丰富了,剧情变化就好设计了。从《西游记》的人物设计我们可以看到,主要人物的性格特点、身份特点,包括能力特点都是围绕着降妖伏魔、万里西行的事件要求设计的。尤其是探案剧,这种设计更为突出。所有的探案剧都有基本的三种类型的角色,即作案者、破案者、线索人物,也是剧情决定的基本人物关系。而且这些人物性格设计、身份设计、能力设计、人物关系设计等等，都要和破案的剧情相适应。就创作构思而言，作者往往是首先想好了一个基本案情，再考虑人物的设计。不难想见，在这种事件主导的剧情里，人物的形象往往是不够丰满的。但是也不能一概而论。比如《潜伏》，人物形象就比较丰满，最突出的是翠平这个人物的设计。她是农村姑娘，没有文化，没有地下工作的经验，而且脾气火爆倔强，说话也没有城府。这些人物特点都是地下工作的大忌，之所以这样设计是为了造成事件节外生枝，造成余则成的危机，要是翠平不是这样的性格，剧情就不会那样发生。尽管翠平的设计是为了剧情需要。但不可否认，翠平是剧中最有性格光彩的人物。此外还有老谋深算的军统站长，蛮横彪悍的马奎，阴险圆滑的陆桥山，精明执着的李涯，都是性格非常鲜明的。编剧也承认，他把余则成的对手拆成了多个，就是为了情节有更多的变化。可问题在于，要使事件跌宕起伏，同样要借助人物性格的塑造，于是也就客观上将人物立起来了。可见写人和写事可以有机地统一起来。

再说以写人为侧重的剧作。编剧是把人物的性格、欲望、意志作为事件发生的动因，拉动着事件发生和发展，而且是符合人物性格的发展。一般说来，写人为主的影视剧，没有一个非常严格的、贯穿全剧的、限制着人物的中心任务。比如电视剧《武松》，就是以武松的生命历程为轨迹，以武松刚毅强傲性格拉动事件。没有武松的刚毅强傲性格，就不会出现武松打虎的事，就不会出现武松杀潘金莲和西门庆的事。武松打虎的事和武松杀潘金莲、西门庆并无事件意义上的关联。可以说，《武松》的剧情都是按照武松的意志在发展的。水浒英雄中，李逵也打虎，可是李逵打虎和武松打虎就不一样：李逵的打虎就有几分鲁莽，几分侥幸；武松打虎就没有李逵打虎的鲁莽性格色彩，相反带有其性格精明的一面。这就叫性格化的事件。但是话要说回来，我们着力刻划人物，效果不仅是塑造了人物，而且诞生了富有性格色彩的剧情，这正是观众的看点所在。所以，也可以说，塑造人物是写事的另一种方式。这样一来，写事与写人又统一起来。

由此可见,编剧在写人还是写事的问题上,可以有自己的主见,可以有自己的选择和区别。但是不要太执着。以为写人就要高于写事,写事就不能写人。其实成熟的编剧,二者是可以贯通的:写精彩之人就要写精彩之事,写精彩之事也就是在写精彩之人。

还想简单谈谈人物和剧情类型化的问题。这也许是另外一个话题,但也涉及到如何写人物和事件。

基于长期的创作经验积累以及民族文化心理的积淀,人们发现编剧们写的故事尽管表象上千差万别,可是剧情中却往往不约而同地存在内在相似的人物和事件。于是就有研究者加以归纳总结,以求穷尽人们写的人物类型和事件类型,同时也给创作提供某种指南。比如就人物而言,就有英雄、智者、恶魔、母亲、感恩者、报复者、小人等等类型;就故事事件而言,就有复仇、忘恩负义、丑小鸭变白天鹅、三角恋、逃亡、献身等等类型。总结者认为,编剧们写的人和事件尽管有许多表象的差异,变化无穷,但内在模式却是有限的。比如丑小鸭变白天鹅的模式就是写一个被人看不起的人物怎么改变自己成为众人仰望之人的历程,这在许多叙事作品中都确实体现出来。总结者还分析说,这种模式的存在说明人同此心,心同此理。编剧也是人,必然会有心理同构。落实到编剧方面,就要求编剧根据总结出来人物或剧情类型去仿效性地创作。

我们必须承认这些总结是有相当说服力的。确实,人同此心,心同此理。编剧也是人,观众想看到的人物和故事事件,也是编剧所想往的。于是,编剧就写出了自己和观众都想看到的人物状态和故事状态,也就取得了理想的接受效果。这是很自然的。这些总结也可以提醒编剧,看看观众想看什么样的人物和事件,对创作是有帮助的。

但是,这些总结都是以往的经验总结,充其量只能说明观众喜欢看什么,并不意味着除此之外的人物和故事观众就不接受。就像冷兵器时代武士喜欢剑,但并不等于武士就不喜欢机关枪,只是没见到而已。随着时代的发展,观众肯定会有新的兴趣爱好。编剧也应该用新的人物和故事类型去满足观众,所以不断创新人物和故事的类型是必要的。既有的总结不是终结。

再退一步说,即使参照已有的类型总结,我们也只能延续某种模式。就拿三角恋爱的模式说吧。你也必须写出和别的三角恋故事不一样的特色来,观众才能接受,仅仅模式复制是远远不能打动观众的。也就是说,仅仅依据模式就想混编剧这碗饭吃,是根本行不通的。就像建房子一样,房子是有框架模式的。但是,你仅仅会按框架模式搭起框架,房子还是不能住。更不见得能卖出去了。在框架模式之外还有许多功夫,是靠我们的才情去完成的。所以我认为,类型化的有关总结,可以作为编剧的参考,要是走火入魔地依赖,只能收获失望。

●结构

简单地说,结构就是剧情各组成部分或者说元素按特定表现方式安排所形成的剧情发展框架。这是编剧创作中的一个重要问题。尤其是影视剧,许多艺术创新和艺术探索往往体现在结构方面的差异。坦率地说,我在这方面的经验十分有限,自己有限的编剧实践也局限于最常见的传统结构方式,所以只能老生常谈一下最基本的结构问题。

和文学小说的叙事不同,影视剧的叙事必须诉诸于直观的视觉表现,这就决定了影视叙事的场景化结构。即影视剧是一个个场景的组合。

有一次审读影视剧本,读到过这样一段叙述:"他在深山里养伤,呆了整整一个月,经历了人生的种种磨难,林子里的飞鸟走兽几乎都被他吃光了。在这段日子里,他也好好反思了一下自己。他终于成熟了。"我开始以为是一段旁白,后来一看是剧情叙述。此类的表述在该剧本里还有多处表现。而且这个剧本是向宣传部申请精品资金资助的,应该不是初学者的手笔。这就促使我思考:我们申请精品资助的剧本在剧情叙述上还如此不规范,整个业界的水平又怎样呢？

于是我在这段叙述边标注：这叫导演怎么拍？演员怎么演？一个月的光阴怎么表现？种种磨难怎么表现？怎么表现林子里的飞鸟走兽都被吃光了？怎么表现他成熟了？要落实到具体的场景和动作。这样的叙述出现在小说里可以，但是出现在戏剧里就不行。

这就涉及到戏剧包括影视剧的场景叙述问题。场景是影视剧最基础的意义单位。就结构而言，就叫场景结构。不妨看以下一段场景叙述。

34、街道　日外
李海丰的汽车驶过，余则成开车跟了上去。

35、小洋楼（李海丰住处）　日外
李海丰的车开来，停在院子门口。
余则成的车在远处停着。
车内，余则成看到李海丰进了小洋楼。
余则成看表，然后在小本子上写着什么。
小本子上，整整齐齐都是怪异的符号和数字。

（电视剧《潜伏》）

不难发现，在这个剧本片段中，剧情是落实到非常确定的时空和人物活动中的。这就是场景叙述。没有确定的场景和人物活动，只是通过叙述人之口进行概述性的交代，这是小说的写法，不是剧本的写法。可以发现，和小说的语言表达不同，剧本的语言表述只有最基本的指称功能，叙述人也绝不掺和进来。而且，在完成的影片中，这段语言完全消失在场景中，没有任何语言的痕迹。如果就语言的功力而言，这个片段并不需要多高的语言造诣。文字即使再粗糙一点，也不会影响最终的拍摄效果。比如这个片段我们可以写成这样：

34、请导演在白天的时候选一个不起眼的街道拍那个扮演李海丰的演员开车走，那个扮演余则成的演员开车跟踪的镜头。这个镜头大约 20 秒长度。

35、还是白天的景象，请摄像先拍李海丰住的小洋楼的空镜。然后再要扮演李海丰的演员把车开来进入画面，把车停在院子门口就下车走进家。这时再要扮演余则成的演员也开车进入画面停下，不过余则成的车要停远一点，然后换机位拍车内余则成的动作——他看见李海丰进了家，于是在小本上记一些什么。

不言而喻，后一段剧本叙述要啰嗦得多，谈不上什么文学性。但是，拍出的电视剧效果却是一样的。这就说明，对于剧本写作而言，对语言的要求并不高。关键在于达意。

此外，我们还可以发现，影视的场景化叙事是片断化的。如上例，我们不要连贯地写余则成跟踪李海丰的全过程，只要抓住全过程中两个场景片段就足够了。小说叙事当然也可以不写全过程，但往往要进行语言的衔接和过渡，比如这样写：

白天的街道上，李海丰的汽车驶过，余则成开车跟了上去。大约半小时后，李海丰的车开到他住的小洋楼前，停在院子门口。余则成的车也在远处停下。余则成透过车窗看着李海丰进了院子，掏出本子记着什么。

不过小说还可以这样写：

李海丰没想到，他的行踪已被余则成盯上，而且作了详细的笔记，几天后，他将死在余则成的枪下。

不难想见，如果按上文我们设想的小说的第二种写法，意思是一样的，可是场景画面消失了，人物动作细节也消失了，纯粹是叙述人的介绍。这在小税叙述中十分正常，可是却很难诉诸于镜头来表现。编剧是不允许这么写的。如果你发现剧本这么写，就意味着编剧还没入门。

诸此种种都体现语言叙事和场景叙事的不同。语言叙事可以是非直观的非画面的，但是场景叙事必须是直观的、画面的。而且场景叙事也要求有概括性,这种概括性就体现在场景之间的组接。比如上述《潜伏》跟踪李海丰,不是写跟踪的全过程,而是选取跟踪全过程的两个场景片段加以概括。于是我们就不难发现,场景叙述是一种跳跃性的叙述。有些像中国农村河流中常见的跳桥,河流中竖起一些石墩,没有桥面,过河人就踩着石墩过河。这种跳跃性可以使我们的叙述省略不必要的交代又不破坏事件叙述的整体理解性。比如我们上一个场景写一个刺客在擦枪,下一个场景就可以直接跳到一个人躺在血泊中,两个场景就可以交代出一个人被刺客暗杀了的情况。尽管中间省略了刺客的暗杀过程(如果我们觉得没有必要叙述暗杀过程的话),并不影响我们对事件的理解,因为我们的思维逻辑推理可以帮助我们明白省略的部分。这样的叙述也简洁明快。这也就要求我们选择场景时要把握事件发展的关节点,既简洁明快又脉络清晰。如果找不到关节点的话,我们的叙述要么就拖沓累赘,要么就脉络不清。

就创作规范而言,剧本可以没有深刻的思想主题,也可以没有鲜明的人物形象,还可以没有曲折动人的情节,包括人物对话都可以平淡无趣,但一定要有可以诉诸直观场景的的叙事。编剧一定要交代出:什么时间,什么地点,什么原因,发生了一件什么事情,事情的当事者是谁,过程是怎样的。

我们说场景叙述要求直观化,并不意味场景叙述见山是山,见水是水,只能表现视觉化的物象。而是说,那些意蕴性的东西,必须通过直观的物象来表现。其实,场景叙述的表现力是很强的。许多场景都可以表现场景之外的东西。比如,我们经常看见影视剧表现男女偷情,直接呈现的只是床前有一男一女两双鞋,鞋的场景暗示出场景之外的偷情事件的发生。比如还有些影视剧写某人投水自杀了,并不出现自杀的场景,而是出现水边的一条手帕。再比如,英雄牺牲了,出现了蓝天白云、雄鹰盘旋、青松挺立的场景,英雄永垂不朽的意蕴就表现出来了,等等。

谈到这里也许有些跑题了,影视剧的叙事方式介绍了这么多。话题回到结构上,我们就会明白,影视剧的结构,就是将一个个场景组接起来,形成了影视剧的剧情整体。这是影视剧结构在形式方面的最大特点。

再从剧情的内容方面谈谈影视剧的结构特点。这就是人们常说的"起、承、转、合"的结构方式,也是最传统最常态的方式。这种方式按照剧情在时间过程中展开的形态,抓住剧情的四个环节,即发生、展开、高潮、结局来安排剧情,也就形成四段式的结构框架。这个框架总体而言是按照剧情的时间展开顺序排列的纵向结构。可能在具体叙述时,事件之间有横向关系,但总体上是一个纵向关系。

发生部分。发生部分主要展示故事的时代大背景,具体故事发生的小背景,以及时间、地点、环境等要素。剧中的主要人物出场,主要人物关系明确,主要矛盾凸现,主要事件启动。也可以说是整个剧情的情境交待,其效果是建立基本悬念。在篇幅上要求这个阶段比较明快,不要拖沓,使观众尽快入戏。悉德·菲尔德说过,电影要在 10 分钟内介绍三件事:谁是你的主要人物? 戏剧性的前提是什么? 主要人物要干嘛? 一个 120 分钟的电影,要求在 30 分钟以内完成开头部分。一个 30 集左右的电视连续剧要求在 3 集以内完成开头部分。由于电视剧的播出环境开放,对观众干扰较大,开头部分要特别讲究吸引观众。这对编剧是一个很大的考验。于是电视连续剧要求每一集都要有一个甚至更多相对独立的小事件支撑,以形成跌宕起伏的情节吸引观众,同时完成整个剧情的情境交待。

发展部分。这是剧情的主要部分,篇幅也最长,一个 120 分钟的电影,发展部分大约占 60 分钟。长篇电视剧大约可占百分之六十的篇幅。这个部分是剧情的全面展开:剧情各条枝蔓和矛盾纠葛充分显露,各种错综复杂的人物冲突,人物关系都全面呈现,是冲突各方反复较量的部分。就悬念而言,这个部分将把悬念推到非解决不可的地步。观众会问:基本的情况我们都明白了,但这局面到底如何收场? 这个时候,剧情就要推到下一部分,即高潮部分了。

高潮部分。这是的剧情最关键的部分,是剧情矛盾发展到了顶端的部分,是要解决观众最大悬念的部分。通俗地说,剧情中的冲突各方将进行大决战。因而就剧情的精彩程度看,也是最精彩的部分。120 分钟的电影一般要 30 分钟解决这个部分。长篇电视剧也要 3 集以上的篇幅来完成。高潮部分将解决全剧最后往往也是最大的矛盾。例如剧情是正邪矛盾冲突,高潮部分就是把邪恶方彻底灭亡。

结局部分。这部分是高潮完成后给观众的一种心理平复过程,主要功能是使观众紧张的心绪归于平静。也有些影视剧在高潮就结束,没有明显的结局。在结局部分可以交待一下高潮部分没有完全完的人物归宿之类的事情,也可以交待一下人物以后的生活等等。一般不再制造悬念。但也有例外,在结局又挑起悬念,使人回味无穷。

总体来说,冲突开始要早,开门见宝;冲突发展要绕,出人意料;冲突高潮要饱,扣人心弦;结束冲突要巧,别没完没了。这是结构的基本要求。

●台词

台词是编剧创作文本中直接裸露给观众观赏的部分。编剧的文学功力如何,通过台词直接暴露在观众面前。编剧其他方面的功力不济,都可以掩盖:你不会风景描写,摄像师可以替你弥补;你不会肖像描写,演员可以替你弥补。但是台词功力不济就无法弥补。而台词作为剧中人物的对话,又是影视剧的重要魅力所在。有些剧主要是靠台词来吸引观众的,例如电视剧《编辑部的故事》。从文学的角度言,人物语言也是最考文学家功力的一个方面。生活中人物的身份、个性、文化教养等等不同,语言表达风味也不同,一个文学家的语言可以很有自己的个性,却未必能写出多种人物的不同风味。做到写谁像谁是很不容易的。事实上,文学家和编剧能把一两个主要人物语言写到位就不错了。有些剧本台词很吸引人,其实也只是一种单一口吻,很难做到千人千面。例如《编辑部的故事》都是调侃语调,很风趣,严格地说,也是缺乏个性的。但不管怎么说,台词即使做不到多样个性化,能单一个性化也比无个性的台词好。

台词是剧中人说的话。第一个要求就是话如其人,至少剧中主要人物要有语言的个性。台词是展示和塑造人物性格的重要手段。以下是电视剧《亮剑》中李云龙的几段台词:

(李云龙向军需部门负责人要弹药时说):我要有老婆就拿老婆跟你换50箱手榴弹。你再多给我10箱,我顺手再给你弄个日本娘儿们来。

(被服厂的人说,没有上级的批条不能作主,让李云龙拿走军服。李云龙说)我让你做主了吗?200套军服统统给老子装上!

(李云龙对战士说):狼行千里吃肉,狗行千里吃屎!咱独立团啥时候吃肉,那就是遇到小鬼子的时候!

李云龙的这些台词把李云龙的直率、霸道还有点滑头的性格鲜明地展现出来了,可谓话如其人。再看电影《非诚勿扰》中的一段台词:

(秦奋和一个男相亲者见面)

秦奋:你这不是捣乱吗?我登的是征婚广告。

相亲者:你的广告没说男人免谈。

秦奋:那不是废话吗?我又不是同性恋。难道你是……

相亲者:我是。你怎么知道你不是?我以前也以为我不是,后来才知道是不敢面对。

秦奋:我还能找一男的?我又不是同性恋。

相亲者:你怎么知道你不是?我以前也以为我不是。你是不敢面对。是没有勇气。

秦奋:你先走了一步,我还没到那境界呢。我也检讨自己为什么这么庸俗。心里那么大的地儿,为什么就装不下个男的。腾出一女的吧,你猜怎么着,填进去的又是一女的。

这段台词的调侃味道很浓,要作为秦奋的有些贫嘴的性格语言也可以。问题是,《非诚勿扰》里的人物都一个德行,都是说话很贫的人。就台词的智慧看,是有吸引力的,可是说是性格化就有些勉强了。只能说通过台词表现出来的剧情的个性化。

台词还有一个功能就是对人物关系、行为动机、行为方式以及某些剧情进行交待,等于是叙事。这在电视剧里尤为突出。不妨看电视剧《解放》的一段台词:

（毛泽东坐在桌前审视一份电文）

粟裕的画外音:……陈唐兵团于十六日晚包围开封而攻占之。我们率一、四、六纵即于同晚转到曹县及以东南地区……向南歼击十八路军于运动中。

（毛看地图,周恩来、朱德走进）

周恩来高兴地说:主席,荣臻同志把敌人挖出来了。

朱德:向敌人通风报信的就是刘司务长。

毛泽东:小事一桩! 粟裕那边有新的情况么?

周恩来取出一份电报:有,他发来了电报,详细陈述了攻打开封的作战计划。

毛泽东:你对着作战地图讲一下吧。

（以下略去周恩来、毛泽东、朱德对着地图讲打开封的基本作战安排,近千字台词。）

在电视剧《解放》中,许多战役都是通过人物对话交待出来的。故有人调侃说:看《解放》明白一个道理,原来中央领导人在对话中解放了全中国。其实这和电视剧的投资有限,不敢真的表演拍摄战争场面有很大关系。也说明电视剧台词还担负着剧情交待的功能。悉德.费尔德在其《电影剧本写作基础》中总结道:"对话是人物的一种功能。它可以推动故事向前发展;向读者传达事实和信息;揭示人物,建立人物之间的关系;使人物显得真实、自然;揭示故事和人物的各种冲突;揭示人物的情绪状态;对动作进行评价。"

绝对地说,只要你愿意,剧情几乎可以完全用台词表现出来。就像说相声一样。特别是投资比较有限,观众比较大众化的电视剧。台词来表现剧情不仅省钱,而且更明白。试想,剧中人露出忧郁的表情,这是写忧郁,可是忧郁什么呢? 忧郁到什么程度呢? 演员的表演未必能说明,就算能说明,观众也未必能看明白。要是剧中人用台词说出来,就非常清楚了。事实上,电视剧用台词来展示剧情成为一种常态,上面举的《解放》,就是典型的例子。《解放》的人物语言,要是说性格化,那是讽刺;要是说在叙事,那是中肯。还有谍战剧《黎明之前》,也是大段地通过台词交待事情的来龙去脉,而在台词的讲述中迭出画面,非常类似纪录片的情景再现手段。所以有人说:"电视剧是对话的艺术"。

我说这些没有讥讽之意,只是想说,我们要好好利用台词的叙事功能,将一些不必要直观化表现,或者难以直观化表现但是又必须交代的场景,以台词的方式表现出来。比如,剧中人物有个骗子,我们又没有必要详细地展示此人是如何骗人的,就可以通过台词说一句:这家伙的话你也敢信呀,效果往往就出来了。

在所有的表意形态中,语言的表意就全面性而言,是首屈一指的。我们一定要好好利用。而我们现在对台词的功能的开发,还很不够,运用起来也很生硬。《解放》就是生硬地运用台词来叙事的案例。台词压倒了动作,这说明我们对如何运用台词叙事还处于盲目的阶段。

台词的本质就是发挥语言的表意功能。在这个意义上说,旁白或独白也是一种台词的变化形态,都是利用语言的特殊效果代替直观动作的表现或者弥补直观动作表现的不足。电视剧《潜伏》和《借枪》,大量使用了旁白,很经济地把许多直观化的场景,或者难以场景化的人物关系、人物心理活动表现出来了,加快了剧情的推进,节约了拍摄成本。比如,《潜伏》中,国民党军统站长怀疑余则成,决心启用在延安的卧底,对余则成进行调查。直观的表现可以写站长向卧底拍电报,然后切入延安卧底接电报的场面。但是运用这两个场景,动作感依然一般化。而且要说清楚这两个场景的含义还是要语言比如电文来交待,在剧中就干脆用了旁白。站长在家看文件,旁白起:

余则成在重庆的女人左蓝去了延安，这对吴敬忠来说又是一个危险的信号。军统天津站在延安是有线人的。这是他这个站长的荣耀，因为戴笠一直有个愿望，就是在延安安插进得力的人。但始终未遂。这件事他吴敬中竟做到了。为此还受过戴笠和郑介民的奖掖。他知道那个线人"佛龛"现在还在潜伏期，上峰有令不得起用，但他还是想先秘密启用"佛龛"，弄清那个左蓝在延安的情况。

这段旁白的使用一是清楚地表现了吴敬中对余则成采取了一个侦查行动；二是交待了吴敬中安插间谍得到戴笠嘉奖的事，也塑造了吴敬中。如果我们把这段旁白的含义动作化，动作感并不强也累赘，还不如语言说更经济、更明快。其实这段旁白转成对话也是可以的，只要处理成吴敬中和一位心腹说出来就可以了。问题是吴敬中在天津站谁都不信任，缺乏对话的条件，于是旁白就出现了。这就说明，语言是有特殊效果的。

由于传统观念，我们一直强调影视剧表现的视觉性，强调看，忽略听。唯恐语言的介入污染了影视艺术的纯粹性，这叫削足适履。影视艺术其实是综合艺术，不是视觉艺术。真正的视觉艺术是美术。拒绝语言的加入是愚蠢的。问题是，如何使语言不要压抑其他艺术手段的表现。语言在影视创作中应该有所为有所不为，这才是我们要认真研究的问题。我们目前的研究是很不够的。

附录一 影视评论

像生活那样表现生活
——电影《祝福》文本分析

电影《祝福》是夏衍根据鲁迅同名小说改编的电影作品。它在创作上提供给我们提供的启迪就是按照生活模样去展现生活。在当下的影视创作中,这种创作模式显然遭遇了冷遇,被看成是一种落伍的创作模式。在当下,人们普遍追求故事性强,动作感强,悬念性强,剧情冲突激烈,故事叙述节奏快,感官刺激强烈,人物关系纠结的影视作品。总之,越不像现实日常生活的影视作品,越受到人们的亲睐。这种时代的变迁,隐含着一个猜想,当下的人们再也无法从日常的生活形态中去吸取诗情,就感受力而言,也无法从逼真的生活形态中去感受到生存的意义,因而需要与日常生活形态大相径庭的强刺激对象才能激发感知。正是基于这样一种理解,我们有必要再审视一下《祝福》的创作。

与小说《祝福》的倒叙方式不同,电影《祝福》采取的顺叙的方式。这正是真实生活在时间中展开的状态。其叙述顺序如下:祥林嫂丧夫守寡半年开始叙述——祥林嫂得知了婆婆想卖她的消息逃亡——祥林嫂逃到鲁镇到鲁四老爷当佣人,在鲁家勤奋劳作——魏二发现了祥林嫂在鲁四爷家,于是和祥林嫂婆婆抢走祥林嫂——祥林嫂被迫和贺老六成亲,抗婚中被贺老六感动——祥林嫂和贺老六过着清贫而恩爱的生活,但又遭遇了贺老六被债主逼死,儿子阿毛被狼吃的不幸——失去丈夫和儿子的祥林嫂再去鲁四爷家当佣人,被视为不祥的女人,祥林嫂不堪精神摧残,悲惨死去。可见,这个叙述是严格按照人物的生活轨迹展开的,祥林嫂经历了什么,创作者就按来龙去脉一一道来,非常平实、自然,生活的实感很强。

祥林嫂的人生经历中有起伏,有转折,有冲突。但是这些起伏、转折和冲突感官表象上是比较舒缓的、慢节奏的,并不是剑拔弩张、惊心动魄、死去活来的极端化的充满紧张与悬念的人生处境。危机的发生也是在不经意之间的,如毛儿的死。这一切正是普通百姓的普遍生存状态。老百姓的苦难和挣扎是在平淡中润物细无声地展开的,所谓命运的起伏、转折和冲突是十分内在化的。这就是生活的真实。《祝福》很好地把握了这种生活的真实,也许不够紧张,不够刺激,不够悬念,但这恰好是生活的真实。而当下影视剧的人物命运充满着杀机,充满着悬念,充满着冲突,充满着事件,恰恰是不真实的。

《祝福》中找不到明显的矛盾冲突双方,也看不到矛盾冲突双方的斗争或较量。祥林嫂的敌人是谁?是谁置祥林嫂于死地?祥林嫂又对她的敌人做了哪些抗争?这些问题都很难脱口而出地回答,而这正是《祝福》的深刻之处。但我们知道是社会毁灭了祥林嫂,这是《祝福》的真实之处。在真实的社会生活中,大多数人的不幸往往不是因为有一个处心积虑要灭掉你的对手存在,而是这个社会的游戏规则不能见容于你。当一个人感到自己不幸和委屈时往往找不到一个可以声讨和斗争的对象,于是只能归之于宿命。这正是《祝福》给我们展现出来的普遍生活情态。当下影视创作中,矛盾冲突中缺乏明显的对立双方,尤其是对立双方缺乏你死我活的斗争行为是创作大忌。因为无法制造阴谋,无法制造悬念,无法产生感官刺激的动作。一句话,无法满足观众坐山观虎斗的心理期待。

比喻性地说,当下作者和观众已经不能从喝水中获得滋养,而只能诉求烈酒的刺激,其实水是比烈酒更有滋养的东西。遗憾的是,我们的创作理念和观赏理念不知不觉离现实生活越来越远,越来越追求从远离生活真实的创作文本中去获得观赏的满足。其中一个原因就是,我们已经不再对生活本身感兴趣了。我们只是对生活的感官刺激感兴趣。我们已不再追求影视作品给我们带来生活的感悟,而追求影视作品给我们带来感官的娱乐。

像生活那样表现生活不是说自然主义地表现生活。它要求作者在朴实平淡的生活中捕捉到内在的冲突和意义。《祝福》就是这样,创作者在祥林嫂的日常生活中捕捉到封建礼教对妇女精神摧残的主题,塑造了祥林嫂这个艺术典型。这要求作者具有相当的思想功力。

气度猥琐的《金陵十三钗》

张艺谋新制的大片《金陵十三钗》，可谓张氏电影作品中最具国际抱负的一部。酝酿周期、投资规模、演员阵容、艺术构想、炒作声势、营销模式等等都是冲着拿奥斯卡奖而去。就虚名角度而言，称之为张艺谋的冲顶之作似乎并不为过。遗憾的是无论是拿大奖还是市场口碑，都令张艺谋导演尴尬。我们固然不能以拿奖论英雄，但是，在我看来，《金陵十三钗》的遭遇并不遗憾，也不令人惊讶。

业内普遍认为，张艺谋长于视觉表达，短于故事把握。在我看来，不如说张艺谋的文学气度还有短板——至少较之他视觉方面的才情而言。张艺谋作品中不是没有文学支撑比较扎实的作品，例如《红高粱》《秋菊打官司》。但人们对这些作品往往归结为原创的小说。其实《金陵十三钗》也是根据严歌苓的小说改编。在当代中国作家中，严歌苓亦属名流，但是有评论家认为，严歌苓的创作还缺乏气象。不知张艺谋是否听闻过这类评价，或者即使听闻是否听懂了。我无意在褒贬谁，只是想说，要建立作品的国际地位，缺乏气象是很难如愿的。而我认为，张艺谋电影《金陵十三钗》的缺憾，恰恰在此。

说及气象，很容易联想视觉气势的壮阔场面。而营造这种富有视觉气势的壮阔场面确乎是张艺谋的强项。不过气象的本质是一种内在的人文襟怀，对世道人心的一种观照气度。《金陵十三钗》恰恰在这种观照中显示出气度的猥琐。

概括言之，《金陵十三钗》旨在表现卑贱者的崇高。本来这个命题可以与南京大屠杀无关，与民族气节无关。可是剧本大概是要加强卑贱者的感召力，把故事背景置于南京大屠杀的历史情境之中，于是卑贱者的人格光辉又与中华民族的国仇挂钩。也许这就是张艺谋理解的大气，也许这样更便于张艺谋施展宏大场景的技艺炫耀，也许还有人会赞叹这是一个以小见大展现南京大屠杀的独特创意。不管怎么样,这群秦淮河畔的烟花女就成为中华民族的代表,以肉体为子弹向侵略者展开进攻,显现中华民族的尊严。于是,让小日本鬼子糟蹋,也就成了惊天动地的义举。我们可以想象张艺谋的心理:数十万国军土崩瓦解作鸟兽散,数十万南京市民任人宰割,血流成河,此时此刻,却有十三个中国妓女挺身而出,走向日本军人的胯下,可能在交欢之际采取一些掏阴之类的自杀式袭击,或者像当下中国的地沟油制造商那样做一些没有职业操守之举,让日本皇军染上梅毒之类的性病。这该是多么令人震撼啊!这简直就是一个人卑未敢忘忧国的典范!就艺术构思而言,南京大屠杀的大背景就成为反衬小小妓女人格光辉的一种策略。张艺谋实际是在讲述一个蚂蚁战胜大象的传奇故事,从而炫耀自己眼光的独到。可是恰恰是这种炫耀中,我们看到张艺谋在骨子里对妓女的鄙视。这就是猥琐。

我们要问,妓女抗日,为什么要通过睡觉的方式?这不是在骨子里认为,"婊子"爱国,还能有什么招?除了在床上做点文章,还能怎么样?表面上在歌颂妓女,实际上还是歧视妓女。这就是虚伪。

也许张艺谋会辩解,我压根就没想把妓女写成文天祥。这群妓女去上日本人的床,也不是为了抗日,她们只不过是想救一群纯洁的女学生而已。为了这些女学生不被日本人糟蹋,所以就越俎代疱。这是一种人性之美,是一种伟大的牺牲精神。我们来分析一下这种牺牲精神。首先,这种牺牲精神,不能从妓女的角度来理解。在妓女看来,她们就是做皮肉生意的,没有多大的牺牲可言,顶多是有些不情愿而已。如果张艺谋也这么看,他拍这部电影就毫无意义,简直和三级片差不多。张艺谋显然是不同意的。张艺谋要强调的是妓女对日本人的仇恨,强调的是妓女对女学生的爱心,以及妓女们去和日本人睡觉的时候可能会同归于尽。这才是激动张艺谋的东西。

于是我们就要追问:凭什么妓女要去牺牲?日本人根本不知道妓女的存在,是女学生暴露了自己,被日本人看上了,要侮辱中国的女学生。女学生不愿意,可以反抗,或者逃亡,为什么要让妓女去堵枪眼?妓女的挺身而出,并没有丝毫改善结局。还是中国女人被糟踹或者与日本人同归于尽,意味深长之处就在这里。张艺谋不这么看。张艺谋也许认为,这是拿中国最贱的女人去保卫中国最纯洁的女性——这是不幸中的万幸。还可以升华妓女的境界,使她们由贱女人变得高贵起来。张艺谋承诺给这些妓女竖碑立传,然后就要这些妓女代替女学生去被日本人糟蹋。也许张艺谋还偷着乐,小日本,你以为玷污了中国的女学生吗,你们玩弄的都是些残花败柳!我们在拿地沟油忽悠你们!我们胜利了!

也许我的揣测有点刻薄,但我的态度是严肃的。如果我们承认妓女是和女学生一样人格平等的女人,如果我们认为这些妓女是人格高贵的女人,就没有理由进行这样的艺术构思。也许妓女可以这样想,我们的身子不值钱,不如我们去顶替女学生。但是张艺谋不应该这样想,女学生也不应该这样想。如果我是张艺谋,我就会这样处理:女学生们站出来对妓女们说:“姐姐们,祸是我们惹出来的,凭什么要你们承受苦难?你们和我们是一样的人,你们受难并不能使结局有所改善。我们谢谢你们,但还是要自己承担一切。”最后的结局是女学生们走出了教堂。遗憾的是张艺谋没这么处理,所以我们就不能不做出以上那些揣测。还是猜测一下,张艺谋写妓女的献祭,很可能是这样想的,真没想到,这些“婊子”居然还这么义气。虽然是敬佩,却在敬佩中隐含着歧视。在潜意识里,张艺谋还是把妓女看成贱货。反之,他认为有处女膜的女学生是更宝贵的,于是张艺谋就容忍女学生接受妓女的牺牲,承诺歌颂妓女一把,让妓女去保卫女学生的处女膜,并且认为这是一次抗日的特殊胜利。

这就是气度中的猥琐。《金陵十三钗》没能拿奖,是不是这个原因,不得而知。这让我不禁想到莫泊桑的《羊脂球》,似乎是同样的框架。但是仔细分析就不难发现,《羊脂球》宣扬的恰恰不是妓女如何舍身保卫了高贵的法国军官,从而获得了卑贱的胜利,而是批判作为被保卫者的虚伪与猥琐。要是在《金陵十三钗》的版本中对号入座,就是那些被保护的女学生。但是张艺谋是舍不得女学生被灵魂拷问的。这就是张艺谋气度中的缺憾。

《赛德克·巴莱》的大陆命运

台湾导演魏德圣执导的《赛德克·巴莱》号称史诗大片。进入大陆肯定要经过权力部门的意识形态拷问，其中波折不得而知。但该片的原住民情结相当明显，对外侵者的敌意亦相当强烈，如果遇到热衷追究微言大义的审查者是会有麻烦的。结果是获准在大陆放映，我觉得这是一种文化开明的表现。

然而《赛德克·巴莱》却在大陆民间遭遇到了滑铁卢般的尴尬。我指的当然是票房。首播一周内全国院线的票房不过 500 万，于是大量影院纷纷下画。后来大陆媒体几乎全体出动，展开了悲情总动员，力图拯救门庭冷落的票房局面，似乎也无力回天。据报道，《赛德克·巴莱》此次大陆之行只能以 1000 万票房收官。史诗大片又如何？改革开放富起来的大陆居民就是不买帐，魏德圣企盼自己巨额投资在大陆市场回收的美梦泡汤，只能宣告自己又将回到《海角七号》之前的窘迫境地。不过我们倒不必担心魏德圣导演会潦倒到乞丐的地步，果真如此，富有爱心的大陆居民可能会像援助汶川灾民那般慷慨解囊。当下的大陆同胞最不缺的也许就是钱了，或者说最能够拿出来炫耀的就是钱了。我们可以不掏钱买票看《赛德克·巴莱》，却可能掏钱去捐助因拍《赛德克·巴莱》而陷入贫困的导演，因为施舍可以让我们收获一种存在的优越感。这是当下大陆慈善业繁荣背后隐含的独特国民心态意涵。

不必设想魏德圣将来的生计如何以及如何拯救魏德圣，还是来回味一下《赛德克·.巴莱》的大陆命运。不难发现，在冷漠得近乎冷酷的大陆民间姿态面前，出现了媒体人的不平之声。他们以少见的齐心协力为《赛德克·巴莱》奋力鼓呼，并以专业口吻盛赞该片的美学品质。褒扬之声的背后则暗讽大陆观众品味低下，有学者撰文说看见观众对同一档期的《黄金大劫案》颇为青睐却冷落《赛德克·巴莱》，深感中国社会之"低智"。《羊城晚报》娱乐记者在大篇幅地报道《赛德克·巴莱》的大陆遭遇之后，充满悲情地写道："有人说，希望魏德圣和他的电影能给内地导演好好上一课，可我觉得没这个必要，因为根本不知道到底有没有人在听。在这里，拍电影是为了追求高票房的人，已经很高尚了，至少他们还想拍一部好电影来挣钱。而那些打着电影旗号来骗钱的、圈地的，捧小情人的投资人和导演，你要怎样向他们去解释'梦想'和'纯粹'呢？"读这些文字可以深切地感到，在当下大陆，仍然有人向往"梦想"和"纯粹"，仍然有人坚守崇高和神圣。他们是屈原的传人，对于"黄钟毁弃，瓦釜雷鸣"的世象感慨万千，于是在这些屈原传人看来，《赛德克·巴莱》的大陆不幸与其说是魏德圣的不幸，还不如说是大陆人民的不幸。我们看到了一个民族的文化悲哀。

可是，在网络隆重推出"凤姐"之后，我们的价值战国时代已经到来，美丑已经没有高下之分，仅仅是一种价值选择的差异而已。比如凤姐可以理直气壮地说："西施又如何，她长得有我丑么？"比如侏儒可以理直气壮地说："姚明又如何，他能和我比矮么？"所以，不看《赛德克·巴莱》的观众也可以理直气壮地说："不看又如何，不也是一种价值选择么？"他们还可以反唇相讥："《赛德克·巴莱》的主题不正是宣扬野蛮的尊严，或者说宣扬对立价值间的和解么？"既如此，不看《赛德克·巴莱》正是一种顺理成章的价值选择。要是再尖刻一点他们甚至可以质问："我的钱难道不是我自己的吗，我不买票看《赛德克·巴莱》而愿意花钱去洗脚屋洗脚关你何事？你有什么资格对我的消费取向指手画脚？"我不知道，面对如此反驳，那些力挺《赛德克·巴莱》的人士该怎样回答，但是我知道，在一个神圣被解构，价值被拉平的时代，我们在辩论品味的高下优劣，实在是莫大的反讽。

其实有多大个事？不就是冷落了一部华语大片么？就算"史诗巨作"又如何？历史证明，秦始皇焚书坑儒并没有把文化毁灭，西方人没读过《红楼梦》，依然创造了辉煌的工业文明，中国人也没几人读过荷马史诗，依然昂首阔步走进了新时代。不看《赛德克·巴莱》，青山依在，绿水照流，凭什么我们应该有"梦想"？凭什么我们应该"纯粹"？推动历史前进的不竭动力是人类的物欲天性，文化是结果而不是原因。我们只要知道富贵是硬道理，就注定会把历史推向进步，所以完全没有必要因为一部华语大片遭遇冷落而忧心如焚。

看来该反思的似乎是魏德圣和力挺魏德圣的文化人，为什么自己的梦想不能转化为大陆民间的共鸣？也许可以解释为曲高和寡，以至于解嘲为对牛谈琴。然而70年前，毛泽东就对"对牛谈琴说"作了反向解读。认为该打屁股的是对牛谈琴的琴师，而不是不解琴音的牛。细细体味，的确会有一些意外的启迪。我指的是这样一个话题，电影艺术创作者的个性追求是否适合在商业化的语境中呈现以及怎样获商业意志的接纳？

我坚持认为，真正的艺术创作，追求的是对生命的独到发现，追求的是想象力的卓越突破，追求的是人类超越自己向自由王国奋进的高度，追求的是一种独一无二的美学形态的诞生。艺术史也证明，绝大多数的艺术杰作，不是产生于商业的冲动，也不是为了简单地满足观赏者的所谓需求，而是源自创作者心灵震撼后不可遏止的表达冲动。即如马克思说，艺术创作对于艺术家而言是"春蚕吐丝一样的……天性的能动表现。"（见《剩余价值理论》432页。人民出版社1975年版）。马克思还说："作家当然必须挣钱才能那个生活，但是他决不能为了挣钱而生活，写作。……诗一旦成为诗人的手段，诗人也就不成其为诗人了。"（见帕拉威尔《马克思与世界文学》62页，三联书店1980年版）。因此，赢利和观众认同只是一种艺术在展现自身后产生的结果，而不是艺术产生的原因。真正的艺术是人类精神到底能飞翔多高的一种想象性的确证。所以任何限制艺术想象力的意志都是违背艺术精神的。也正是基于这种逻辑推理，我们可以说受到商业原则调控的影视剧创作不是纯正的艺术创作。就魏德圣而言，他十二年呕心沥血，最后毅然举债投拍《赛德克·巴莱》，当然是纯正的艺术情结趋使，我们毫不怀疑，他是想做一部纯正的艺术品。可是问题也恰恰出在这里——他想躺在商业的床上圆自己的艺术之梦,换言之,他上错了床。

本来是有人给魏德圣投资的。但需基于商业的考虑设计剧情和演员以保证投资回收——魏德圣拒绝了。他要坚守自己的艺术追求,而其追求既没迎合投资者的意志也没迎合至少是大陆民间观众的需求。富有意味的是,他指望市场来为他个性化的艺术追求买单。结果就出现了我们所看到的令人尴尬的大陆局面。当然,并非个性化的艺术追求必然和商业以及观众的需求对立。艺术史也证明,艺术与商业双赢的案例并不鲜见。问题是魏德圣的艺术追求和当下大陆中国的民间世态人心出现了严重的隔膜,用经济学家的话说,就是供给与需求之间发生了严重断裂。

就取材而言,《赛德克·巴莱》讲述的是台湾原住族群的衰亡史。这支不幸的族群不仅在当下社会被边缘化,而且与汉民族的文化渊源非常脆弱。不难想见,该族群的前世今生即使在台湾也被严重忽略,更不用说大陆民间的心理文化认同了。这也就意味,魏德圣在讲述一个只有自己兴味盎然而对大陆民间既陌生又缺乏兴趣的故事。况且,我们是谁,我们从哪里来,要到哪里去这类话题,对当下大陆民间来说,就如同是鸡生蛋还是蛋生鸡的求索一般,是一个极其无聊的问题。想想看,你还要大陆民间为你买单,岂不有点可笑?

再说《赛德克·巴莱》的主题指向——信仰的追问。这同样是当下大陆民间非常失语的问题。其一,站在大陆主流意识形态立场上看,当下大陆居民已经解决了信仰的追问,剩下的仅仅是如何践行的问题,再讨论信仰的确立那就叫无谓的折腾。其次,站在当下大陆民间的立场上看,人们也普遍认为已经解决了信仰的求索问题。简言之,对于民族而言,发展是硬道理,对于公民个体而言,富贵是硬道理。这就是当下大陆人的主流信仰选择。大家都不愿意也似乎不可能再超越这种信仰了。再往前走,就是康德和罗尔斯他们了,而大陆民众既不是康德也不是罗尔斯。于是,受嘲讽的就只能是魏德圣导演。魏德圣会突然发现,讲述一个为彩虹而战甚至赴死的故事是多么的不知趣。因为在大陆民间看来,彩虹如果不能使我们丰衣足食吃香喝辣那么它就是毫无意义的。

也不能说魏德圣完全不食人间烟火。例如,他在信仰的求索中阐释了价值体系之间的谅解观点,并且动用了"雾社事件"的具体案例,以台湾原住民和日本殖民者之间的大仇杀作为基本剧情。也正因如此,《赛德克·巴莱》被有些人解读为抗日历史剧或者说讲述"真正男人"的血性性格剧等等。遗憾的是,这种是非暧昧的历史理性依然不能取得大陆观众共鸣。大陆观众对于世间纷争习惯于是非分明的认知,无论是抗日还是血性都必须理解为正义在场,我们是为正义而战。大陆民众不想做普度众生的上帝,而愿意做一个坚定的民族主义者。所以看戏也一定要分清好人和坏人,否则就无法入戏。《赛德克·巴莱》恰恰模糊了好人与坏人的界限,结果就遭遇了大陆观众的拒绝。

其实无论是剧情的紧凑,冲突的激烈,场面的宏大,画面的冲击力和精美度,《赛德克·巴莱》都堪称上品,在形式上足以满足观众的感官刺激需求。可见还是内容为王。也就是说,一部影视作品,如果不能在精神内蕴上与观众共鸣,就很可能遭遇《赛德克·巴莱》的大陆命运。于是,我们又回到了一个最简单的结论:在商业影视的王国里,观众就是上帝,无论这个上帝是高雅还是平庸。

收视率说明什么

　　当下中国的影视剧业界,收视率是一个导控性的指标。收视率,还有票房、点击率(量)都是一回事,反映出观众对影视作品的市场接受状况。我们不谈商业阴谋对收视率的操纵。那是小人的作为。我们要谈,即使这一切都是真的,又说明了什么?

　　孤立而直观地看,收视率反映出影视作品受市场关注的程度。收视率越高,说明观众市场的关注度越高。关注度越高,关注人气越旺。于是商业的广告就依附而来,以高关注度的影视剧为载体,随其播出时段投放广告,将会受到理想的广告接受效应。因而高收视就意味着广告高投放。最终的结果就是赢利。这就是高收视率的商业秘密。也是影视制作企业及电视机构都向往高收视的影视作品的经济原因。对于商家而言,这是最主要的追求。至于在艺术上博得好口碑倒在其次。电影则是以票房为标志,直接就是金钱的收入。道理是一样的。

　　收视率为什么会高? 直观的结论是由于影视作品艺术质量高,所以吸引人。因此收视率也成为影视作品艺术价值评判的一个指标。这是比较偏颇的一种认识。其实,收视率包括票房高,只能说是影视作品在其特定的播出或放映条件下较为吸引观众。除了这个结论,其他的结论都是要慎重的。换言之,将收视率高视为影视作品艺术质量高的标志是非常草率的,充其量只能说,高收视的影视剧可能是因为其高质量的艺术魅力。

　　首先,我们要认识到,被观众所追捧的影视剧,可能是高质量,也可能是低质量。不信你播放低俗的三级片,很可能也是高收视。可是你能说是高质量么? 观众的口味是有高下之分的,不可讳言的是,低级趣味的作品其目标观众群的数量远比高级趣味的观众要多。调查显示,影视剧观众中的低端观众是大多数,在中国当下的语境下，我们的观众艺术趣味不高的，心情是浮躁的，由于生存的压力，对于影视剧的诉求，带有很大的减压期待，并不特别在意艺术方面的质量。不难想象，在大多数情况下，收视率高很可能表明影视剧的艺术质量比较低。事实上也是如此，一段时间狗血连连、粗制滥造的所谓抗日剧大行其道，为什么？就是因为有收视率。观众即使大骂狗血也依然收看。当然，也有相反的情况，观众确实是为高质量的影视剧所吸引，从而出现了高收视。总之，我们在考虑收视率的时候，必须要同时评估观众的素质。不能简单化地假定观众一定是因为影视剧质量高才去追捧影视剧。收视率惊喜不等于艺术惊喜。

其次，观众的收视是有心理期待变化的。不同的时候，不同的条件下，观众会有不同的收视期待。就像饥饿的时候想吃饭，粗茶淡饭也很香。不饥饿的时候有饭也不想吃，山珍海味也不入口。所以，收视率的高低很多时候，只是表明观众的心理取向变化，与作品本身的质量没有非常密切的关系。2012 年年末的贺岁片档期中出现了冯小刚的电影《一九四二》、陆川的电影《鸿门宴》，还有徐峥的喜剧电影《泰囧》三部国产片子。结果《泰囧》以十三亿多的票房独占鳌头，创国产片票房的奇迹。就艺术水平而言，连徐峥自己也承认，就是一个比较规范的类型片而已。一些人却以票房论高下，认为《泰囧》是国产片的艺术超越。其实《泰囧》的票房高不过像过年的时候炮竹热卖一样，谁要是因为过年炮竹热卖而把炮竹业当作新的经济增长点或者支柱产业就是愚蠢。《泰囧》的成功启示我们，影视剧创作要考虑到观众的心理期待变化规律。以取得赢利效果。也启示我们，影视剧创作不是一个纯粹的艺术创作。

其三，高收视率和高票房还与那时那刻的市场竞争态势有关。在特定的时候，市场上并没有强大的竞争对手，质量平平的作品也可以由高收视率或高票房。就像人们要吃饭的时候，没有美食可吃，粗茶淡饭也狼吞虎咽，甚至树皮草根也不嫌弃。记得文革十年后，解禁了一些老电影，其中有一部片子《刘三姐》，简直是万人空巷地去观看。远远超过了《刘三姐》当年首映时的热烈。就是这个道理。《泰囧》的走红，也是类似的光景。过年了，观众都想轻松一下，所以沉重的《一九四二》就遭冷遇，轻松的《泰囧》就被追捧。时下的中国人对沉重已经厌倦，就更加导致《泰囧》的走红。有人以《泰囧》的成功而挑剔《一九四二》是艺术上的失败，这显然是不客观的。挑剔者有一个可说是荒唐的假定，中国的观众都是高素质的观众，中国的观众只会因为作品的艺术质量高而去观看影视作品。这种假定当然讨好了观众，甚至可以说讨好了"人民"。但是却违背了事实。不难想见，在某一时段收视平平的影视作品，换了一种播放条件，可能就收视率飙升。这显然与艺术质量无关。

影响收视率及票房的因素很多，艺术质量充其量只是因素之一。因此不要简单地以收视率或票房考量影视剧作品的艺术质量。相反，有责任感的业界人士应该精心研究如何将艺术质量的考量更科学地与收视率的规律结合起来，使艺术质量更好地促进收视率或票房的提升。这才是正道。遗憾的是，这方面的工作却实在乏善可陈。

我接触过一些从事购片营销的从业者。不少在业内还有看片高手的口碑。谈及诀窍，基本上还是以收视率为考量指标。即根据以往的播出统计，以收视率为标准，总结出收视率高的影视剧类型以及所谓导致收视率高的各种元素，然后据此推测所购之片的估计收视率，从而决定取舍或购片价码。这种以经验为前提的判别方法，可能也有某些效果，但认真分析是没有出息的表现。

首先，这些业界人士普遍对观众的基本素质包括素质的提升并不看好，认为观众是吃粗粮的，是吃快餐的，是只要乐呵乐呵就行的。因而，并没有打算用高质量的影视剧去满足观众的诉求。我甚至听到这样的话"观众就是猪，给他塞点吃的就行，还讲究什么营养？因此，观众想吃什么就给他吃什么。哪怕是给他吃激素，养肥了就杀——捞钱。我们编剧只要上面应付审查，下面满足观众的口味就足够了。"一句话，收视率是硬道理。于是，我们的影视剧收视率的上升，是以观众的取向为引导的。按照这样的购片标准，影视剧的艺术质量是没有地位的。所谓购片者的火眼金睛，也是缺乏艺术判断力的。

其次,我们看片的标准是根据以往高收视率的影视剧为案例总结出来的。而在总结中,我们的关注点又集中在影视剧本身的一些所谓元素。而忽略当时某影视剧出现高收视率的社会原因,观众心理原因。很可能把一些平庸之作当作收视经典。我们忽略了,某些作品曾经走红的原因其实不是作品的魅力。或者,即使作品有魅力也是在特定的收视条件下。比如《编辑部的故事》当年走红,就拍续集《新编辑部的故事》。这在思维方式上就叫刻舟求剑。我们要懂得,建立在以往经验上的总结,不能简单化。要上升到普遍规律的层面才是可靠的。不客气地说,当下中国业界中的一些所谓高人,理论素质是不够的。有小精明,没有大智慧。只知其一,不知其二。见风使舵可以,高瞻远瞩就不行。比如业界出现的谍战剧热,婆妈剧热的现象,实际就是跟风的思维。这也反映业界的水平。我们缺乏在任何条件下都能辨别哪些作品是有真正生命力的能力。我们对艺术对人心的真正吸引力之所在还缺乏了解。

总而言之,我们对收视率奥秘的了解十分肤浅,更谈不上驾驭,尤其是以艺术质量的提升来驾驭收视率。我们更谈不上。

国家话语的影视剧表达

一、从主旋律到重大革命历史影视剧

1980 年 7 月 26 日,《人民日报》发表社论《文艺为人民服务,为社会主义服务》,标志"文艺为无产阶级政治服务"口号的历史终结。雀跃的文艺界奔走相告,却很少意识到在这个后来被称之"二为"方向的新口号中,阶级斗争和世界革命悄然消弭,新的国家理想是由执政党领导下走民族国家的现代化之路以及融入普世价值的全球化进程。文艺界沉浸在摆脱枷锁的生理轻快之中,痴迷于艺术本体论的文艺家们则憧憬着与意识形态的历史性诀别而飘然跨入纯艺术时代。随之便翘首西眺,在光怪陆离的西学译述中搜寻文艺的归家法门,掀起了所谓方法热大潮。之所以称为"方法",或者是因为天真或者是因为策略,但总归是希望文艺与意识形态之间保持着某种独立姿态,其概念性的表述则是"新的美学原则在崛起"。但这种叛离的心绪很快便被觉察,先是社科界的人道主义和异化问题的大讨论波及文艺界,后有文学主体性的大讨论。1987 年,更为严肃的反资产阶级自由化的国家话语出场,人们才感到问题的严重性。今日回首,我们会更多一分冷静和客观,但业已形成定论的是:文艺不可能脱离意识形态而存在,这样的历史从未发生过;因此,文艺的骄傲不是脱离意识形态而是选择更具有人民性的意识形态;并且,既然文艺与意识形态有着必然的联系,意识形态要求文艺的合作也是必然。

也就是 1987 年,国家话语提出了"突出主旋律,坚持多样化"的主张,其后,又调整为"弘扬主旋律,提倡多样化"的规范表述。江泽民说:"弘扬主旋律,就是要在建设中国特色社会主义的理论和党的基本路线指导下,大力倡导一切有利于发扬爱国主义。集体主义,社会主义的思想和感情,大力倡导一切有利于民族团结。社会进步，人民幸福的思想和感情，大力倡导一切用诚实劳动争取美好生活的思想和感情"。另一方面，"社会生活是丰富多彩的，人民群众的精神文化需求也是多方面，多层次的，只要是使人民得到教育启发，得到娱乐和美的享受的精神产品，都应该受到欢迎和鼓励。"江泽民还指出："弘扬主旋律，提倡多样化是坚持'二为'方向和'双百'方针的具体体现。"这些阐释表明，国家话语力图在文艺为人民服务和为社会主义服务之间，在世俗精神文化需要和国家精神文化需要之间保持张力。这意味国家话语更加理性宽容或说更具人民性，亦昭示国家话语对意识形态与时俱进的建构与坚守姿态。

富有意味的是，主旋律出场借助的正是影视界平台。1987 年，中国电影局首先以官方口吻发布了这一政策导向，同时便建立了重大革命历史题材影视创作领导小组，与此相呼应的则是号称"巨片制作"的电影《大决战》系列上马。国家一方面对重大革命历史题材的影视创作严把立项关，一方面则对立项的创作给以资金投入、税收减免、政府采购、组织观看等各种支持。一时间，在文艺所有创作门类中，影视创作成为最受官方重视的宠儿，尤其是重大革命历史题材影视创作，成为主旋律中的主旋律。于是不难发现，主旋律创作实际形成了两个层面，即一般意义上的主旋律和作为重大革命历史题材影视为主体的主旋律。我们知道，更为正式的主旋律官方发布是 1991 年，文件形态则是中宣部、文化部、广电部联合颁发的《关于当前繁荣文艺创作的意见》。也就是在该年，中宣部启动"五个一工程"对主旋律文艺创作进行表彰，创作门类包括电影、电视剧、戏剧、文学、音乐，题材范围也不局限于重大革命历史题材，可以说，五个一工程评选尺度更符合一般主旋律内涵，而重大革命历史题材影视创作则有着更严格的要求，因而审查力度和支持力度都明显超出一般主旋律。

因此有必要进行某种辨析。不妨这样说，一般意义上的主旋律更多体现了国家话语的文化价值诉求或者说是与先进文化的建设相关的内容。关于先进文化，江泽民在十六大报告中表述为"面向现代化，面向世界，面向未来的，民族的科学的大众的社会主义文化",显然,这种文化形态更多理想性、宏观性、宽泛性和普及性,可说更具文化浪漫主义色彩。而作为重大革命历史影视创作意义上的主旋律则更多体现了国家话语的政治价值诉求。比较之下,这种主旋律创作除了具有一般主旋律的特征还具有政治现实主义色彩,也就是说,还要考虑现实政治运作中的利弊得失,因而具有政治上的严谨性、功利性和策略性。比如,对重要历史人物和事件要求按照政治的需要统一口径,对敏感的历史人物和事件采取暂时规避态度等等。于是,我们便看到,一般主旋律与重大革命历史影视创作意义上的主旋律所构成的文化价值诉求与政治价值诉求间的微妙差异,也看到二者之间的同谋与分工关系。不言而喻,在国家价值体系中,政治价值诉求处于更刚性地位。

为什么是影视剧而不是文学更受到国家意志关注?也许我们立即会联想影视剧作为视觉文化的典型形态而且与当下时髦的视觉文化研究相呼应,并宣称读图时代到来,文学的终结以及后现代主义的世道人心之类的说辞,但笔者相信,国家意志的决策过程并没有那么多学究气。作为思想传承,大概会想到革命导师列宁所说,"一切艺术部门中最重要的就是电影",此外就是人所共知的常识,影视剧作为视觉艺术,可以越过以能指狂欢为特色的文学形态所建构的语言包括文字屏障,直抵每一个有着正常视觉器官的男女老少,从而享有最广大的受众。无时无处不在的电视和网络构成了全天候的铺天盖地的发布平台,使影视剧几乎像空气一样供受众享用,从而具有最广泛的传播覆盖力。影视艺术的声画直观性,具有更加仿真的直觉体验,因而更有接受的震撼力。于是,对影视剧的特别青睐包括特别警惕也就毫不奇怪。尽管影视剧中亦有大量非主旋律形态,包括思想平庸艺术粗糙之作,但也仅此而已。在一切艺术部类中,中国影视剧最少有意识形态叛逆之举,这也从另一个维度表明影视剧与国家意志的亲和关系。总之,国家话语赋予重大革命历史影视剧某种重大政治使命承担,绝非是心血来潮之举。

二、重大革命历史影视剧题材指向中的体裁内蕴

重大革命历史影视剧的界定来自官方。1990 年,中共中央宣传

部、解放军总政治部、国家文化部、国家广电部联合颁发文件规定，凡表现我党、我国、我军历史上重大事件或描写担任过党中央政治局常委或相当于此级别以上的党、政、军领导人生平业绩为主要内容的影视创作均属于重大革命历史题材。还规定建国以后成为党和国家领导人的生平业绩一般不通过文艺形式来表现。这个界定的严格政策刚性表现出当时认识的局限性。不难看出，界定的着力点是人物的政治身份，暗含的逻辑是，重要革命家参与的事件就是重大历史事件。随着创作实践，这个界定被逐渐突破。张思德、雷锋、焦裕禄、孔繁森、任长霞等非国家领导人的英模人物被纳入重大题材；国民党方面的重要人物与史迹也在重大题材之列，如孙中山；再后来表现汉武帝、孔子等古代历史人物也属于重大题材范畴。2003 年，国家广电总局发布文件，对最初的界说做出了修订："凡以反映我党、我国、我军历史上重大事件，描写担任党和国家重要职务的党政军领导人及其亲属生平业绩，以历史正剧形式表现中国历史发展进程中重要历史实践、历史人物为主要内容的电影、电视剧，均属重大革命和历史题材影视剧。"原来的"重大革命历史"语词悄然演变为"重大革命和历史"语词，表明国家话语的认知进化。在新的话语逻辑中，"重大"是概念的内涵规定，"革命"和"历史"成为了概念的外延规定。

　　如此一来，重大题材便分化出两大类别，一类是重大革命历史题材，一类是重大民族历史题材。再细分革命历史题材又有两类，一类是党和国家领导人参与的政治历史事件和业绩，一类是知名社会英模的生平业绩。至于重大民族历史题材则比较单纯，关键是对民族历史、民族形象、民族团结的正确表现及维护。此外还要关注的是，无论哪种类型，都必须讲究历史的真实性。于是就构成了历史真实和艺术想象之间的紧张关系。由于重大革命和历史题材创作强调历史的真实性，对擅长于艺术虚构和想象的艺术家构成了极大限制和挑战，这种挑战是其他艺术创作很难遭遇到的。可以说，重大革命和历史题材创作成功的关键就在于达到历史真实和艺术真实之间的较完美统一。

　　于是怎么写的问题就凸现出来。题材问题也就转向体裁问题。一般说来,题材强调的是写什么,是对写作对象的规定;体裁强调的是怎么写,是对写作者处理题材的更进一步要求和规定。因此,仅仅把重大革命和历史题材创作看作是题材问题是不够的,只有推进到体裁认知才能收到实效。可是国家话语却似乎止步于题材边界,对于怎么写的问题则保持了令人回味的沉默。1997年,时任文化部长的孙家正曾撰文论及怎么写的问题,但主要是对重大革命和历史题材创作的主题诉求进行了某些原则性的阐释,以及强调历史真实性和艺术真实性的统一。总之,国家话语在怎么写的问题上浅尝辄止,也许是吸取当年推行"三突出"创作原则的教训,希望给艺术家更多的主动性和艺术创造的空间。但从创作层面看,重大革命和历史题材创作的确有着独特的创作规范,这是无法回避的,忽略其体裁特征,将其等同于一般艺术创作,只能使重大革命和历史题材创作陷入一种摸着石头过河的状态。案例显示,许多创作者在创作中只能靠专家审查途径去把握创作分寸,导致创作中无谓的精力消耗甚至创作报废。在很大程度上,都可归结为我们对重大革命和历史题材创作的体裁认知缺乏探求。

　　创作者往往认为,体裁主要是形式问题,是一系列话语程式、结构类型形成的文本特征。其实不然,体裁当然包括内容和功效的要求。诗歌的抒情性,小说的叙事性都是体裁对题材内容的特定要求。所以韦勒克将体裁看作一系列惯例性的规则,并不仅仅局限通常的所谓形式。进而不难发现,体裁不仅涉及对题材内容的规定还细化到对题材内容表现功效的设定,如诗经中的"颂"就强调"美盛德之形容"。铭文体裁的记事要求也是"称美不称恶"。显然,对题材包括对特定表现功效的诉求就合法地成为体裁的规范之一,实际上也就涉及怎么写的问题了。基于这种理解,可以说以正面讴歌的态度并且依据国家意志的史学判断表现中国革命历史正是重大革命历史影视剧的首要体裁规定。不难想象,这也就在很大程度上摆脱了由于认知差异而产生的创作纠缠,对于重大革命历史影视剧而言,不存在创作中的历史认知选择问题,只存在创作中的体裁要求实现问题。

困惑之处在于,创作者是否有权表达自己对中国革命历史和民族历史的个性化认知?众所周知,在学术话语的领域,这种个性化的认知已经频频出场。但在以普罗大众为主体接受者的影视界,重大革命历史的创作却依然坚持规范的史学认知。也许是考虑主体受众并非学者,因而未必能知性地进入观看,众语喧哗且具有娱乐性的表达反而会搅乱视听,其实娱乐化的语境更适合常识化的认知出场。更何况这个问题又涉及国家话语是否更有权以在场者的身份表达自己的史学观照并以这种观照建构起主流化的社会认知。如果我们承认国家意志的权威性,势必也就会承认这种国家话语的表达不仅具有必然性也具有正当性包括保持某种霸权地位的合理性。所以,理性的回答就应该主张个性化的认知与主流化的认知之间保持某种恰当的关系。我们当然更期盼,随着社会的进步,个性化的认知和主流化的认知彼此构成一种和谐关系。

三、重大革命历史影视剧的符号化表达

尽管重大革命历史影视剧并不是唯一的形式,但它确乎承担着建构民族主流价值观的使命,随着事态发展,我们逐渐区别两种走势:其一是对重大革命历史的主流化解读,其二是对重大民族历史的主流化解读。就前者而言,主要是建构没有共产党就没有新中国,只有社会主义才能救中国以及集体英雄主义先进人格的价值信念体系。就后者而言,主要是建构以爱国主义为核心,维护国家统一和民族团结,追求民族复兴的价值信念体系。

经验显示,在艺术虚构和想象方面,表现重大民族历史的影视创作有着更大的自由度。这主要是因为:历史的远革命性,对当代政治不构成实际的对峙力量;历史评价尺度的远政治性,使当下与历史在更普泛的民族价值观和文化价值观上达到认同;历史的远细节性,导致事实细节的缺席,必须借助想象来弥补,因而表现重大民族历史的影视剧便获得了更多的艺术虚构和想象空间。相反,表现重大革命历史的影视创作,虚构和想象空间就显得局促得多。知名的重大革命历史影视剧作家王朝柱谈到他与周扬的一次对话。周

扬认为,第一,历史离今天越近,允许虚构的可能越少;第二,写的历史人物级别越高,允许虚构的可能越少;第三,写的历史人物和事件越有争议,允许虚构的可能就更少。值得回味的是,此话出自周扬,绝非一般的经验之谈。

于是,"大事不虚,小事不拘"就成为此类创作的基本表现原则。但实际情况并不乐观。王朝柱的长篇电视剧《解放》中曾有这样的剧情:孟良崮战役胜利后,陈毅、皮定钧阻止老百姓抬着张灵甫的遗体游街示众,并要74师战俘向师长张灵甫的遗体告别——据说这是真实的历史事实,也反映了共产党人的人道胸怀,却仍然被删去。王朝柱面对采访说,这样的情节我哪敢编?如此就值得提问"这样的细节都不敢编,小事不拘又如何落实?艺术虚构又在何处施展?"王朝柱还承认,《解放》的故事都是真实的,几乎没有艺术上的处理。亦有创作者言,"重大题材无小事,尤其是伟人无小事。"可见,尽管有"大事不虚,小事不拘"的说法,实际创作却是大事小事都不虚。亦可见,历史真实与艺术虚构或想象之间如何完美统一,确乎是重大革命历史影视创作中的重大美学课题。

重大革命历史影视剧与一般商业性影视剧的根本区别就在于它有构建主流历史认识和价值认识的使命,这也就无可厚非地决定了其创作对某种学理阐释的依赖。问题是,如果这种依赖导致创作者的思维与学理观照模式同化,就会导致创作的符号化倾向。我们知道,学理观照下的人物和事件具有标本性,是某种学理论断的实证案例,因而学理观照中的人或事都是符号化的,这种符号化恰恰是学理观照把握本质的必然要求。如在学理观照中,毛泽东最本质化的形象是中国革命的伟大领袖,是中国革命正确路线的代表,有关毛泽东的所有阐释都要向这个史学判断集结,这也就意味学理观照必将忽略毛泽东与这种结论相对游离的人生内容和人生侧面,使毛泽东的形象指向某种单一的结论,从而符号化。但是,影视剧毕竟是艺术,艺术观照是它更为本体的思维方式。艺术观照强调更感性更全面地把握人物和事件,强调表现本质寓于现象中的实存状态,强调以生动的细节、日常的情致去加强与世俗受众心理和审美的贴近性。因此,源于生活,高于生活的艺术提炼和想象便不可或缺。无可讳言,重大革命历史影视剧的使命决定了必然要展示对象的符号真实或说本质真实。问题是,是用符号思维的方式去揭示符号的真实,还是用艺术思维的方式去揭示符号的真实? 理想状态当然是后者。因此,如何将学理观照的符号真实转化为艺术观照的审美真实就是对创作者创作能力的考验。

审美经验表明,本质不仅要在现象中呈现才更符合本质存在的真实感也更有审美效果,而且本质要和非本质纠缠存在才更符合本质存在的真实也更有审美效果。因此符号真实的艺术转换不仅仅是只写那些反映了本质的现象,或者说通过小事来反映本质而已。王朝柱编剧的《解放》号称"小事不拘"的典范,宣传中也说该片有大量生动的生活细节描写,例如毛泽东失眠,朱德建议他打麻将的细节被津津乐道。但细细回味,还是和符号霸权有关。想必在符号思维中,毛泽东这样的伟人是不可能打麻将的,所以一旦打麻将就显得格外新鲜,认为是了不起的突破。坦率地说,《解放》中的细节想象相当谨慎,一般作家的想象力均可胜任。而且我们看到,那些生活细节也都在暗示对当事者的某种符号化判断,或者英明伟大,或者愚蠢渺小,诸此种种。这仍然是以另一种方式展开的符号思维。大概由于符号思维的潜意识,《解放》的台词也讲究无一字无来处,许多场合人物的对话就是中央文件或军情战报的口语版。如第十集写延安中央书记处某次会议,与会者有毛泽东、朱德、刘少奇、周恩来、任弼时、彭德怀,他们的对话处理就是把毛泽东的文章《迎接中国革命的新高潮》拆成段,分别由角色以自己的口吻说出,基本原文照搬,连口语化的工作都不作,合起来就是全文缩写。如此这般,与其说是作者太偷懒还不如说是太拘谨。也许作者太想表现某种本质的真实——某次中央会议的史学成果就是通过了《迎接中国革命的新高潮》的论断。但是作者却忽略了本质真实如何实现的真实——这同样也是一种本质性的真实。就剧情而言就是,与会者绝不会把毛泽东的文章拆成三句半来说,其口吻也应该是口语化。说到底,这还是以符号真实取代审美真实的符号化表达。

　　这种符号化表达与重大革命历史影视剧的使命承担有密切关系，特别表现重大革命历史，政治敏感性相当强，审查尺度较严可想而知。如电视剧《走向共和》涉及的历史事件基本发生于1921年以前，并没涉及国共关系，所涉史实也基本有史料依据，但该剧表现出对洋务派、改良派人物及其救国之路的浓厚同情，显然对暴力革命之路的合法性构成了质疑，引申开去，就涉及对社会主义才能救中国信念的犹豫。因而该片也就理所当然地受到批判和冷遇。看来，在意识形态使命的刚性承诺面前，符号化表达似乎有着某种宿命性。但同样不可忽略的是，如果像遵循三一律那样坚守符号化的创作思维，国家话语的影视剧表达未必能收到叫好又叫座的效果。

四、电视剧《人间正道是沧桑》的启迪

　　2009年，长篇电视连续剧《人间正道是沧桑》在中央电视台闪亮登场，立即创下热播效应并引发积极热烈的社会评价。该片涉及的历史事件均属重大革命历史范畴，跨度从第一次国共合作至中华人民共和国建立，历史主线为国共两党几十年的合作与斗争历程，其价值尺度亦严格吻合主旋律的国家话语政治标准。在以正剧体裁表现这么完整跨度历史的主旋律影视剧中，该剧似为首部，故评论者说，该片就是一部现代中国革命史。或许是因为该剧这种司马迁般的史学雄心，作者将主角人物塑造成几乎所有重大革命历史事件的参与者，以便带出相关历史事件的展现，不无遗憾的是，编剧者在创作实践中却显得心有余而力不足；往往顾此失彼，造成人物和事件之间的紧张关系，反而削弱了该剧的艺术完美性。但依然应该承认，该剧在重大革命历史影视剧创作中具有突破意义。

　　该剧与我们熟悉的重大革命历史影视剧明显不同的是：其一，历史重要政治人物，尤其是领袖人物均为暗场展示，剧情主角或出场人物均为虚构的艺术形象；其二，所涉及的重大历史事件，如黄埔军校生东征、廖仲恺被刺案、四一二大屠杀、南昌起义等等也均为背景展示，作为前景的剧情故事亦基本属于艺术虚构；其三、融入了家族叙事、恩仇叙事、言情叙事等商业影视剧常见而一般重大革命历史影视剧极少见的叙事策略。随之便产生了相应的审美惊喜：其

一，尽管真实历史人物暗场化和重大历史事件背景化，但重要历史人物和事件依然作为全剧的精神依托和叙事框架，不仅保证了剧情的意识形态承诺，而且保证了该剧作为重大革命历史影视剧惯有的宏大叙事史诗品格。其次，由于出场人物和前景故事均为艺术虚构，艺术的想象力得以极大释放，人物性格、剧情冲突、结构层次、台词对话都在艺术调度下展开，从而避免了一般重大革命历史影视剧常见的符号化尴尬。其三，由于家族叙事、恩仇叙事、言情叙事的融入，在表现符号真实的同时也增加了某些非符号真实的剧情，使符号真实的现实存在形态更为真实化，更为日常生活化，大大增强了该剧的世俗感染力。其四，由于真实历史人物的暗场化，无须特型演员承担表演，从而使实力派和偶像派演员有了用武之地，大大提高了该剧的表演水平以及和观众的亲和力。

《人间正道是沧桑》作为一部重大革命历史影视剧，对历史真实与艺术虚构、符号真实与审美真实如何完美统一做出了可贵探索。有人说，该剧采用的是以小见大策略，言下之意是说该剧出场主角是小人物，前景事件也是小事件，因此虚构想象可以不受限制。但仔细辨析就会发现，该剧和那些典型的以小见大的影视片，如《南征北战》《红日》《黑山阻击战》《上甘岭》等还是不同的。该剧主角之一瞿恩的身份，从剧情分析至少是中共中央政治局级别的领导人，第一男主角杨立青的身份，也是中共高级将领。反派主角人物如杨立仁、楚材亦属于国民党核心层的高官。这与《南征北战》《红日》《黑山阻击战》《上甘岭》等影片中主要人物是下级军人是很不一样的。从剧情看，《南征北战》《红日》《黑山阻击战》《上甘岭》等片的前景事件基本集中在营以下的作战行动，而《人间正道是沧桑》的前景事件则基本上表现重大事件的决策指挥层面，如瞿恩代表中共主持廖案调查，指挥上海工人起义，杨立青在东北战场的剧情也属于战役指挥层面。总之，该剧基本上是国共双方核心人物之间的故事。倘若原型化，就会涉及周恩来、瞿秋白、陈赓、林彪、陈立夫、徐曾恩、陈布雷之类人物的出场。其实，《人间正道是沧桑》采用的是艺术提炼的方式，将历史原型人物进行集中、整合、虚构，即以艺术真实的形态表现出来，这正是该剧的突破。

　　当然，如果需要直接表现真实历史人物，《人间正道是沧桑》的这种虚构方式不适应了。但仍可以讨论的是，即使是直接表现真人真事，就必然符号化吗？事实表明，即使写真人真事，反面人物的塑造往往相对血肉丰满，究其缘故，可能是我们并不刻意维护反面人物形象，反而能放开写，而对正面人物，尤其是领袖人物，我们唯恐有损其伟大，所以非常拘谨。这就涉及伟人观了。也许有人认为，伟人之所以伟大，就在于有拯救人类的襟怀，有超凡拔俗的能力以及惊世骇俗的伟业。但仅仅如此，伟人只是可敬并不可亲。可亲近的伟人还在于他和常人一样有着悲欢离合却成就了伟业。所以，表现伟人常人化的一面并不是为了满足观众庸俗的窥探癖，而是在告诉观众，伟人是从常人中诞生的。在这个意义上，《人间正道是沧桑》采用了家族叙事、恩仇叙事、言情叙事就具有特殊启迪意义。该剧告诉我们，像瞿恩、杨立青这样高级别的共产党人，也有家族纠葛，也有私人恩怨，也有爱情悲欢，其伟大就在于他们能够克服和驾驭这一切，为了崇高信仰而献身。而在符号思维中，伟人只有国家牵挂，没有家族纠葛，只有阶级仇恨，没有私人恩怨，只有革命激情，没有爱情悲欢，其实这样的伟人应该叫上帝。必须申明，这绝不是说写伟人一定要写私人恩怨情仇，也不是说要将伟人写成凡夫俗子，只是说写伟人如果能写出伟人在人间烟火中成长，会更符合历史真相，会更具审美魅力，并且也不会贬低伟人。

　　国家话语的影视剧表达是个大课题，《人间正道是沧桑》的出场不是终结，也并非一峰独秀，只是表明探索在执着进行。该剧出品人的官方身份更意味国家话语自身观念也在与时俱进，诉求主流价值意识建构中更多美学的在场。

　　(1)《江泽民在全国宣传思想工作会议的讲话》((1994 年 1 月 24 日)见 1994 年 3 月 7 日《人民日报》

　　(2)《关于调整重大革命和历史题材电影、电视剧立项及完成片审查办法的通知》广发编字〔2003〕756 号

附录二　创作案例

十月的选择

> 列宁的伟大不在于一贯正确，而在于勇于面对现实，承认失误……
>
> ——题记

（伏尔加河中游景色、辛比尔斯克城、列宁故居和早年肖象）

伏尔加河是俄罗斯的母亲河。伏尔加船夫曲诉说着俄罗斯大地悠悠千年的沧桑与传奇。

辛比尔斯克城座落在伏尔加河中游的一片高岸上。至19世纪下半叶，它不过3万居民，离最近的铁路还有150俄里。伏尔加河冰封的冬季，它犹如沉睡般的宁静。

1870年4月28日，城内29座教堂和两座修道院响起了复活节的欢乐钟声，一位6天前出生，叫作弗拉基米尔.伊里奇.乌里扬诺夫的婴儿接受了洗礼。这是一个在伏尔加河开冻季节来到人间的男孩。

47年之后，这位男孩成为震惊世界的十月革命之父。他为历史所熟知的名字叫作"列宁"。

（老爷车赛、汽车、火车、电器、飞机问世发明者的资料镜头）

今天我们以游戏心态观赏的景象，曾经是19世纪晚期最伟大的文明奇迹之一。它蕴含着钢铁冶炼技术的进步，内燃机的发明，流水生产线的诞生，并融入到以电力技术应用为标志的第二次工业革命浪潮之中。

（福特公司、西门子公司、洛克菲勒财团、殖民扩张、歌舞升平等镜头）

生产力的高速发展，要求生产和资本的高度集中，资本联合的股份公司因此迅猛崛起，并且控制了生产、市场和价格，经济垄断的局面出现了。尤其是金融资本成了万能的垄断者，资本输出成为掠取高额垄断利润的重要手段。在垄断资本的贪婪扩张下，国际垄断同盟从经济上控制了整个世界，最大的垄断资本主义列强已将世界领土瓜分完毕。20 世纪初，一个庞大的全球殖民主义体系宣告形成。

这一切，宣告垄断资本主义即帝国主义时代到来了。

1870 年至 1913 年间，世界工业生产增长了四倍多。惊人的垄断利润，使发达资本主义国家可以利用一部分财力来进一步巩固自身的统治。欧美主要资本主义国家的民主制度陆续确立，社会福利政策相继出台，工人阶级的合法斗争颇见成效，社会主义运动中的改良主义思潮也应运而生，发达资本主义国家内部尖锐的社会矛盾得以缓解。

但是，资本主义剥削掠夺的本性并没有改变，资本主义也并没有摆脱频频爆发的经济危机。战争和革命的形势更加凸显在世人面前。

（鸦片战争、八国联军侵华镜头、殖民主义者掠夺全世界的镜头及字幕）

这是 1900 年，八国联军攻陷中国皇都北京的场景。作为帝国主义时代一次重大的殖民主义侵略事件，它最终确立了旧中国半殖民半封建的社会性质。对中华民族造成的直接灾难则是悠悠八百年的繁华帝都陷于熊熊烈火，本息达 10 亿两白银的庚子赔款源源外流，华夏珍宝文物、百姓生命财产蒙受的浩劫更是无法统计。

自 1840 年以来中国百年历史进程中，帝国主义列强发动了 5 次大规模的侵华战争，强迫中国签署了 1000 多个丧权辱国的国际条约，使一个在 19 世纪初总产值尚占世界 1/3 的泱泱大国，沦为一个连火柴都依赖进口的"东亚病夫"。

不难想见,帝国主义时代资本主义的经济增长与繁荣,是以广大殖民地国家发展的停滞乃至倒退为代价的。

号称"日不落帝国"的英国,殖民地领土竟为本土面积的 110 倍,殖民地人口为本土人口的 8 倍以上,天下财富源源不绝地涌进盎格鲁.撒克逊人的怀抱。

(学者采访谈此期资本主义经济危机)

大意:19 世纪 70 年代至一战前,资本主义世界爆发了 5 次经济危机。危机带来社会生产力的大破坏,表明资本主义的内在矛盾并未克服。而由此产生的恶果不仅给广大劳动人民带来深重的灾难,还严重动摇了人们对资本主义的信心,从而激化了社会矛盾,为革命奠定了基础。

(美国、德国、日本经济崛起的有关资料)

19 世纪前半期,英法两国分别是资本主义世界数一数二的强国,美国和德国才刚刚奠定新工业的基础。然而,到了 1913 年,美国工业占世界工业总产值的比重,已由 1870 年的 13.3% 达到 16%,排名第一,德国从 13.2% 上升为 15.7%,排名第二,而英国则从 31.8% 降至 14%,排名第三,法国也从 10% 降至 6%,排名第四。

美国和德国的后来居上,包括日本和俄国也出现了经济的高速增长,造成了资本主义国家发展的不平衡,逻辑结果便是:根据国家实力的变化重新瓜分已被瓜分完毕的世界领土,直至发动战争。1898 年至 1905 年短短 7 年间资本主义国家之间相继爆发了美西战争、英布战争和日俄战争,使人们更加认清了帝国主义躯体上烙印着的战争胎记。

这个世界已无和平、稳定可言,反抗剥削和压迫的人民革命,也就成为历史的必然选择。

(喀山大学、大学时代的列宁)

列宁,就是在这样的时代背景下,成为社会主义运动史上又一位里程碑式的人物。

1887 年,这位 17 岁的喀山大学法律系一年级的学生,被当局逮

捕。罪名是参与了反对沙皇专制统治的集会。几个月前,他的哥哥
因参加民意党谋刺沙皇刚刚被处绞刑。几个月后,列宁又走上了反
抗沙皇的道路。

警察向这位毫无惧色的年轻人发问:"小伙子,要知道你面前是
一堵墙,你这不是用脑袋往墙上撞吗?"

列宁回答:"是一堵墙,不过是堵朽墙,一推就塌!"

从此,这位年轻人就开始了自己的职业革命家生涯。以后 36
年的革命岁月中,他×次被逮捕,×次蹲监狱,×次被流放,三次遭
暗杀,×次流亡国外,共长达×年之久。他的战友回忆说:"列宁梦
中都在革命。"

(西伯利亚流放地景色、舒申斯克村)

同大多数俄罗斯革命者一样,广袤荒凉的西伯利亚雪原也是列
宁生命的驿站。19 世纪的最后三年,他就是在这个叫作舒申克斯村
庄度过的,当年的舒申克斯村离最近的铁路线也有 600 俄里。

这是列宁第二次流放生涯,伴随他度过流放岁月的是妻子克鲁
普斯卡娅。

也就是在这里,列宁写完了《俄国资本主义的发展》一书。一时
间,此书被俄国的革命者们争相传阅。

(专家采访结合列宁的著作谈俄国资本主义的发展)

1、列举有关数据谈俄国已经走进资本主义

2、俄国工人阶级已经成长起来并将成为革命的领导者

3、民粹主义道路走不通,只有马克思主义才能救俄国

(彼得大帝雕像及皇都气象的彼得堡)

意味深长的是,俄国资本主义的进程始终在皇权的积极推动和
牢牢控制之下。这位被恩格斯称之为俄罗斯历史上"真正伟人"的
彼得大帝,揭开了俄罗斯"西方化"的序幕。以后又经过 1861 年的
农奴制改革,俄罗斯终于靠农民的破产和专制的暴力进入资本主义
国家的行列。

沙皇独裁下的俄罗斯,只有铁镣绞架与民主呼声对话的传统,

这也许是那些西欧社会主义的改良派们难以想像的。

(沙皇时代农村的资料镜头)

与残酷暴政相关联的是贫困落后的乡村。直到 20 世纪初叶,俄国人口中还有 77％的农民。他们用木犁耕作着辽阔的土地,缴纳着沉重的赋税,使农业产值占据了国民生产总值的三分之二。而此时俄国的工业产值只占世界的 2.7％,仅及美国的 6.9％。在主要工业部门,外国资本均处于支配地位。俄国的资产阶级只能依附着地主和贵族怯弱地发展。

(当年都市工厂景象、恶劣的工作环境)

在资本主义迅速发展的都市,也没有社会的安宁。微薄的工资和极其恶劣的劳动条件,迫使工人们频频拉响罢工的汽笛。

在俄罗斯,已经没有心平气和的阶级。革命的激情浸润着每一寸俄罗斯土地。

(舒申斯克村,叶尼赛河景色)

1900 年 2 月,列宁和妻子带着对俄国社会深刻的洞察,告别了舒申克村。马拉雪橇沿着千里冰封的叶尼赛河星夜兼程。列宁心中奔突着一个坚定的信念:"给我们一个革命家组织,我们就能翻转俄国。"

(《星火报》创刊号,1900 年 12 月 24 日在德国莱比锡出版,字幕)

10 个月后,俄国第一张马克思主义的秘密报纸——《火星报》问世了。列宁是《星火报》的创办者之一,也就是从这时起,他开始使用"列宁"这个名字。

列宁把这张报纸看成是建造无产阶级新型政党大厦的脚手架。

(布鲁赛尔、伦敦、苏共二大的党史资料)

1903 年 7 月,列宁和他的同志们,果然以《星火报》为核心,召集举行了俄国社会主义民主工党第二次代表大会。由于第一次代表大会后党组织遭到严重破坏,先后在布鲁赛尔和伦敦召开的"二大"实际上是一次建党大会。会上出现了激烈的争论,列宁用多达一百二十次的发言,来阐述和捍卫他的建党学说。态度之坚定,令所有与会者为之震惊。

（采访　谈"二大"布尔什维克与孟什维克的主要争论）

1、无产阶级专政问题（党纲）

2、党员标准问题即民主集中制问题（党章）

选举党中央机关时，列宁获得了多数支持者，从此，列宁派被称之为布尔什维克，即多数派。马尔托夫派称之为孟什维克，即少数派。不过，就党员的绝对数量而言，布尔什维克直至十月革命爆发的前一个月，都是俄国政治舞台上的一个小党派

（早期布尔什维克党人的图片资料）

俄国社会主义民主工党第二次代表大会的召开以及布尔什维克的形成，标志着新型的无产阶级政党在俄国诞生。革命的成功有了组织核心的保障。

然而，布尔什维克的出现，仍不能表明它已经取得了领导俄国革命的经验。

革命的经验往往是靠血换来的。布尔什维克党人就是在 1905 年的血泪中走向成熟的。

（冬宫广场　1905 年革命的纪录片及图片）

我们特意选择星期日拍摄今天的冬宫广场，是为了人们看到它和上个世纪的那个"流血的星期日"有着多么强烈的对比。

那是 1905 年的 1 月 22 日。二十万以工人为主体的俄国民众扶老携幼，捧着圣像，唱着赞美诗，平和地走向冬宫，他们以和平请愿的方式要求沙皇恩赐民主，八小时工作制和生活的改善。

就在这个最虔诚的时刻，严阵以待的沙皇军队开始了屠杀。数千请愿者的鲜血染红了彼得堡的街道，也洗刷了民众对沙皇的最后幻想。

（五一罢工　波将金号起义　十月总罢工　十二月起义　字幕）

规模空前的 1905 年革命爆发了。工人、农民包括革命士兵显示了主力军的威力，所有不满沙皇专制的政治组织和民众都不同程

度地加入了革命。布尔什维克领导的莫斯科 12 月武装起义,成为革命的最高峰。

在沙皇政府的分化和镇压下,这场持续了两年半之久的革命终于失败了。但是,它却锻炼了无产阶级和人民群众,锻炼了布尔什维克党人。列宁说:"没有 1905 年的总演习,就不可能有 1917 年革命的胜利。"

(斯托雷平镜头及字幕)

1905 年革命失败后,史学家称之为"斯托雷平时期"的俄国历史掀开了。对于沙皇,这位内阁总理是瓦解革命的首席功臣;对于革命者,他则是绞架的化身。在成千上万的革命者遭到杀害、监禁和流放的形势下,列宁前往瑞士开始了长达十年之久的国外流亡生涯。

革命,还需要等待。

(萨拉热窝 有关一战的影片资料　字幕)

革命的契机在 1914 年的夏季偶然又必然地降临了。

1914 年 6 月 28 日,主张吞并塞尔维亚的奥匈帝国皇太子斐迪南,在这座巴尔干岛的城市遇刺身亡。

一个月后,奥匈帝国借此对塞尔维亚宣战。俄国认为此举侵犯了自己在巴尔干半岛的利益,立即在全国进行战争总动员。

8 月 1 日,奥匈帝国的盟友德国向俄国宣战,于是又把与俄国的有着同盟协约的英法两国拖入了战争。

酝酿已久的第一次世界大战终于爆发了。随着战争进程,世界 33 个国家和地区,占当时世界三分之一人口的 15 亿人卷入了大战,军费高达 2080 亿美元。军队总人数达 7350 万,人口死伤人数达 3000 万,相当于过去一千年内欧洲全部战争死伤人数。

(巴塞尔宣言文本　各国议会投票　字幕)

这是一场帝国主义国家随着实力的变化,企图重新瓜分世界的大混战。然而绝大多数参战国的社会主义政党,却纷纷表态支持各自国家的政府,从而兵戎相见。

第二国际,这个汇聚了 27 个国家 41 个政党的国际无产者组织,在帝国主义战争中,无可挽回地走向了破产。世界社会主义运动出现了空前的大分裂。

(苏黎世图书馆内景　可采访)

此时,流亡瑞士的列宁走进了苏黎世图书馆。

这不能不令人联想写作《资本论》时期的马克思。事实上,列宁是在总结《资本论》出版以后资本主义发展的新情况,新规律,为社会主义的发展开辟新道路。

据统计,他为此阅读了俄、德、英、法等各国书籍达 148 种,各类期刊论文达 232 篇,所作笔记达 20 本约 65 万字。

(《帝国主义是资本主义最高阶段》最早俄文版　字幕)

1916 年 7 月,这部标志着马克思主义划时代发展的著作完成了。它向人们揭示:垄断代替自由竞争是帝国主义的根本经济特征及实质;并断言:"帝国主义是社会主义革命的前夜"。正是以这部著作为基础,社会主义有可能在帝国主义最薄弱的环节的一个或几个国家首先胜利的理论诞生了。

(社会主义运动史重大事件场景迭过,相应字幕)

针对自由竞争时期资本主义现实,马克思恩格斯认为,社会主义革命将在一切资本主义国家,至少首先在发达资本主义国家同时爆发,才能取得成功。而列宁根据垄断资本主义时代的现实,指出了垄断与帝国主义的内在联系,揭示了帝国主义特征和实质,对革命的可能性作出了新判断。

列宁指出:政治经济不平衡发展是资本主义的绝对规律,在垄断资本主义即帝国主义阶段,这种不平衡更是空前加剧,从而导致各帝国主义国家现有实力与原有势力范围的不相适应,为改变这种不相适应,在世界领土已被瓜分完毕的情况下,除了通过战争来重新瓜分世界,别无选择。而战争将使帝国主义各国彼此削弱,造成帝国主义链条出现薄弱环节,从而为无产阶级革命在一国或数国首先胜利提供了良好时机。

列宁进一步认为,这个帝国主义薄弱环节,往往是各种社会矛盾最集中尖锐,人民革命要求最强烈的国家,如果这个国家有成熟的无产阶级的革命政党率领无产阶级和农民结成同盟,唤起民众,抓住有利斗争时机发动起义,就能取得革命的成功。

这是社会主义学说的一次历史性飞跃。

（俄国一战的社会景象及二月革命镜头）

当实践被思想照亮,列宁的目光必然地投向了自己的祖国,显然俄国就是这个帝国主义链条中的薄弱环节。

此时,装备落后的俄军已付出了数百万士兵的生命,农村劳动力几乎已经失去了一半,城市里已有四分之一的企业倒闭。土地荒芜,物价暴涨,俄国的外债已高达 150 亿卢布。沙皇政府先后换了 4 名首相,21 名大臣,甚至抬出了江湖术士来决定国策。仅在 1916 年,俄国前线的逃兵便达 150 万,国内罢工达 1500 余起,农民抗租夺粮也此起彼伏,1917 年 1 月底,俄国首都只剩下 10 天的粮食储备……

1917 年 3 月,俄历 2 月,1905 年革命长达 2 年半的斗争未能完成的使命,竟在一个星期内奇迹般地完成,在起义工人和士兵的呐喊声中,沙皇尼古拉二世在前线签署了退位昭书,沙皇俄国这堵"朽墙"终于倒塌了。

（采访谈二月革命后两个政权并存的形势）

大意:二月革命后,俄国形成了两个政权并存的局面:一个是资产阶级临时政府,一个是被孟什维克和社会民主党人所控制的工兵代表苏维埃。而号称代表人民的社会革命党和孟什维克均主张把政权全部让给临时政府。也就是说,资产阶级暂时控制了俄国的政局。

（圣彼得堡　春天的涅瓦河　字幕）

四月是涅瓦河解冻的季节。对这个季节感受最深的是布尔什维克。

短短的一个月,大批布尔什维克党人从监狱、流放地和异邦他国陆续归来,党员从二万四千人骤然壮大到十万余人。

（芬兰广场车站　当时的影片图片等　字幕）

圣彼得堡的芬兰广场车站,也因为这个季节而载入史册。

4 月 16 日晚,成千上万的工人和士兵,在站台上迎接国外归来的领袖——这是列宁三十年逆境人生的辉煌转折。

震耳欲聋的欢呼声中,四十七岁的列宁登上装甲车,发表了演讲。他的结束语是:"社会主义革命万岁!"

（俄国当年饥饿、战乱的情况）

当时,饱受战乱之苦的俄罗斯最需要的是和平、土地和面包。但是临时政府却在护国的名义下继续坚持战争,并且连连在前线的进攻中失败。结果便是:和平遥遥无期,土地与面包的承诺也就成为空头支票。

于是列宁果断地提出,应该继续进行斗争,下一个目标将是"全部政权归苏维埃。"布尔什维克党人将为此承担自己的历史使命。

列宁的主张不仅理所当然地遭到了立宪民主党人、孟什维克和社会革命党人的猛烈围攻,还受到来自党内的强烈质疑。老布尔什维克加米涅夫等人认为,社会主义革命是将来的事情,我们不能跨越历史。况且,目前的布尔什维克根本没有力量承担这一历史重担。

（当年的社会景象）

而列宁认为,帝国主义的大混战给俄国革命提供了有利的国际环境,懦弱无能的俄国资产阶级临时政府也无力拯救俄国,布尔什维克党在 1905 年和一系列斗争中走向成熟,广大的劳苦大众也期盼着彻底改变自己悲惨的命运,尽管俄国还不具备社会主义社会所必须的文明前提,却可以通过社会主义政权的建立,来积极地创造。

在俄国历史重大的选择关头,列宁为首的布尔什维克党人提出了"和平、土地和面包"的口号。

以后的历史进程表明,当布尔什维克党人将这一口号与社会主义革命紧紧地联系在一起的时候,俄罗斯政治力量的天平立即发生了历史性的倾斜,不仅绝大多数民众站到了布尔什维克一边,而且近一半孟什维克和社会革命党人靠近了布尔什维克。布尔什维克党员猛增到 35 万人,成为俄国第一大党。

(《列宁在十月》电影片断　字幕)

历史就必然像这部影片所展现的那样行进了。

布尔什维克选择了拯救人民,推动历史,选择了在一个落后的资本主义国家首先夺取政权,然后进行社会主义文明前提的创造,进而走向社会主义的道路。而人民和历史选择了布尔什维克。

(十月革命资料镜头　阿夫乐尔号巡洋舰)

公元 1917 年 11 月 7 日,俄历 10 月 25 日凌晨 1 点,被史学家称作十月革命的武装起义终于爆发!

工人赤卫队、卫戍部队和波罗的海舰队的革命士兵共二十万人投入战斗。

第二天上午,起义部队已控制了全城。

下午 1 时,起义部队攻占了预备国会的所在地玛丽娅宫。

6 时,浩浩荡荡的起义队伍将最后一个堡垒——冬宫团团包围起来。

晚上 9 点 45 分,起义水兵驾驶"阿尔乐尔"号巡洋舰开进了涅瓦河,当炮口对准冬宫的大门发射后,工人赤卫队和革命士兵,高呼"乌拉"冲进了冬宫,逮捕了临时政府的全部部长。26 日晚上 9 时,列宁在斯莫尔尼宫主席台宣布人类历史上第一个社会主义国家从此诞生了。

(《震撼世界的十天》和图片资料)

按照当年美国新闻记者里德的说法,十月革命从彼得堡起义到随后莫斯科起义一共是十天。这是人类历时较短的革命之一。其中起决定性的彼得堡起义仅为两天,起义者死伤人数是 6 人。

至此,1 亿 2 千万饱尝苦难、无权无势的穷人在人类历史上第一次变成了国家的主人。社会主义由理想变为现实,资本主义和社会主义两种社会制度并存的世界新格局开始形成,社会主义的思想学说,在实践中获得了划时代的发展。

(皇都气象的圣彼得堡　字幕)

18 世纪以前,这里还是一片海滩。1713 年,彼得大帝为了打开俄罗斯勾通西方的窗口,将首都从莫斯科迁到这座紧靠芬兰湾的海滨新城:圣彼得堡。

有趣的是,1918 年春天,刚刚改名为俄国共产党的执政者们,又把首都迁回到莫斯科。

(莫斯科、克里姆林宫寻访列宁办公室)

八十多年后,我们来到莫斯科,在克里姆林宫寻访列宁的办公室,不禁问起了当年共产党人迁都的原因。

(采访谈当年俄国红色孤岛的局面)

大意:红色区域只有彼得堡和莫斯科周围那一片范围。此外便是帝国主义和国内反动势力的重重包围。苏维埃经济、军事力量极为虚弱,一旦遭到军事打击,位于国境线上的彼得堡一攻就破,不得不迁都位于腹地的莫斯科。

(布勒斯特条约签署地　字幕)

也许,布勒斯特条约的签订可以使我们更加了解当年红色俄国的险恶环境。

这里便是白俄罗斯境内的布勒斯特。一战期间,它是德国东线大本宫驻地。苏维埃俄国第一个外交协议便在这里签署,条约的主题是停战。

为了和平,俄国人必须割让 125 万平方公里国土,6200 万人口,一半的工厂,三分之二的产粮区,四分之三的煤铁资源。如果抵抗,将意味着丧失整个苏维埃国家。

这也许是列宁一生中最痛苦也最具政治家胆魄的抉择。他力排众议,甚至以辞职来捍卫自己的主张,促成了布勒斯特和约的签订。他说:"既然自己没有军队,就应该签订最耻辱的和约,以便养精蓄锐,东山再起。"

1918 年 3 月 3 日,俄方代表索柯里尼柯夫盯着德方代表霍夫曼将军一字一顿地说,"你们的胜利是暂时的",然后在和约上签下了自己的名字。

(春天的莫斯科)

俄罗斯赢来的只有一个春季。史学家称之为"喘息时期"。

从十月革命至 1918 年春季的半年时间,苏维埃俄国颁布了《土地法令》,在农村实行了土改,将银行、铁路、大工业收归国有,实施了外贸垄断;在私营工厂推行了工人监督;建立从中央到地方的各级人民政权;并且组建了工农红军。

(当年卫国战争镜头)

1918 年夏季是伴随着炮火到来的。14 个资本主义国家组成的武装干涉军与各路沙俄将军率领的白卫军开始对红色俄国全面围剿。不到 4 个月,苏维埃俄国的四分之三的领土沦陷。

(《钢铁是怎样炼成的》片断)

这部影片讲述的就是那个年代的故事。战斗与牺牲是那个年代的最高生命价值。

当时发给党员的手册上有这样一句话:共产党员只有一项特权——最先为革命而战。

"你报名参加志愿军了吗?"这是人们的见面语。

苏维埃俄国别无选择,所有的苏维埃人都在战火中熔铸成了钢铁。

(共产主义星期天义务劳动的资料镜头)

这是当年苏维埃人参加共产主义星期天义务劳动的场景。它由乌克拉铁路工人最先倡导发起,很快就成为遍及全国的公民活动。包括列宁,也以普通劳动者的身份出现在忘我劳动的工地上。那个年代,人们就以这样的热情和奉献捍卫着属于自己的社会主义国家。

(列宁遇刺的故事片剪辑)

1918 年 8 月 30 日列宁第二次遇刺,身中两枪。这是敌人无数恐怖活动中最令人震惊的一次。

全体人民的反应是化悲痛为力量。

东部前线，红军总司令托洛茨基很快扭转战局，9月初，解放了列宁的家乡喀山。

战士致电列宁"这是为您的第一处伤口给敌人的回答。为了您的另一处伤口，我们要收复萨马拉！"

南部前线，斯大林也成功地指挥了察里津保卫战，阻止了敌人的战略推进。

至1919年1月，红军在各主要战线站稳了脚跟。随后，又连续击败了高尔察克、邓尼金、尤登尼奇、波兰军团和弗兰格尔白军的三次大规模进攻，并且收复了布勒斯特条约割让给德国的领土。

1920年底，苏维埃俄国终于取得卫国战争基本胜利，巍然屹立在东方地平线上。

（采访谈战时共产主义要点及意义）

大意：卫国战争期间俄国经济上实行了战时共产主义。主要对农民实行余粮征集制，全部企业收归国有，禁止贸易自由，市场经济和货币，普遍的义务劳动。这种制度使全部人力物力统一调配，平均分配，保证了战争的需要。

（有关背景资料镜头）

战时共产主义既符合马克思恩格斯对社会主义经济制度的一般表述，又在三年国内战争中发挥了积极作用。俄国共产党人，包括列宁都一度相信，战后的俄国，应遵循这条道路即"直接过渡到社会主义"。

但是，人民给共产党上课了。

刚刚从战争中走出来的民众，尤其是农民，再也不能满足于大公无私的"战时共产主义"生活了。

因为粮食专卖和余粮征集制严重侵害了农民的利益，因为高度集中的计划生产和行政命令严重地挫伤了工人的生产积极性，因为严格限制商品流通严重违背了所有民众的生活意愿。

顿时,农民暴动遍及全国,工人罢工此起彼伏,曾经向冬宫开炮的水兵也发生哗变。在世界大战和三年国内战争中已陷入瘫痪的国民经济更加恶化。

此情此景,怎能不叫自命为人民公仆的共产党人深深震惊!

(克里姆林宫信访办公室　采访)

1、信访办建立的背景;

2、群众向列宁投诉乱征粮的情况;

3、切库诺夫等提出农业税的故事。

(俄共(布)十大镜头及公报等　字幕)

1921年3月,俄共(布)第十次代表大会在莫斯科召开。列宁对战时共产主义政策作出了历史总结。坦率地承认了战后继续执行该政策的错误。

在激烈的论争中,大会通过了《关于以粮食税代替余粮收集》的决议。作出了结束战时共产主义,向新经济政策过渡的决定。

十大以后,各项新经济政策陆续出台。

(采访谈新经济政策要点)

1、粮食税代替余粮征集制;

2、开放市场,自由贸易;

3、改革工业管理体制、租赁制、恢复资金制计件制;

4、合作社、代购代销等一系列国家资本主义形式等。

(新经济政策时期的建设场景)

新经济政策尊重了人民的意愿,正视了小农经济占优势的俄国社会现实。新经济政策推行后的三年里,俄国工业年均增长率达百分之四十一点四,粮食增长率达百分之十八。到1925年,农业已恢复到一战前水平的百分之八十七,大工业达到一战前的百分之七十五,商品流通额达到一战前的百分之七十六,国家预算第一次抹去了赤字。民众的生活水平明显提高,国民经济得到了初步恢复。

但是,新经济政策对私有经济和外资的宽容,却引起了思想领域里的严重骚动。

（哈默的有关资料镜头　字幕）

此人便是著名的美国石油大王哈默。他对列宁形成租让制的构想起了重要作用。新经济政策后，他是第一位来俄国投资并取得乌拉尔石棉矿承租权的美国资本家。

当然，哈默的意义远远超出了投资。

（当时背景资料镜头）

随着哈默与列宁的握手，流亡国外的白俄和欧洲的资产阶级政客惊喜地盯住俄国的版图"他们一定会走向资本主义。"

而在共产党内，则出现了激烈的反对之声。有的党员痛哭流涕，人有党员绝望自杀。许多学员愤而退党，共青团一度流失了一半团员。

为了扭转人们的思想误区，列宁付出了极大的心血。

（留声机放列宁的录音）

这是列宁当年亲自宣讲新经济政策留下的录音。在那个无线广播尚未普及的年代，新经济的思想就是以这样的方式，贯彻到每一位公民的心中。

（莫斯科第七次党代会上的列宁）

这是 1927 年 10 月，列宁在莫斯科第七次党代会上宣讲新经济政策的场景。这次会上，他和反对者发生了激烈的交锋。

反对者厉声反驳列宁"如果说战时共产主义是官僚主义的邪恶，那么新经济政策就是资产阶级的邪恶。"

当列宁要求各级干部都要懂得商品经济，学会经商，台下又插话"我们在沙皇的监狱里没有学会经商。"

列宁笑道，"这只能说明我们今天的学习任务更迫切，更繁重"。

列宁毫不掩饰地承认，新经济政策的实质就是最大限度地提高生产力和改善人民的生活状况，利用私人资本主义并把它纳入国家资本主义轨道，包括借鉴资本主义的先进经验，改造封建主义和小农经济,从而逐渐走向社会主义。在经济落后的俄国,这是一项长期国策。

(克里姆林宫　列宁的办公室　字幕)

今天,我们经历了上个世纪社会主义的种种消长沉浮,细细回味列宁的艰难探索,怎能不感慨万千?

列宁的伟大并不在于他一贯正确,而在于他从不把真理当作教条,始终将理想植根于现实,敢于探索,也勇于纠正错误。

新经济政策的推行向后来的社会主义者们表明,建设社会主义必须牢牢把握国情,充分尊重客观的经济规律,广泛吸收一切优秀的人类文化遗产,包括资本主义发展的先进经验。经过长期和曲折的奋斗,才能完成历史赋予我们的使命。

(列宁最后一批著作　列宁墓　字幕)

这是列宁生命的最后岁月里给我们留下的著作,它们是列宁在病重期间利用医生允许每天的五至十分钟时间口授记录下来的。字里行间烙印着列宁对社会主义的最后探索,涉及到社会主义如何发展生产力,如何加强党的民主制度建设,如何反对官僚主义,反对腐败,还有文化建设、民族政策等等……

对于社会主义,列宁想得很多很多,很远很远,遗憾的是,他的生命却又是那样短促。

1924 年 1 月 21 日,列宁因病逝世,终年 54 岁。

逝世的前两天,他还请妻子给自己读杰克.伦敦的小说《热爱生命》。

在举国哀悼列宁的日子里,有 20 万工人加入了共产党。

(第四集完)

本人为某大型政论片撰稿

暮鼓起潮声

1-1（湘粤交界处、五岭逶迤、山道、车轮、相关字幕）

1895 年 3 月，梁启超和他的老师康有为告别了岭南故土，越过五岭山脉，走向万里之外的京城。

他们是去赶考的。这年，梁启超 22 岁，康有为 38 岁。

1-2（天津港、李鸿章当年登船处、相关字幕）

康梁赶往京城的时侯，年过古稀的李鸿章从这里登上了开往日本的商轮。他要代表清王朝去签署甲午战败的耻辱协约。

1-3（天津、北洋水师学堂旧址、严复像、《直报》有关文章、相关字幕）

我们无法确知，这所由李鸿章创办的北洋水师学堂，当年是怎样送别李鸿章远去的，但我们知道，此时担任该学堂校长的严复，开始了《天演论》的翻译。同时，他还在天津的《直报》上发表了一系列呼吁维新变革的文章。

1-4（刘公岛海域、日军大屠杀的照片、谢葆璋像、相关字幕）

严复的眼前，一定会出现这片海域。

一个月前，号称亚洲第一，世界第六的北洋水师就在这片海域全军覆灭。

这是日军攻陷旅顺港后大屠杀的照片，其中就有严复的同学与弟子。

严复的弟子中，也有大难不死的生还者，谢葆璋就是其中之一。谢葆璋的女儿叫谢冰心，她终身都在构思一部甲午海战的长篇小说，却始终未能如愿。

1-5（采访冰心后人，谈冰心为何不能如愿）

大意：谢冰心曾被父亲带到刘公岛凭吊死难烈士，便立志要写这样一部小说,但一提笔就痛哭不已,始终写不下去。

1-5(《马关条约》文本、有关历史照片、资料)

4月18日,李鸿章带着这份《马关条约》启程回国。

该条约使清政府赔款达2亿3千万两白银,相当于大清国三年、日本国四年的财政收入。此外,还割去了中国的辽东半岛和台湾。

消息传到台湾,全岛一片哭声。

1-6(历史学家采访,谈甲午战争的历史意义)

大意:甲午战争的失败是中国清王朝走向彻底溃亡的转折点,也是中国走向大变革的一个关键点。特别是激发了中国知识分子的觉醒。变革、启蒙成为时代的主题。

1-7(公车上书的有关史料镜头,康有为、梁启超像)

康有为、梁启超抵达京城之时,18个省的上万名考生已经云集皇都。京城上下,所有的人都在悲愤地谈论《马关条约》。最后一丝希望就寄托在光绪皇帝的那颗玉玺之上了。

于是,这两位早有变法大志的广东举人就走到了历史的前台。

1-8(北京、宣武门松筠庵、相关字幕)

这里便是北京宣武门的松筠庵。

1895年5月1日,这里聚集了各省来京会试的1300多名考生。在康有为、梁启超的发动下,他们联名向政府请愿,要求拒签《马关条约》,变法图强,史称"公车上书"。

中国的知识分子群体性地觉醒了。

1-5(日军攻台的史料镜头、福建沿海的妈祖庙)

公车上书并没有制止《马关条约》的签署。这年6月,3万日军在台湾登陆。台湾军民在大清军队隔岸观火的情形下,孤军厮杀150余天,直至弹尽粮绝。

故土沦陷的次年,抗日首领之一、台湾诗人丘逢甲隔岸祭祖,怆然写道:"春愁难解强看山,往事惊心泪欲潸。四百万人同一哭,去年今日割台湾。"

后来,梁启超读了丘逢甲的诗,称之为"诗界革命一巨子"。

1-10(《天演论》文本)

在维新变法的呐喊中,严复的这本译著也完成了,立即被友人们争相传阅。梁启超和康有为也在最早的读者之列。《天演论》启蒙了一代国人。其主题可以用一个字概括"变"。

1-11(《万国公报》的镜头)

也就是在启蒙的时代要求下,梁启超的报人生涯也开始了。

1895 年 8 月,这份由康有为筹资、梁启超主编的《万国公报》问世。该报随皇家《京报》投递,维新思想主张直达官僚显贵,立即产生了震动效应。

1-12(上海、《时务报》的镜头)

不过,使梁启超声名大震的还是半年后他去上海主编的《时务报》。一篇篇出自他笔下的激扬文字,令人眼目一新,也使他获得了与老师并称为"康梁"的荣耀。

1-13(广东梅州山乡景象、黄遵宪故居、黄遵宪像、相关的字幕)

邀请梁启超去办《时务报》的也是一位广东人,他叫黄遵宪。

1868 年,21 岁的黄遵宪曾写下"我手写我口,古岂能拘牵"的诗句。此时,他还在广东梅州的山乡寒窗苦读。后来,这句诗被认为是诗界革命的先声。

30 岁那年,黄遵宪步入仕途,成为中国第一代外交官。

1-14(专家采访,谈黄遵宪对诗歌变革的贡献)

大意:外交官的生涯使他思想比较开放,接受了维新思想。他的诗歌常有新事物、新语汇,比较时尚。但他对诗歌变革的推动主要是一种变革观念的倡导。

1-15(《仁学》等各种启蒙读物的镜头叠现)

梁启超的思想与文笔,使他与黄遵宪成为密友。随着《时务报》在全国 70 多个县市传播,越来越多的维新派人物走到了一起,其中便包括严复。

这种局面的形成,也就推动维新派的事业走向高潮。

1-16(电影《清宫秘史》片段)

1898 年的夏秋之际,是康、梁人生中最风光的岁月。

这年的 6 月 11 日,戊戌变法发生了。康有为和梁启超均为核心人物。但这场变法一共只延续了 103 天,又被称作"百日维新"。

这部饱受磨难的影片,向我们艺术地展示了那段悲壮的历史。

戊戌变法的结局是:六君子喋血菜市口,光绪帝被囚瀛台,垂帘听政的慈禧太后公开训政,康有为、梁启超东遁日本。

1-17(《清议报》创刊号、《论小说与群治之关系》等有关文章)

在流亡日本的当年,梁启超主编的这份《清议报》问世了。

他在创刊号上宣告:"小说为国民之魂"。随后,他又创办了《新民丛刊》和文学杂志《新小说》,更明确地提出:"欲新一国之民,不可不先新一国之小说。"小说界革命,由此开启。与此同时,梁启超还发出了"诗界革命"、"文界革命"、"戏剧改良"的呼吁,得到了改良派人士的热烈响应。

1-18(专家采访,谈四大革命的要点和意义)

提示:这段采访很重要,要求比较精练地概括这个时期文学变革的特点和意义。同时要有权威性。不能仅仅是个人之见。

1-19(旧时中国社会的资料镜头、苦难而麻木的民众形象)

不难想见,经历了戊戌变法的失败,梁启超等先驱者们深刻地意识到,要变革中国,首先要唤醒民众,而要唤醒民众,文学是最有效的武器。

1-20(旧戏场、旧书滩的镜头)

这时的中国并非没有文学。无论是在江湖民间还是在庙堂雅舍,文学都在按照千年延续的传统生长着。显然,梁启超想改变的正是这种局面。他所期盼的文学,注定要承当起拯救中华的使命。

于是,一个划时代的文学大变局就呼之欲出了。

1-21(福建、石鼓山下客马江景色、游船点点)

石鼓山是福建的第一名山。山下便是客马江。

1897年的一个春日,参加过公车上书的林纾就在这条江的一艘画船上,开始了《茶花女》的翻译。他并不懂外文,是听一位留学的朋友口译再意译为中文的。两年后小说发表,名字叫《巴黎茶花女遗事》。

1-20(林译小说迭现)

这是中国第一部翻译小说。发表后立即引起了轰动。

林纾也就一发不可收拾。此后的20多年间,他翻译了十几个国家180余部小说,达1200万字。被誉为"林译小说"。

1-21(专家采访,谈林译小说的意义)

大意:林译小说打开了中外文学交流的大门。在新文学萌芽时期,成为新文学的最初成果。影响培育了一代中国文学家。

1-22(国家图书馆的书库镜头、相关的典籍)

罗马城不是一天就能建成的。

此时中国文学仍然是传统的天下。

桐城派古文,同光体诗歌仍然占据文学的正宗地位。狭义公案小说与狭邪风月小说仍然拥有大量读者。新文学从翻译小说起步也就不奇怪了。有学者统计,至清末出版的文学类小说有500余种,其中400余种是翻译小说。

1-23(谢冕在书房的镜头)

大约100年后,这位叫谢冕的北大教授回眸历史,感慨地说,这并非文学生长的季节。不过,我们却可以说,这是一个新文学孕育的季节。

1-24(旧式出版、印刷业的镜头、相关的字幕)

除了以上镜头述说的理由,人们还可以发现:

此时中国的文字发表已进入铅字印刷机时代。在现代印刷技术的支撑下,书局、报刊雨后春笋般地涌现。据统计,在戊戌变法前后几年间,仅由维新派人士开办的报馆、书局就达 300 余家。

这既为文学提供了广阔的展示平台,也为文学提供了空前的社会需求。同时,也因为这些大众传媒的特点,使文体和语体的变革成为时代的课题。

1-25（老北大的镜头、相关的字幕）

这里,是京师大学堂的旧址。

它是中国第一所国立最高学府,后改名为北京大学。京师大学堂开办于 1898 年,本是戊戌变法的产物,却并没有随着变法的失败而关闭。提议创办京师大学堂的奏折,正是由梁启超起草。京师大学堂的办学章程亦为梁启超拟订。

这一切对新文学又意味着什么呢?这大概要 20 年后,人们才悠然心会。

还值得一提的是,本集所有关于梁启超的故事,都发生在他 27 岁之前。

1-26（历史备忘,字幕出此历史阶段大事记）

本人为百集文献纪录片《百年文学潮》撰稿

世纪初风雨

2-1（香港、环士丹顿街十三号、革命四大寇照片等、相关字幕）

1895 年 2 月 18 日，是北洋水师全军覆灭的第二天。香港环士丹顿街十三号的门口挂出了一块乾亨商号的招牌。

在商号的掩护下，一位叫孙文的广东人和他的同志们开始了广州起义的密谋。有学者认为，这一天是辛亥革命行动的起点。

2-2（广州的旧街道、广州起义遗址、相关字幕）

广州起义紧锣密鼓地筹划之时，另一位叫康有为的广东人在京城发动了公车上书运动，希望靠皇帝的支持变革中国。

于是，革命与改良这两条救国之路，就呈现在国人脚下。

2-3（上海、福州路《时务报》旧址、章太炎像、相关字幕）

上海，是当年维新改良派的舆论中心。

1897 年初，章太炎告别书斋生涯，来到这里，加盟了《时务报》阵营。立即成为与梁启超齐名的改良派主将之一。

但三年之后，他就以全新的形象走进了下一个世纪。

2-4（1900 年的北京、八国联军屠城的史料镜头）

1900 年是中国农历的庚子年。大多数中国人并不知道一个新世纪到来了。这年夏天，剿灭义和团的八国联军攻陷了北京城，人们才意识到，此年又是一个国难年。

八国联军在北京屠城达半年之久。

这些历史照片，就是新世纪给中国人留下的最初记忆。

2-5（上海、愚园旧址、唐才常像、相关字幕）

就在八国联军攻打北京的时候，唐才常等改良派人士云集上海的愚园，决定乘机起兵，救出光绪皇帝，重振维新大业。哪知与会的章太炎却提出了彻底推翻满清王朝的主张。

这是改良派阵营的一次裂变。

2-6(专家采访,谈章的转变)

大意:章的转变一是因为发现康有为的改良理论有重大学理缺陷,二是不满康门弟子的个人崇拜,三是发现改良主义是一条死路。决心已定的唐才常当然拒绝了章太炎。于是,章太炎毅然剪去长辫,表示与改良派彻底决裂。

2-7(《国民报》第四期《正仇满论》《苏报》等的有关文章)

1901 年,章太炎发表了《正仇满论》,矛头直至昔日的战友梁启超。

两年后,他又为邹容的反清名著《革命军》撰写序言,并对康有为的保皇言论进行了犀利的批驳,文章在《苏报》发表后引发了震惊中外的《苏报》案。

自此,章太炎完成了改良派到革命派的转型。

2-8(鲁迅 1903 年的照片、相关的镜头和字幕)

就在《苏报》案发的当年,这位叫周树人的留日学生,也剪去了自己的辫子,并照相留念。在照片的背面,他还题诗铭志:"灵台无计逃神矢,风雨如磐暗故园,寄意寒星荃不察,我以我血荐轩辕。"

后来,他决定弃医从文,成了章太炎的学生。

这一切似乎都在暗示:革命,已经悄然地取代了改良。

2-9(故宫、慈禧太后像、相关字幕)

有趣的是,这位扼杀了戊戌变法的慈禧太后此时却决定变法了,从而带来了大清王朝回光返照的新政十年。

2-10(科举改革的有关文献、新学堂的场景)

新政诸多举措中,科举制度改革力度最大。从 1901 年开始至 1905 年,科举制完全被废止。不过,中国的读书人却并没有多大的失落与骚动。

2-11（专家采访,谈中国知识分子的转型）

大意:启蒙的时代大任使他们保持着尊严,并且也不再愿意依附清政权取得仕途,此外报刊业的兴起使知识分子有了新的出路。还有新学堂也吸纳了知识分子。对于文学而言,则意味大批职业作家出现了。

2-12（苏州虎丘景色、南社旧址、秋瑾、陈去病、柳亚子等人的资料镜头）

1909 年,苏州虎丘的张国维祠,一个叫南社的文学社团成立了。当时会员有近 300 人。秋瑾、高旭、陈去病、柳亚子、马君武等革命家兼诗人均在其中。

2-13（一段实地采访,由知情者介绍有关南社的故事）

2-14（海天茫茫、天涯孤旅的景象、送出苏曼殊像、）

南社成员中,最富个性和传奇色彩的,大概就是苏曼殊了。

迷一般的出身,两度出家的履历,短促的生命,反叛与多情的性格,使革命与爱情成为其诗歌的两大题材,也使其诗歌充满凄美的韵致。

我们不妨来感受一下他的两首短诗:

2-15（与诗意相符的画面、朗诵声起、出诗文字幕）

蹈海鲁连不帝秦,茫茫烟水著浮生。
国民孤愤英雄泪,洒上鲛绡赠故人。

春雨楼头尺八箫,何时归看浙江潮。
芒鞋破钵无人识,踏过樱花第几桥?

2-16（书店的苏曼殊专架、他的作品和评论文本）

苏曼殊 36 岁去世,留下诗文不过 30 万字,却被后人一版再版,各种版本超过百种,研究评说文字已超过 300 万字。

2-17（李叔同像、春柳社的史料镜头）

在南社团体中,还有一位与苏曼殊类似的人物:李叔同。

如果我们寻觅中国话剧的源头，就会与这位多才多艺的天津人相遇。

1906 年，留学日本的李叔同等人成立了春柳社，这是中国最早的新剧社团。

这是李叔同扮演的茶花女剧照。当时他的演出轰动了东京。

后人评价说，他为中国的话剧发出了第一声曼妙的鹤鸣。

2-18（文明戏演出的场面）

话剧传入中国之初被称作文明戏。尽管它有种种的不成熟，却成为鼓吹革命、启蒙民众的有力武器。

2-19（专家采访，谈文明戏宣传革命的情况）

2-20（早年的上海、有关近代工业的遗址、相关的字幕）

反清革命在前仆后继地展开。

中国的近代工商业也进入一个快速成长时期。

上海，就在隆隆的机器声中成为中国近代工业的摇篮、繁华的商贸都会。

推动中国近代工商业的发展的诸多因素中，当然也包括新政。不过，清王朝大概没想到，随着工商业的逐渐壮大，自己灭亡的日子也就越来越临近了。

2-21（武昌起义的影视镜头）

公元 1911 年 10 月 10 日，武昌起义的枪声划破沉沉夜空。

清王朝 275 年的统治结束了。

中国封建王朝绵延两千多年的统治也结束了。

2-22（民国初年的镜头，体现工商业发展的镜头）

清王朝的灭亡，加快了中国走向现代化的步伐。工商业的发展也大大提速。特别是 1914 年爆发的世界大战，造成全球性的商品短缺，更加刺激了中国工商业的繁荣。史家公认，民国最初的十年，是中国工商业的"黄金年代"。

2-23(专家采访,谈中国工商业发展的文化意义)

大意:工商业的发展,更加快了中国的现代化。诞生了新兴的社会群体,给新文化的传播奠定了阶级基础。

2-24(五色共和旗、相关的场景)

随着清王朝的灭亡,专制的大一统思想局面也解体了。

新的当政者也一时无力实行严密的思想控制。

这就为新思想、新文化的生长,提供了相对宽松的环境。

2-25(旧戏场、旧戏演出的场面)

不过,文化的转型是一种潜移默化的人心革命,它远远不可能像政权的更迭那么迅疾。

2-26(谴责小说和鸳鸯蝴蝶派代表作文本)

此时的中国文坛,新文化还在襁褓之中。文明戏、谴责小说、鸳鸯蝴蝶派等等,既是这个年代文学变革的新景观也是文学变革所能企及的极限。

2-27 电影(《临时大总统》片段)

这部影片,再现了辛亥革命最辉煌的一页。

孙中山在鼓乐齐鸣中就任了临时大总统。

2-28(北洋军阀阅兵的场面)

但是仅仅 3 个月后,政权便移交北洋军阀。

袁世凯在共和的五色旗下东山再起,

革命党风流云散。

2-29(专家采访,谈尊孔复古风的兴起)

大意:袁世凯执政后,希望找到一种制约民主势力的思想体系来统一民心,控制思想,巩固政权。于是,尊孔复古就成为他的国家思想建设的战略选择。

2-30(孔庙、相关历史资料)

孔庙,这座规模仅次于故宫的古建筑群,是中国传统文化的象征。

它的荣衰映现着中国社会的晴雨。

1914 年 9 月 28 日晨 6 时 30 分,民国第一场盛祭孔大典在此隆重举行。袁世凯以帝王的礼仪,跪拜在孔夫子的像前。

这年冬,他又再次在北京天坛举行了祭孔大典。

2-31(北京、鲁迅故居旧址、相关的字幕)

此时,在北京的这个宅院里,已经在教育部任职的周树人,怀着极度的失望与悲愤打开了佛经。他曾满怀憧憬地投入辛亥革命,但革命的结局完全不是他向往的那样。

革命尚未成功,启蒙仍需努力。

2-32(历史备忘,字幕出此历史阶段大事记)

本人为百集文献纪录片《百年文学潮》撰稿

羊图腾

2009 年初，我们走进广州越秀区，看到这样一幕场景：

广州市民（老大爷）：送你一个五羊仙子，从天上下凡的宝物。

广州市民（小男孩）：爷爷，我不要这个，要别的。

广州市民（老大爷）：这个羊是代表吉祥的，你拿着，就是这个，爷爷就是靠它保佑全家的。

广州市民（小男孩）：好，谢谢爷爷。

中国民间有句吉祥话，叫做，五谷丰登，六畜兴旺，不知道为什么，广州人把六畜中的羊单挑出来，并且把五只羊放在一起，对它像对待神明一样。

广州人骄傲自己这座城市是座羊城，并把这一称呼告知四方，2010 年第 16 届亚洲运动会将在广州举行，广州人借此机会告诉世界，广州是座羊城。

为什么广州人称自己的城市为羊城，并且把十六届亚运会的会徽也设计成五羊型形状，为此我们找到了亚运会的组委会。

曾伟玉副部长　第 16 届亚洲运动会组委会宣传部

五羊是广州最广为人知的一个城市标识，一提到五羊大家就自然而然的会想到广州，想到广州这座城市 2000 多年的历史，所以我们这个会徽，既表达了运动的元素，也把广州这个城市的历史，跟岭南文化的元素完美的结合在一起。

16 届亚洲运动会组委会，还向社会征集大会吉祥物，广州美院大学生们，由五羊雕塑设计出了五只活波可爱的乐羊羊，吉祥物一经公布，立刻得到广州市民的热烈欢迎。

四　三　二　一　激情盛会

我们觉得这件事很奇怪,广州和岭南并不是羊的产地,历史上也无盛产羊的记载。可是广州人却说,羊不仅是广州的城市标志,还是整个岭南文化的象征,那么这个羊是从何而来的。在广州市越秀区的越秀山公园,有个广州标志的五羊雕塑,但是这个雕塑只是1956 年,在当时的朱光市长倡议下创作的,为什么要制作这个羊的雕塑?为什么选择五只羊?这些羊又有一些什么含义?这是五羊雕塑创作者的姓名,我们希望他们能帮助解开这些疑问,所以就慕名来到陈本宗的家中。

陈本宗　美术师　广州雕塑学院

我做的就是有这个吃奶的,这个喂奶施恩,喂它吃奶施恩,孔繁伟他就做了一个友谊爱情这个主题,这边是母爱,这边是友爱,朱市长审稿时认为,我们这两个主题很好,建议把这两个主题综合起来,构图更加紧凑了,就像现在这个构图,当时是出于什么考虑选择塑造羊呢,古代有 5 个仙人穿着锦衣,骑着五只羊,就徐徐的降落在广州,为什么在这个构图里没有仙人的踪迹,因为有了仙人,羊就不突出了,它就画蛇添足了。

在您设计这个雕塑之前,广州有什么城市标识没有?

没有,没有,没有这个标识

50 年前的这个雕塑,在今天得到了广泛的认同,广州人为什么把这组带羊的雕塑作为自己城市的象征?

越秀区还坐落着著名的孙中山纪念堂,这里是今天广州接待重要客人和举行重大仪式的地方,80 年前广州人为纪念孙中山先生而建立了这组建筑,仔细观察,在建筑物上,你会发现,这些与羊有关的图案。

江妙青　广州中山纪念堂　讲解员

这个柱头上边,羊的这个标识,因为我们广州被称之为羊城,我们可以看一下,上边这个符号,有点像人民币的一个符号,它就象征一个羊,在那个符号左右两边就分别有那个稻穗,广州也叫羊城,也叫穗城,那下面我们可以到里边再看看另外还有些羊的一个标志符号,我们可以看看,带你看看。

这样看来羊对广州绝不只是 50 年的历史,羊出现在如此庄重的建筑物上,可见当时的广州人对羊的喜爱也是非同一般。

江妙青 广州中山纪念堂 讲解员

来这里可以看到,这个就是,我们羊角的一个图形,然后它这个在 1931 年的时候,建成的时候,已经是这样子的,然后在每个护栏上边,都有这么一个羊角的一个符号。

广州人对羊的感情由来已久,怎样才能破解这个迷,我们猜想羊与广州过去的历史一定有着某种联系。在越秀区还有一座始建于 1863 年的天主教堂,1888 年竣工时洪亮清脆的钟声,声传 10 里之外。教堂的神父们布道时说,做上帝的羔羊,洗刷今生的罪孽。当时珠江两岸,几乎全都是平房,很难想象巨大的石头建筑,奇妙的宗教思想,给当时的广东人在视觉上和心灵上造成多么大的震撼,会不会因为这只羔羊,广州人从此自称广州是羊城呢,但是这座建筑也记录着,100 多年前广州那段屈辱的历史,1856 年英国人的炮火,把两广总督行署夷为平地,1861 年法国人强卖了这块土地,并修建了这座教堂,羊城还会从这里得名吗?

在地图上我们可以看到,广州老城就是今天的越秀区。地理方位处于越秀山之南,珠江水之北,古人将山之南,水之北叫做"阳",即阳光的"阳"。如北方的沈阳,洛阳,南方的衡阳等。羊城是否因为老城的地理位置,然后以阳为音,称之为羊城呢?,

我们又来到建在越秀区的广州博物馆。发现这里在介绍广州时浓墨重彩它海上丝绸之路的历史,广州是一个港口城市,很早就有人乘船远航,据说 2000 前的汉朝时,航线到达地中海,他们称当时的罗马为大秦。

广州人四处贸易,外邦人也从海上来到广州,中国称这些人为洋人,大量洋人的涌入给广州带来了繁华和异国的见闻,洋人们看到这里山清水秀,有些就弃船登岸定居在广州,是否广州人把这个洋人洋字的三点水,去掉以后变成羊,后来演变成了对羊的怀念?

　　这是一张 100 年前的照片。照片显示,在越秀山西南有一座大墓,据传这座墓是伊斯兰教创始人穆罕默德舅舅的墓,现在这里是一片穆斯林教徒的墓地,管理墓地的人告诉我们,《古兰经》上说,穆斯林百年归真以后,就上升到天堂,在天堂里,四周都是青草和绿树,地上有清澈的小河在流淌,这不正是羊的生活场景吗,难道这个羊城的名字是这么来的?

　　在追寻广州羊符号的来源时,我们发现了一个奇怪的现象,在越秀区内,有许多古老的宗教性建筑,一个道观,两座佛寺,还有清真寺和天主教堂,而且寺庙的历史大都在千年以上。

李崇炯　三元宫道长
它是东晋大兴 2 年,建于公元 319 年

释道超　光孝寺法师
它是公元 397 年开始建设光孝寺。

王官雪　怀圣光塔寺阿訇
这个清真寺建于唐贞观元年,岁次丁亥季秋,也就是唐贞观元年建的。

　　我们在史书中看到,几大宗教之间纷争不断,可是越秀区的这些寺庙身处闹市,距离不过数百米,千年以来,他们各自发展,竟然相安无事,难道广州这块土地有什么特别之处? 一个广州人这样解释:

广州市民
不管是哪种宗教,派别怎么样,他们共同有一点,就是教人向善。

　　善字,有个羊在里边,这是否与广州这个羊符号有什么关系呢?

　　陈老您看,这个善字这个善,跟羊字是个什么样的关系,在字的这个结构上? 好的,这个善字,我先写一个古文字的善字

　　陈初生是湖南人,喜好中国古文字,1970 工作来广州以后,发现

了广州人对羊的偏爱,他就从汉字上对此进行了一番研究。

陈初生教授 暨南大学艺术学院

这个善字,它是从羊从言,跟羊有关,那么这个羊是什么那,羊在我们生活中,它是一个很美好的形象,甲骨文的羊,你看有种刀刻的味道,

因为羊很美,所以说这个美字,它就从羊,羊大为美,上面它还是羊,这是羊,下面一个大,羊大为美。

陈教授发现中国汉字中的羊字很奇特,与羊结合的字,表述的都是一些美好事物,真善美三字中有两字有羊,吉祥的祥字,羡慕的羡字,珍馐美味的馐字等等。提到羊,还不得不说一个,中国民族大家庭中的一个古老民族,这个民族历史悠久,并且以羊为图腾。

陈初生教授 暨南大学艺术学院

我们少数民族,以前不是有个羌,羌族的羌字,它也是羊,头上也是羊。也是羊字头,下面是人,人的头上,有羊型的头饰。

中国人称自己的文明叫华夏文明,人是炎黄子孙,炎帝和黄帝都是古羌人的后代,所以古羌族是中华民族大家庭最显赫的一个民族。

陈初生教授 暨南大学艺术学院

所以说羌族羌人就是这样的。

古羌人把羊作为自己的民族图腾,商王朝时期,王墓出土的青铜器,可以看到这种制作精美的羊鼎,羊尊。历史传说神农教民耕织,炎帝到夏禹,到华夏族的形成,都与古羌族密不可分,古书上说,神农氏姜姓,姜即羌,大禹生于西羌,古代羌族建立中国第一个夏王朝,古羌族主要活动在西北的广大地区。殷商时期过着居无定所的游牧生活,难道说广州人崇拜羊是因为他们是古羌人的后裔?

越秀区有一座保存着许多图书古籍的孙中山文献馆。馆藏里有本叫《广东新语》的书,它详细记录了我们先前听说的五仙人和五

羊的故事。

周夷王时，南海有五仙人，衣各一色，所骑羊亦各一色，来集楚庭，各以谷穗一茎六出，留与州人，且祝曰，愿此阛阓，永无荒饥，言毕腾空而去，羊化为石，今坡山有五仙观。

我们在越秀区的惠福路，找到了《广东新语》提到的五仙观。人们说五仙观是广州的祖庙，因为先有五仙观后有广州城，我们希望这扇门后面的五仙古观，能为我们解开广州的羊密码。

高晓辉　广州越秀区博物馆

这个就是我们五仙观的主角大殿。这个就是主角中的主角。我们的五羊雕像。那现在大家看一下这里。有几位仙人，我们这个雕像，五位。一二三四五。仔细再数一数，我刚才说过了，它有几只羊，一二三四，四只羊。这还有一只，五只。这是两只羊，那我们看一下，羊嘴里叼着什么，仙人背上，手上又拿着是什么。稻穗，稻穗。对。周夷王的时候，广州连年饥荒，人民不得温饱，仙人就把稻穗赐给了广州人，并祝福这里永无饥荒，所以广州又称之为穗城，有了这五只羊，又称之为羊城。

五仙观馆长告诉我们，每天都有四面八方的人来参拜五仙观，他们主要是看五仙观中的五羊和仙人，但也有一些人，对这些古碑更感兴趣。

高旭红　广州越秀区博物馆　馆长

这块碑是我们五仙观最古老的一块碑，是公元1113年，北宋时期的一块碑，上面写着，广为南海郡治，番禺之山，而城以五羊得名，距今千三百余年。那如果距我们现今，我估计有2000年，可以说是不为过的，有明确的文字记载，对，这是一个羊城得名的由来的一个物证，可以说是北宋时期的这块碑，是整个广州城羊城得名由来，一个最为确凿的实物。

千百年之间，五仙古观数度破败，但广州人屡废屡建，他们感怀仙人的功绩,立寺建庙,祭祀祈祷。这样看来广州被称为羊城,广州人喜爱羊,完全是因为这个古老的五羊神话。广州人与羊的深厚情结就是源于五仙传说,我们在五仙观终于找到了羊去石存的证据。

在广州的这些天,我们发现广州人有一个特点,许多事物在他们心里,都有一个寓意,寓意他们称做意头,像这个苹果的意头就是平平安安,桔子象征吉吉利利,那么这个五羊是否也有个什么意头在里边,这个五羊到底象征着什么?

1983 年在越秀区的解放路北路一带,发掘了一座汉朝年代帝王级别的古墓。墓主人是秦始皇南征将军赵佗的孙子赵眜,他是岭南地区的第二代南越王,这次挖掘一经披露,立即引起了世人的关注,墓中出土了大量文物,向人们佐证着过去古书上的只言片语,但也向人们展示了一些匪夷所思的现象,不知为什么墓中出现了过去在岭南墓中极少出现的铁器。

讲解员

铁器呢,在这边展柜里可以看到,那您看,这个呢是铁削刀,铁刮刀,铁劈刀,还有铁刨。那么在我们墓室当中呢,共出土铁器呢 44 种,共 246 件,非常的丰富。

过去发掘出岭南地区墓葬,秦汉以前陪葬中,铁器寥寥无几。专家预言,这种突然的变化一定是当时的社会生活发生了巨变。

对西汉南越王墓研究了数年的全洪说,大量铁器的出现标志着岭南地区进入了农业社会。

全洪　研究员　广州市文物考古研究所

这个以农业为主的这么一个阶段,所以说岭南的这个开发,岭南的这个发展,跟上那个中原那个发展的步伐,主要还是从这个秦始皇开始。

岭南有一个相对封闭的地理环境,北面是山岭,与中原隔绝,南面是大海。2000 年前,这里是一片蛮荒之地,秦始皇在统一中国的过程中,开凿了打通长江水系和珠江水系的灵渠。从此孤悬海外的岭南就与中原拥抱在一起。秦军南下不仅是金戈铁马,他们还带来了中原的牲畜,粮食的种子,还有他们的种植方式。王墓的发现,引发了学界对岭南文化形成的思考。

广州大学聚集了许多文化学者,他们也很关注这次南越王墓的发掘。他们发现今天岭南文化的许多特征,与秦军南下移民密不可分。

罗宏　教授　广州大学人文学院

主要以秦始皇为代表的中原的农耕文明,进入岭南以后,导致岭南社会的一次划时代的历史变迁。

这是八片鉴刻着羊头图案的金片,出土时散落在墓主人的头部周围,专家推断这些金叶是缝制在一块布上,覆盖在墓主人的面部。这种羊的图案在中原的王墓中也有出土。

为什么是羊的图案,为什么盖在墓主人面部,这些都意味着什么呢?

讲解员

您看,这四只小金羊呢它们的神态各异,非常的生动,每个金羊呢都呈这种趴首翘尾之状,您在放大镜下呢,可以欣赏得更加全面.那这是在什么位置发现的? 是在墓主人棺椁的头箱,这只金羊呢,放在墓主人的头箱,说明他是对这四个金羊,是非常的喜爱的。

还是羊,也是放在墓主人的头部,全洪告诉我们说,这个腰牌又是羊的图案,一只公羊,一只母羊,表示着繁衍不息,为什么这么多的羊。

全洪　研究员　广州市文物考古研究所

在广州来讲呢,它岭南地区本身它不产羊,这些因素的,北方草原文化因素的铜牌饰肯定是来自于北方。

越王墓告诉我们,羊这个符号是来自北方,来自草原,广州人念念不忘这个羊符号,是记录了他们祖先经历的一次重大历史事件,但这个高傲的羊头，嘴里为什么还衔着几颗谷穗？

罗宏　教授　广州大学人文学院

这个谷穗和羊的这种关系，我们来看它就应该是说，一个游牧文明向农耕文明转化的这样一个历史进程，那么从这个角度来讲，从它和岭南的这个关系，应该说是具有游牧文明背景的，这样的一个农耕文明，他把它先进的农耕文明带入岭南，就这样一个象征。

我们豁然开朗。原来广州人崇拜羊不仅是秦始皇南下带来了铁器，带来了羊，最重要的是他们从此以后，岭南地区开始有了温饱，变得富足，当地人记住了，这些改变都因为出现了那只羊。他们开始祝福，也是祈祷那只羊永远陪伴着他们。

越秀区的寻觅使我们更了解广州。广州还叫花城，市花是热情似火的木棉，它反复出现在迎亚运的宣传片里，但是广州人不会忘记那个改变了岭南命运，并给岭南带来繁荣和生机的几只来自北方的羊。

《羊图腾》是本人策划的七集纪录片《走遍中国之走近越秀》其中一集，撰稿为央视编导